Juan Pérez-Foncea

Invencibles

LIBROS
EN EL
BOLSILLO

© Juan Pérez-Foncea, 2022
© Editorial Almuzara, S.L., 2022
© de esta edición en Libros en el Bolsillo, enero de 2023
        www.almuzaralibros.com
        info@almuzaralibros.com
        Síguenos en @AlmuzaraLibros

Director editorial: Antonio E. Cuesta López
Libros en el bolsillo: Óscar Córdoba
Edición: Javier Ortega
Impreso por BLACK PRINT

I.S.B.N: 978-84-11315-10-4
Depósito Legal: CO-1993-2022

Código IBIC: FV
Código THEMA: FV
Código BISAC: FIC014000

Editorial Almuzara
Parque Logístico de Córdoba. Ctra. Palma del Río, km 4
C/8, Nave L2. 14005 - Córdoba

Impreso en España - *Printed in Spain*

A Don Álvaro de Bazán,
vencedor de Lepanto y Capitán
póstumo de la Gran Armada.

Primera parte

LA GRAN ARMADA

1

—¡A estribor! ¡¡Todo a estribor!! ¡¿No os dais cuenta de que intentan ganarnos el barlovento?!

¡Fuego a discreción! ¡Hay que impedir que se nos escapen!

¡A mí la arcabucería…!

A pesar de tantos años como han transcurrido, me parece escuchar todavía las órdenes de Don Álvaro de Bazán en las islas Azores, cuando aplastamos a la flota conjunta franco inglesa, aun siendo el número de nuestros barcos tan sólo una tercera parte del de los suyos.

—¡Mi alférez, Don Miguel de Oquendo ha hundido el costado de la Capitana francesa! ¡Parece que se dispone a abordarla…!

Conseguimos salvar las Azores de nuestros enemigos.

Y pocos años después pondríamos proa a Inglaterra, para, en palabras de Don Juan de Idiáquez: «meterles a los ingleses el fuego en su propia casa y, tan vivo, que les haga acudir a ella y retirarse de la casa de los demás».

Pues los ataques de los piratas se estaban convirtiendo en una plaga para nuestro imperio.

Pero comencemos por el principio: entre las Azores e Inglaterra todavía tuve que pasar una larga temporada en Lisboa, entonces recién incorporada, como todo Portugal, a la Corona de España.

Recuerdo aquel día en Lisboa como si fuera ayer. Era

primavera. Primavera de 1587. Una primavera especialmente desapacible.

También aquella mañana había amanecido destem-
plada y lluviosa. Desde luego, no era una mañana que
invitara a pasear. Y, sin embargo, fiel a mi costumbre —pues siempre he sido un hombre metódico—,
quise salir a estirar las piernas, dando una estimulante
caminata hasta la bocana del puerto.

Tan pronto como hube abandonado las estrechas
callejuelas de la ciudad, el viento racheado del mar me
recibió huraño, azotándome con fuerza en la cara. Mi
recio capote militar hizo que la sensación, por lo demás,
no me resultara del todo desagradable.

A esas horas y con ese tiempo, no había un alma en
el muelle.

Sin embargo, durante el trayecto de vuelta me
sorprendí al ver a un hombre que, al igual que yo,
caminaba a lo largo del espigón, desafiando a la lluvia
y al viento. Al cruzar junto a él me sorprendí aún más,
pues el desconocido me reconoció en el acto, y me llamó
por mi propio nombre:

—¡Que me aspen si no estoy ante el mismísimo alférez
Guriezo! ¡Ésta sí que es una sorpresa! ¡Y de las buenas!

—¡Caramba, sargento Ibarra! —respondí
asombrado—. ¡Y que lo diga! ¡Cuánto tiempo…! No
le había reconocido; además, no le hacía a usted en
Lisboa…

—¿A que no lo imagina? ¡Acabo de retirarme! Hace
sólo unos pocos días que salimos del puerto de Málaga,
donde cumplí mi último destino. Estamos aquí haciendo
escala, de camino a casa.

—¡Pero esto hay que celebrarlo! ¡Ahora mismo me acompaña usted a tomar una buena jarra de Oporto…! —le dije entusiasmado. Añadiendo—: ¡yo invito!

—¡Con mucho gusto! ¡Para mí será un auténtico placer brindar con usted por los viejos tiempos…!

En efecto, el sargento Ibarra y yo teníamos mucho en común, y mucho que recordar, pues los dos habíamos participado codo con codo en la citada Batalla de la Isla Terceira, en aguas de las islas Azores, en julio de 1582, hacía ya casi cinco años.

Entonces yo era un simple alférez. Sin embargo, Dios quiso que tuviese una digna intervención en el desarrollo de aquella gesta. Mis acciones a bordo del galeón San Mateo me hicieron acreedor de los mayores elogios por parte de mis superiores. Y no sólo eso: a mi regreso a tierra, supe que mi comportamiento en la batalla me había merecido un ascenso a teniente.

Pero antes de avanzar en el relato, creo que será necesaria una breve presentación de mi persona.

Baste decir por ahora que me llamo Santiago Guriezo, y que nací en la marinera villa de Santoña, a orillas del mar Cantábrico, en el año del Señor de 1560. Era yo, por tanto, al tiempo de desarrollarse estos hechos, un joven de veintisiete años.

Si bien nunca he destacado por mi estatura, pues no soy ni alto ni bajo, sí lo he hecho —incluso ahora, a mis más de sesenta años— por mi vigorosa constitución.

Y para rematar el cuadro, añadiré que tengo los ojos garzos, de un mirar enérgico —según parece—, en vivo contraste con mi cabello: tan negro —le gustaba decir a mi madre— como una noche cerrada de invierno.

El caso es que los dos amigos nos encaminamos hacia «Na Estrela», una de las tabernas que abundaban en las cercanías del puerto, y que a esas horas se encontraba completamente vacía.

Nada más entrar, fuimos recibidos por el característico y penetrante olor a vino, que parecía impregnarlo todo.

El patrón, un hombre grande y rollizo, que trasudaba abundantemente por cada poro de su ancha cara, no tardó en presentarse ante nosotros:

—¿Qué va a ser?

—¡Dos jarras de buen vino…!

—Aquí no hay mal vino, sólo tenemos bueno… —nos respondió, con un aire ligeramente displicente y retador.

—Bien me parece. Pero traiga del mejor que tenga. ¡Tenemos muchas cosas que celebrar! —le respondí, sin conceder mayor importancia a su fanfarronería.

Tan pronto como el cantinero reapareció con las jarras del espléndido caldo, el sargento Ibarra bebió un largo y pausado trago, y exclamó:

—¡Ah, alférez! ¡Qué gran dicha la de volver a encontrarle! ¿Recuerda usted cuando los franceses trataron de apoderarse de su galeón?

—¿Cómo no voy a acordarme? Nos atacaron a un mismo tiempo desde su Capitana a babor, y desde la Almiranta a estribor… Además, dispusieron de otros tres navíos que nos disparaban a discreción desde proa y popa. ¡Cinco contra uno!

—Y sin embargo, ustedes lograron rendirles. ¡Quién lo iba a decir!

—Sí, qué duda cabe: aquélla resultó una memorable acción.

Continuamos repasando durante un buen rato, una por una, las más gloriosas hazañas de aquella batalla.

Así permanecimos un largo rato, bajo la atenta mirada del dueño de la cantina, que no nos quitaba ojo desde su puesto de observación a la entrada del establecimiento. Tal vez temiera que nos fuéramos sin pagar, lo cual, dicho sea de paso, era por aquel entonces una práctica frecuente entre algunos de nuestros soldados. Sobre todo cuando se hallaban escasos de recursos, que era la mayoría de las veces.

Una vez agotadas las últimas referencias al amplísimo repertorio de proezas consumadas por cada uno de los buques en liza, Ibarra pasó a interesarse por mis andanzas en tierra, a mi regreso a la península.

—En realidad no hay mucho que contar, sargento.

—¿No mucho? Apuesto a que sí… Por ejemplo, ¿tiene usted novia?

Ante una pregunta tan directa e inopinada, recuerdo que estuve a punto de enrojecer como un adolescente. No me esperaba algo así, tan a bocajarro… Pero en cuanto me recuperé de la sorpresa, estuve encantado de poder responder afirmativamente, pues, en efecto, hacía unos meses que había conocido a una chica de la que estaba profundamente enamorado. Se llamaba Elena. Era de Lisboa, de una importante familia de la ciudad. Yo daba ya por hecho que, de seguir así las cosas, no tardaríamos en casarnos. Infeliz de mí, tenía pensado proponérselo uno de esos días.

—¡Muy bien, Guriezo! ¡Lo celebro…! —El sargento

dio un generoso trago a la jarra, demostrando que sus palabras no eran mera cortesía, y continuó diciéndome—: ¡no la deje escapar! ¡El amor es lo que más vale en la vida…!

Pero ni siquiera tuve ocasión de contestarle, pues Ibarra —cada vez más animado por efecto del vino, que en verdad no era malo—, continuó preguntándome:

—¿Y esa es la única novedad en todos estos años?

—Bueno…, no. Hay más cosas. Al poco de volver fui destinado a esta preciosa ciudad y…, bueno… fui ascendido a teniente.

—¡De modo que yo llevo un buen rato tratándole de «alférez», y es usted ahora *mi teniente*!

—Sí. Así parece. Pero teniente o alférez, si quiere usted guardarme un secreto —le dije—, lo cierto es que echo en falta un poco más de movimiento.

—¡Movimiento, ¿eh?! ¡Ah, los jóvenes! Oyéndole a usted, parece que me estoy viendo a mí mismo hace treinta años: yo a su edad era igual que usted, alfé…, digo, teniente. Siempre con ganas de acción, y de conocer nuevas tierras. No podía estarme demasiado tiempo quieto en un mismo lugar. Sin embargo, ahora ya ve, estoy entusiasmado con la idea de volver a casa, y de llevar una vida tranquila y retirada, allá en mi querida Guetaria.

—Lo comprendo. Usted ha peleado ya todas sus batallas.

—Las he peleado, sí. Y, para qué negarlo, estoy ya un poco cansado. Pero, si no se me ofende, le contestaré que tengo para mí que usted no puede entenderme, al menos no del todo. Lo hará dentro de bastantes años.

Cuando tenga mi edad. De cualquier modo, por si le sirve de consuelo, le diré que han llegado hasta mis oídos rumores, y algo más que rumores…, de que la guerra con el inglés no ha hecho más que empezar —al pronunciar estas palabras, el veterano Ibarra entornó los ojos y bajó la cabeza, a la vez que también descendía el tono de su voz hasta hacerla casi un susurro. Actuaba exactamente como si de sus palabras dependiera el futuro del reino.

—Sí, yo también he oído algo —le respondí—. Pero, a decir verdad, no sé si debo otorgar a esas habladurías todo el crédito que en los mentideros de la capital lusa se les concede. O si, por el contrario, debo más bien achacarlas al vehemente deseo de acción que también existe entre mis compañeros.

—Concédales usted todo el crédito, teniente. Su Majestad no ha de tardar mucho en dar un puñetazo encima de la mesa, ya lo verá… Las imposturas de la reina Isabel de Inglaterra han colmado ya la paciencia de Don Felipe. A nuestro rey no le va a ser posible hacer la vista gorda por mucho más tiempo: esa ingrata mujer, además de ayudar a los rebeldes flamencos en contra de España, persigue y asesina a los católicos en su propio país, y trata constantemente de saquear nuestros navíos que vienen de América. Por lo visto, está plenamente decidida a mandar al traste la tradicional amistad anglo-española, la que ha venido rigiendo nuestras relaciones desde el viejo tratado de Medina del Campo.

A pesar del vino, de sus exagerados gestos y de sus innecesarias precauciones al referirse a estos temas, el sargento Ibarra era un hombre experimentado y juicioso. Y sabía bien de lo que hablaba.

De cualquier forma, mis incertidumbres no tardarían mucho en despejarse. Pues era cierto que Don Felipe II, que por aquel entonces pasaba una larga temporada en Aranjuez, se vería pronto obligado a tomar importantes decisiones. Y que éstas terminarían por afectar muy directamente a mi propia vida.

* * *

Dicen que la primavera en Aranjuez es una auténtica delicia. Y que, por regla general, a las frescas mañanas de mayo les suceden tibias y soleadas tardes que invitan a salir a caballo, o a dar un paseo a pie. Además, el espléndido Palacio Real de la Villa, situado a apenas diez leguas al sur de Madrid, se encuentra rodeado de frondosos árboles, bajo cuya espesura es posible disfrutar de una atmósfera apacible y estimulante como pocas.

Sin embargo, durante aquel día de la estación florida el tiempo se presentaba nublado y a ratos llovía con fuerza. No debía por tanto extrañar que Don Felipe no hubiese salido de su gabinete en toda la mañana. Aunque, a decir verdad, existía otro motivo de mucha mayor importancia que explicaba el obligado encierro del monarca. Y es que en ese preciso día tenía graves asuntos que despachar. Habían acudido a su encuentro personajes tan ilustres como el almirante Don Álvaro de Bazán —marqués de Santa Cruz e ilustre vencedor de Lepanto—, así como Don Tomás Martínez, emisario de Don Alejandro Farnesio, duque de Parma.

Don Tomás hacía apenas algunas horas que había

llegado a la corte, tras un largo e ininterrumpido viaje desde Flandes.

También asistía al reducido cónclave el secretario real, Don Mateo Vázquez de Leca.

Hasta el momento, el peso de la reunión había recaído sobre el emisario de los Países Bajos: Don Felipe deseaba conocer de primera mano la marcha de la guerra en aquellos territorios.

Había bastado con lo referido hasta entonces por el emisario, para que la habitualmente despejada frente del monarca se viese surcada de profundas arrugas.

Y es que, una vez más, la actitud de Inglaterra no estaba haciendo sino complicar más las cosas. La reina Isabel prestaba una importante ayuda a los insurrectos contra España:

—Los últimos triunfos que hemos alcanzado, tanto en el terreno diplomático como en el militar, han irritado mucho a la reina. Al parecer, la unión de Portugal con España le ha resultado insoportable. Aunque no es menos cierto que los acuerdos alcanzados con el duque de Guisa en Francia, así como la toma de Amberes, también le enfurecieron sobremanera. Sabemos que fue sobre todo a partir de estos dos últimos hechos cuando se decidió a intervenir en apoyo de los rebeldes flamencos.

—¡Qué le importan a ella nuestros éxitos o fracasos! ¿Acaso no tiene suficiente materia de que ocuparse con el gobierno de su propio reino? —El indignado comentario provino del secretario del rey.

El monarca, por el contrario, continuaba atendiendo impasible, como si la inoportuna observación no hubiese sido hecha, o no hubiera debido hacerse, tanto daba. Su adusto rostro y su atenta mirada manifestaban con la suficiente elocuencia su deseo de que Don Tomás continuara con su exposición.

Tanto el secretario como el emisario lo entendieron muy bien, y éste prosiguió:

—Lo cierto es que Inglaterra, o mejor dicho, su reina, se siente cada vez más recelosa de nuestro poder. Y por ese motivo ha proporcionado siete mil soldados a la Unión de Utrecht.

¡Siete mil soldados! Don Mateo Vázquez estuvo a punto de hacer un nuevo aspaviento pero esta vez se supo contener a tiempo.

La mirada de Don Felipe se volvió hacia Don Álvaro de Bazán:

—Don Álvaro, decidnos, os lo ruego... ¿cuál es vuestra opinión?

La pregunta tenía algo de ociosa, pues hacía tiempo que el aludido había manifestado al rey su sentir: por lo que a Inglaterra se refería, era necesario pasar de una posición defensiva a una actitud ofensiva, que pusiese fin a sus constantes provocaciones. Los piratas y corsarios de ese país hostigaban y robaban siempre que podían a los buques españoles que venían de América. Álvaro de Bazán coincidía plenamente con el sentir del consejero de Felipe II, Don Juan de Idiáquez, el cual sostenía que, en la medida en que los ingleses infestaban las Indias y la mar, era obligado a España meterles a ellos el fuego en su propia casa, de manera que se vieran obligados a acudir a apagarlo, y así tuvieran que retirarse de nuestras propiedades.

Dicho con otras palabras: desde la unión de las coronas española y portuguesa en la persona de Don

Felipe II, el imperio de la Monarquía Católica había adquirido unas tales dimensiones en Europa, Asia, África, América y Oceanía, que era imposible defenderlo todo y a un mismo tiempo.

Por eso Bazán e Idiáquez juzgaban que, frente a una potencia como Inglaterra, dispuesta siempre a atacar en el lugar más desguarnecido, el único modo eficaz de defenderse era atacarle en su propia casa, a fin de obligarle a replegarse en ella.

En cualquier caso, Bazán respondió:

—Majestad. No podemos permitir que Inglaterra continúe obrando de semejante manera, riéndose en nuestras barbas. Debemos pasar a la acción. Pero a una acción que no deje dudas de que vamos en serio. Debemos castigar a la reina. Un derrocamiento sería, en mi opinión, la acción más conveniente.

—Pero, entonces… ¿juzgáis oportuno intervenir directamente en las islas? Y, sobre todo… ¿cuál es la táctica que proponéis para castigar el atrevimiento de la reina?

Llegados a este punto de la cuestión, Don Álvaro se tomó algunos segundos antes de responder.

Cuando lo hizo, habló con la autoridad y la seguridad propias de quien ha rendido innumerables islas y ciudades, y ha apresado centenares de barcos enemigos, sin haber jamás conocido la derrota:

—Majestad, la empresa que debemos emprender no será sencilla, ni tampoco cómoda. Pues Inglaterra, como vos mismo acabáis de señalar, es una isla, y la invasión por mar de un territorio defendido por barcos está, en principio, llamada al fracaso. No pretendo con ello desdecirme del juicio que en repetidas ocasiones os he manifestado, y que hoy reitero: es necesario intervenir. Pero es mi obligación señalar que, si finalmente os decidís a seguir mi consejo, la acción no estará exenta de dificultades. Pues el éxito de la empresa dependerá de nuestra capacidad de superar la enorme ventaja con que sin duda contará el enemigo al pelear en sus propias aguas.

—Pero Don Álvaro —repuso el rey— vos mismo realizasteis un desembarco triunfal en la isla Terceira, con tan sólo veinticinco naves, cuando ésta estaba defendida por sesenta barcos.

—La observación es muy pertinente, señor, pero en las Azores procedimos en primer lugar a reducir a la entera flota enemiga, y sólo después realizamos el desembarco. Por el contrario, en las islas británicas nos enfrentaremos a toda una armada que, reitero, peleará en sus propias aguas y desde sus propios puertos, y que, por lo tanto, no será posible aniquilar por completo. No antes de desembarcar, en cualquier caso.

—Si me permite, señor, —intervino con decisión el emisario de los Países Bajos— precisamente el duque de Parma, su sobrino, me ha pedido encarecidamente que, en caso de que se discutiese esta eventualidad, expusiera ante su majestad la posibilidad de servirse de los Tercios de Flandes para la invasión. Sería factible embarcarlos en Dunkerque y, desde ahí, trasladarlos directamente hasta Inglaterra, a través del paso de Calais.

Don Felipe II se recogió en un largo silencio meditativo. La idea no le resultaba del todo descabellada. Al menos, no pareció descartarla a priori.

Fuera, en los jardines, la lluvia continuaba cayendo con intensidad, y golpeando furiosa contra los cristales.

Vázquez de Leca se permitió formular una queja interior: ¡vaya primavera! Aquel no parecía un día de mayo en Aranjuez.

Finalmente, el rey, volviéndose de nuevo hacia Don Álvaro, concluyó:

—En cualquier forma, sea como fuere, es nuestro deber poner punto final a las acciones de la reina Isabel. Debemos despojarla del trono, y colocar en su lugar a alguien que deje de hostigar a nuestros barcos y sepa permanecer al margen de nuestros asuntos. Le ruego, Don Álvaro, que se encargue usted de presentarme un plan completo de ataque.

Los que conocían a Don Felipe supieron que, a partir de ese momento, la suerte estaba echada. Ya no habría marcha atrás. El rey estaba dispuesto a correr con cuantos riesgos y gastos precisara la operación.

Tan sólo quedaba por concretar el cuándo y el cómo se llevaría a la práctica.

2

A media mañana me encontraba ya de vuelta en la residencia de oficiales en donde vivía.

Regresé de muy buen humor. Estaba cometiendo una ligera falta de puntualidad al comenzar mis obligaciones cotidianas, pero la ocasión lo había merecido.

Había pasado un rato muy agradable charlando con el sargento Ibarra.

Nada más acceder al amplio zaguán de entrada, mi buen ayudante, Iñigo Zorrozúa, un vizcaíno pequeño y vivaracho, me entregó una carta. Esto me animó todavía más, pues el remitente no era otro que mi adorada Elena.

Rompí el sobre con cierta brusquedad, deseoso de conocer cuanto antes su contenido.

Sin embargo, a medida que fui avanzando en la lectura del mensaje, las fuerzas comenzaron a fallarme. Las piernas apenas eran capaces de sostenerme en pie.

Haciendo un gran esfuerzo por no derrumbarme delante de mi ayudante, logré llegar hasta mi habitación, en donde, nada más traspasar la puerta, derrotado, me dejé caer sobre la butaca.

Mi rostro, risueño y rebosante de vida apenas unos minutos antes, debía reflejar ahora inequívocos síntomas de abatimiento y consternación.

Leí y releí una y otra vez la breve nota —pues no era mucho más que eso—, tratando de encontrar algo que me sacara de la terrible pesadilla en la que acababa de sumirme. Buscaba algo que me indicara que todo aquello obedecía a una broma pesada.

Pues cuando las cosas —pensaba yo con indecible amargura— marchaban tan bien, de repente, de un plumazo, se venían abajo de manera irremediable.

Todos mis sueños e ilusiones acababan de verse bruscamente truncados.

Al parecer, Don Mateus, el padre de Elena, un adinerado comerciante, que nunca había visto con buenos ojos la relación de su hija conmigo, había terminado por oponerse frontalmente a nuestro noviazgo. En el fondo debía obrar así por puro amor propio, por contrariar a su mujer, por demostrar quién mandaba realmente en su casa.

El caso es que, sin que yo tuviera ni la más pequeña sospecha de lo que se estaba fraguando a mis espaldas, Don Mateus había concertado la boda de Elena con Don Agostinho Brito, un destacado y, sobre todo, extraordinariamente rico hacendado portugués. Pero lo peor no era esto. Lo más grave del caso era que, ante la perspectiva de tan ilustre y acomodado enlace, Elena había dado su más formal consentimiento. Se casarían de inmediato y, con la misma premura, partirían hacia el Brasil, en donde Don Agostinho poseía una extensísima plantación.

Así me lo hacía saber la ingrata en la escueta nota que me había hecho llegar. Además, a tenor del modo claro y terminante con que estaba redactada, la muchacha cerraba las puertas a cualquier posible intento de reencuentro por mi parte.

Como única justificación o disculpa alegaba que el Sr.

Brito debía viajar con urgencia a América y que, por lo tanto, todo debía arreglarse con la mayor celeridad.

Con tan breves como duras letras, a las que ni tan siquiera se acompañaban unas formularias frases de cortesía, se ponía punto final a mi breve y fallido intento de compromiso.

Un desengaño semejante supuso un durísimo mazazo para mí. Tan duro, que a partir de aquel momento me vi sumido en la más profunda melancolía.

* * *

Don Álvaro de Bazán no precisó de excesivo tiempo para desarrollar sus planes de batalla. Aquel que era padre de la infantería de marina, tenía bien definida y proyectada su estrategia desde hacía mucho tiempo.

En el nuevo informe que enviaba al rey volvía a subrayar la necesidad de servirse de una gran armada que fuese capaz de neutralizar a los numerosísimos barcos ingleses que, sin duda, se aprestarían a la batalla, en defensa de su territorio.

Pero el duque de Parma tampoco había perdido el tiempo. Éste hizo llegar al rey —que además era su tío— una larga misiva en la que reiteraba una y otra vez, con muy distintos argumentos, que el modo más eficaz de tomar Londres consistía sin duda en una ofensiva desde los Países Bajos españoles. Ofensiva que debía ser llevada a cabo por parte de los temidos y veteranos Tercios.

Farnesio recalcaba mucho el ahorro que esta estrategia supondría para las siempre maltrechas arcas reales, en comparación con la muy complicada y costosísima logística que, en cambio, supondría realizar el traslado de tropas desde España.

Esto, por no hablar de los peligros de exponer a la armada al agitado y tormentoso Atlántico Norte, con multitud de barcos expuestos a mil posibles imprevistos a lo largo de tan largo trayecto.

La posición del rey no era fácil.

Pero por si fuera poco, Don Felipe recibió también por aquellos días una carta del duque de Alba, en la que trataba de disuadirle por completo de la empresa.

Le decía que una acción de tales proporciones no podía salir bien si antes no concluía la guerra en los Países Bajos. El duque llegaba a plantear al rey con atrevida ironía: «Si ponemos los pies en Inglaterra, una vez allí ¿qué comeremos? La población entera se levantará en armas contra nosotros.»

Tras mucho meditarlo y sopesarlo, el monarca optó por una solución salomónica. Una solución que podría calificarse de compromiso: Don Álvaro de Bazán partiría desde Lisboa —el principal puerto atlántico peninsular de la Corona— al frente de una gran armada que a su vez se reuniría en Flandes con Don Alejandro de Farnesio y sus formidables Tercios, a los que ayudaría a trasladar hasta las costas de Gran Bretaña.

Una vez en la isla, las tropas avanzarían hasta Londres, siempre bajo las órdenes de Farnesio.

En realidad, no sería la primera vez que los barcos españoles penetraran por el Támesis hasta el mismísimo corazón de Inglaterra. Fernando Sánchez de Tovar había sentado ya un notable precedente en el año 1380, cuando la acometida de sus naves llegó hasta Gravesend, a las afueras de la capital.

Tan pronto como el rey hubo tomado su decisión, Don Álvaro de Bazán fue inmediatamente enviado a Lisboa, donde debería encargarse de dirigir los ingentes preparativos.

Sin embargo, al parecer, Don Álvaro partía con una dolorosa espina clavada en el corazón, pues Don Felipe le relegaba en el mando en beneficio de su sobrino Alejandro, el duque de Parma. Estaba claro —pensaba dolido Bazán— que de nada valían ante el rey las enormes glorias y merecimientos obtenidos por él en el campo de batalla: nada le importaba a Don Felipe su formidable y decisiva victoria contra el turco en Lepanto. Triunfo decisivo para la supervivencia de la Cristiandad o, lo que es lo mismo, de la entera civilización europea.

Sea como fuere, tras padecer una grave infección de tifus, pocos meses después de su llegada a Lisboa, Don Álvaro entregaría su alma a Dios, el día 9 de febrero de 1588. Acababa de cumplir sesenta y un años.

La pérdida de tan gran hombre no podía resultar más inoportuna para los intereses de España.

Un nuevo problema se le planteaba ahora al rey, ¿a quién acudir para sustituir a Don Álvaro? Es cierto que no faltaban experimentados marinos de guerra a los que dirigir la mirada, pero precisamente su abundancia podía en cierto modo suponer una dificultad añadida a la hora de escoger.

Para sorpresa de todos, e incluso del propio elegido, Don Felipe II terminó por nombrar a alguien que, al decir de sí mismo, carecía de experiencia en batallas navales.

Pues tan grave responsabilidad recayó sobre Don Alonso Pérez de Guzmán y Sotomayor, VII duque de Medina Sidonia.

Tenía éste entonces treinta y ocho años de edad. Era hombre barbado, de pequeña estatura y complexión fuerte. Vestía sencillamente, si bien llamaba poderosamente la atención el pesado collar que llevaba al cuello, con la insignia del Toisón de Oro, la más elevada distinción de la caballería española.

Desde el primer momento el duque trató de resistirse, aduciendo su falta de conocimientos y capacidad para las cosas de la mar, e incluso alegando su reuma y constantes mareos cuando se veía obligado a navegar. Pero de muy poco, o nada, le valieron sus objeciones. Don Felipe insistió en nombrarle capitán General del Mar Océano.

* * *

En medio de todos estos acontecimientos, la vida proseguía su curso habitual en Lisboa.

Los soldados, siempre que se les presentaba una oportunidad, aprovechaban para reunirse y charlar en un rincón de cualquier cantina cuyos precios estuviesen al alcance de su siempre escasa fortuna.

Iñigo Zorrozúa, el ayudante de Don Santiago Guriezo, acostumbraba a frecuentar desde antiguo «A Casa do Rio», en el barrio de la Alfama.

Fue en ese preciso lugar donde, entre trago y trago, trabó una sincera amistad con Maurice Fitzgerald, un destacado personaje irlandés.

Maurice había nacido en Desmond, en la provincia de Munster, al suroeste de la isla.

Acababa de llegar a Lisboa después de haber pasado varios años en España, Tantos, que se manejaba con notable soltura en el idioma. Sin embargo, esto no impedía que, de cuando en cuando, se le escapase algún que otro giro de marcado sabor gaélico y escasa inteligibilidad en la lengua de sus compañeros. Cuando esto ocurría, todos se divertían con él, respondiéndole con ingeniosas chanzas que el irlandés era incapaz de comprender. Pero en lugar de molestarse, acostumbraba a reaccionar de un modo tan positivo, que muy pronto se ganó la sincera estima de cuantos le rodeaban.

Durante los primeros días de marzo, los ánimos habían decaído ligeramente en la capital lusa: los preparativos iban más despacio de lo que sería de desear, y la reciente pérdida de Don Álvaro de Bazán pesaba en la moral de todos.

Iñigo pidió a su amigo Maurice que refiriera ante el resto de sus camaradas las causas que le habían llevado a embarcarse con rumbo a España. Sabía que era una historia triste, pero valerosa. Por eso pensó que serviría para elevar el espíritu militar de sus amigos.

—¡Bah! ¿A quién podrían interesarle las penalidades de mi familia? ¡Además, todos sabéis que la reina de Inglaterra maltrata a los irlandeses!

—No, Maurice, no. Hazme caso, aquí nadie conoce tu historia. Anda, por favor, cuéntanos por qué tuviste que escapar de tu propia patria...

El joven, quizás animado por las dos copas de Oporto que llevaba bebidas, o porque percibió un sincero interés entre la concurrencia, no se hizo de rogar. Además, desde su salida de Irlanda, habían sido muy pocas las ocasiones en que había tenido oportunidad de desahogarse, y de compartir entre amigos la pesadumbre que llevaba en el corazón.

Acomodándose mejor en el asiento, se dispuso a dar comienzo a su relato.

Fuera, a través de uno de los estrechos ventanucos de la taberna, el sol de poniente arrojaba sus últimos rayos de luz antes de ocultarse tras las densas brumas del atlántico. El tenue resplandor de las linternas invitaba a la confidencia.

—Veréis, para explicaros bien lo que ocurrió, necesitaré antes mostraros un mapa. ¿Tenéis algo con lo que pueda dibujar?

—¿Cómo vamos a tener algo para dibujar aquí? Aquí no hay más pluma que mi cuchillo —respondió Iñigo Zorrozúa.

—¿Un cuchillo? ¿Dónde quieres que dibuje con un cuchillo?

—En la mesa… ¿No es de madera? Pues dibuja la forma de Irlanda, que la veamos todos.

—Buena idea —respondieron a coro los demás soldados.

Sin dudarlo más, el irlandés tomó la navaja y trazó en un instante los contornos de su tierra natal.

—Bien, ésta es la provincia de Munster, y éste es el Condado de Desmond —dijo señalando un vasto territorio del Sur—. Y éste es el Condado de Ormond —aquí señaló un territorio más pequeño, situado al Noreste del anterior. Toda esta parte ha estado dominada durante más de dos siglos por dinastías de los llamados «ingleses viejos»: los Butler de Ormonde y los Fitzgerald, de Desmond.

—Pero ¿cómo es eso? ¿No es tu nombre Fitzgerald? ¿Va a resultar ahora que eres inglés? —preguntó entre asombrado y decepcionado un mosquetero de La Coruña llamado Francisco Láncara.

Los demás hombres, molestos, dirigieron sus miradas hacia el gallego.

El «tío Limón», un corpulento andaluz de Jerez, al que le gustaba hacerse llamar con ese pintoresco apelativo, erigiéndose en portavoz del grupo, atajó:

—¡Láncara! ¿Quieres dejarle hablar? Aún no ha tenido tiempo de explicarse...

El mosquetero comprendió que su impaciencia le había llevado a intervenir a destiempo.

No obstante, el irlandés quiso detenerse a resolver la duda planteada:

—Láncara tiene razón. Antes tengo que aclararos que los llamados ingleses viejos somos familias de origen inglés, pero asentadas en Irlanda desde hace tanto tiempo, que nos consideramos irlandeses, y lo somos. De hecho, como os decía, el Sur de Irlanda ha estado gobernado durante siglos por familias de ingleses viejos. Nosotros teníamos nuestros ejércitos y nos guiábamos por nuestras propias leyes, mezcla de costumbres inglesas e irlandesas, pero completamente independientes del gobierno británico de Dublín... hasta que los ingleses comenzaron a presionar para expandir su control sobre toda la isla. Además, quisieron eliminar nuestros ejércitos, los ejércitos irlandeses. Por si fuera poco, las tierras de nuestra familia en Cork, —señaló con el cuchillo el lugar exacto que ocupaba Cork en el mapa— fueron confiscadas y entregadas a nuevos colonos ingleses. Por eso en 1569 nos levantamos en la que se conoce como la primera rebelión de Desmond. Pero, en respuesta, los ingleses devastaron cruelmente nuestras tierras. No les importó matar a civiles: entre nosotros es tristemente recordado el pasillo de cabezas cortadas que colocaron a la entrada de su campamento.

—¡Valientes asesinos! —exclamó Zorrozúa, que iba siguiendo el relato como si fuera la primera vez que lo escuchase.

—Nos expulsaron a las montañas, desde donde nos vimos obligados a usar tácticas de ataques por sorpresa. Hasta que, finalmente hubimos de rendirnos en 1573. Pero poco duraron las paces, pues al año siguiente volvimos a ser desposeídos de nuestras tierras. Mi padre vino al continente, tratando de buscar apoyos para nuestra causa, especialmente en España y Francia.

—¿Consiguió esas ayudas? —preguntó Láncara, ya repuesto de su anterior inoportunidad.

—Sí, aunque fueron inferiores a las esperadas... Desembarcó años más tarde al Suroeste, en la península de Dingle, con un pequeño contingente de tropas españolas e italianas. Pronto se le unió un ejército más numeroso, formado por guerreros descontentos, procedentes de clanes gaélicos y de familias de ingleses viejos. Así fue como se desencadenó la Segunda Rebelión de Desmond, esta vez en 1579. Pero, desgraciadamente, mi padre murió durante una escaramuza.

—Lo sentimos de veras —Zorrozúa le puso la mano

en el hombro, al tiempo que le ofrecía una tercera copa de Oporto, que el irlandés aceptó sin vacilar.

Tras vaciar el vaso de un trago, continuó:

—A su muerte, John Desmond asumió el mando. Pero las tropas inglesas lograron controlar toda la costa, y asolaron las tierras. El foco de la rebelión se desplazó hacia Leinster, al Este. Los irlandeses conseguimos emboscar y vencer a los ingleses en la batalla de Glenmalure. Les causamos más de ochocientas bajas. Sin embargo, no fuimos capaces de aprovechar la victoria, y los jefes gaélicos terminaron por acogerse al perdón ofrecido por la reina Isabel. Mi tío Gerald continuó peleando desde las montañas durante dos años más, hasta que en noviembre fue capturado. Lo mataron y su cabeza fue enviada a Isabel I, mientras sus restos permanecieron vilmente expuestos ante las murallas de Cork.

Aunque quien más quien menos hubiese querido expresar su dolor por el héroe muerto, el relato había cobrado tal grado de intensidad, que nadie se atrevió a interrumpir.

—El hambre se extendió rápidamente por el Sur. Durante el invierno de 1581, al menos treinta mil irlandeses murieron por falta de alimentos. Incluso la reina Isabel amonestó a sus mandos por tan excesiva brutalidad.

—Pero dinos, Maurice, entonces, los ingleses ahora controlan por completo el territorio de Irlanda? —preguntó el tío Limón.

—No, todavía no. Pero lo grave es que ya no son sólo los colonos los que nos echan de nuestras tierras, sino también los miles de soldados que continúan siendo enviados a vigilar las rebeliones.

Iñigo Zorrozúa había querido distraer a sus amigos mediante el relato de una historia apasionante, pero lo cierto es que, a su término, todos los hombres quedaron muy pensativos. Era duro escuchar de primera mano una historia semejante.

Nada le había quedado al pobre Maurice: ni familia, ni casa, ni tierras… Y todo por la arbitraria e implacable voluntad de una reina tiránica, que habitaba a muchas millas de su hogar.

3

A la llegada de Medina Sidonia a Lisboa, el paso del tiempo pareció acelerarse, pues el trabajo llegó a alcanzar un ritmo frenético. Ésa era al menos mi impresión, y la de todos aquellos que participábamos en los ingentes preparativos de la «Gran Armada», como era oficialmente llamada la flota que partiría rumbo a Inglaterra.

La tarea era inmensa, y a lo ya hecho se le agregaban constantemente nuevos quehaceres, siempre con el acicate de la urgencia.

Tanta sobrecarga tenía también su aspecto positivo, pues conseguía mantenerme con la mente distraída, y más o menos alejada del hondo pesar que, desde que recibiera la despiadada misiva de Elena, seguía atenazando mi corazón.

A pesar de todo, aún recuerdo con vergüenza el día en que me emborraché.

Nunca he sido bebedor ni dado a los excesos. Pero una de aquellas jornadas de intenso trabajo, al acabar el día me sentí especialmente vacío por dentro.

Comencé a beber en una apartada taberna. Más que nada por pasar el rato, engañándome a mí mismo con la falsa excusa de que un par de tragos no me harían mal, y me ayudarían a levantar el ánimo. Pero, como era de esperar, a los dos tragos les siguió un tercero, y un cuarto y ya no sé cuántos más.

Al despertar me encontré echado sobre mi cama, con

un espantoso dolor de cabeza. Había dos hombres frente a mí. Uno de ellos era mi ayudante, Iñigo Zorrozúa, pero al otro no le conocía. Por su porte y distinción adiviné que debía tratarse de alguien importante. Fue él quien rompió el silencio:

—¿Se encuentra usted mejor?

—Sí, señor —respondí con timidez.

—Déjeme a solas con el enfermo —dijo entonces el caballero, dirigiéndose a mi ayudante.

Tan pronto como Iñigo nos dejó, adiviné, en una rápida intuición, que tenía ante mí nada menos que a Don Alonso Martínez de Leyva.

No me equivocaba.

Don Alonso Martínez de Leyva, era por aquel entonces un ilustre caballero riojano de treinta y cuatro años de edad, cuyo padre había sido virrey de Nápoles.

Se había distinguido desde muy joven por su destacado valor, y todavía más por sus singulares aptitudes para el mando. Sus acertadas intervenciones en las Alpujarras y en el Milanesado, eran casi una leyenda entre los soldados.

Por este motivo —yo no lo sabía entonces—, Don Felipe II le había nombrado miembro del Consejo de Guerra de la armada, con derecho a ser consultado en todos los asuntos. Además, tras designar a Medina Sidonia para el mando, el rey había firmado una orden secreta, decretando que Don Alonso se encargara de la armada en el caso de que el duque falleciese.

Era él quien me había encontrado por las calles en tan lamentable estado, y quien me había conducido hasta el cuartel.

Tras presentarse, me dirigió unas palabras breves pero certeras, que me sirvieron mucho, y que no olvidaré mientras viva:

—Teniente, he sido informado de la causa que le ha llevado a usted a beber. Es un motivo que atenúa en parte la insensatez de su acción, pero que no le exime por completo de responsabilidad. Piense que es usted un mando de la armada española y que, además de velar por su propia salud, debe dar ejemplo a la tropa.

»Por mi parte, puede contar con que he olvidado ya el incidente. Para mí no ha ocurrido nunca. Lo único que le pido a cambio es que no vuelva a repetirse.

Quedé profundamente impresionado tanto por la figura de Leyva, como por sus palabras. Era un caballero de pies a cabeza. Su actitud rezumaba humanidad y comprensión, a la vez que firmeza. Como ya he dicho, nunca he podido olvidar su reacción, y puedo afirmar que me hizo un gran bien.

Jamás en mi vida he vuelto a excederme en la bebida. Y creo que es justo reconocer que se lo debo en gran medida a Don Alonso Martínez.

* * *

Al cabo de las semanas, tantos y tan continuados esfuerzos tuvieron su lógica recompensa, y el duque de Medina Sidonia, que demostró poseer unas excelentes dotes de organizador, pudo escribir a Su majestad desde Lisboa, anunciándole que la Gran Armada se encontraba dispuesta y lista para zarpar.

Así, la fecha señalada para la tan esperada partida resultó ser finalmente el jueves, 30 de mayo de 1588.

* * *

Llegado el día, desde las primeras luces del alba el puerto se mostraba como un hervidero de gentes de lo más variopinto.

Miles de voces se fundían en una auténtica algarabía.

A las emocionadas despedidas de los soldados y de sus familiares, se unían los gritos de los prácticos y de los pilotos, que a su vez se entremezclaban con las inevitables disposiciones de última hora.

Pocos días antes se me había notificado que viajaría a bordo de la «Rata Encoronada», una gran carraca genovesa de 820 toneladas y cuarenta y cinco cañones. Al mando de sus 419 hombres iría nada menos que Don Alonso Martínez de Leyva.

Ni que decir tiene que me alegré sobremanera con la noticia. A todo hombre le satisface contar con buenos mandos.

Los navíos iban soltando amarras conforme a un turno cuidadosamente establecido, en función de sus diferentes tamaños, dotaciones y, fundamentalmente, del puesto que cada uno ocuparía en la flota una vez que nos hiciéramos a la mar.

Al llegarle el turno a nuestra «Rata», a una orden del capitán, la gigantesca nao comenzó a realizar su particular maniobra de desamarre.

Muy despacio al principio, más rápido a medida que fuimos distanciándonos del dique, el navío comenzó a deslizarse con elegancia sobre las mansas aguas de la dársena.

Del mismo modo, uno tras otro, el conjunto de los barcos fueron abandonando el bello estuario lisboeta, para enfilar con sus proas hacia el mar abierto, en dirección hacia las poblaciones de Estoril y Cascais.

Maurice Fitzgerald viajaba también a bordo de la «Rata». Sus belicosos antecedentes le hacían sobresalir y ser causa de admiración entre el resto de sus compatriotas, que en número no pequeño nos acompañaban en la expedición.

Para el joven de Desmond aquel momento tuvo un significado muy especial. El muchacho experimentaba una particular alegría. Volvía a casa después de muchos años de exilio en tierra extranjera, años que para él habían estado transidos de las más diversas emociones. Pero ahora, después de tantos esfuerzos, por fin regresaba decidido a dar hasta la última gota de su sangre en defensa de todo aquello que amaba. Y su satisfacción crecía al hacerlo formando parte de una gran armada a la que le movían sus mismos ideales.

El día había amanecido con un tiempo espléndido. El cielo resplandecía en un intenso azul, completamente libre de nubes. La brisa, bonancible, soplaba desde el sur, sobre unas aguas apenas rizadas.

Las gaviotas sobrevolaban la larga hilera de barcos que, lenta y majestuosamente, abandonaba la bellísima embocadura del Tajo, rumbo hacia el océano. Con sus característicos gritos, las aves parecían querer despedirse y desear buena suerte a la Gran Armada.

El espectáculo, además de bello, era grandioso.

Es cierto que, sin embargo, algunos de los hombres acababan de pasar por un momento difícil. Siempre es duro separarse de los seres queridos.

Por mi parte, acusé muy duramente no tener a nadie que me despidiera. Sobre todo cuando, tan sólo unas semanas antes, Elena hubiera sin duda estado allí para, entre lágrimas, desearme una feliz travesía, y un pronto retorno.

Además, quien más quien menos, incluso los más optimistas, sabíamos que teníamos ante nosotros un futuro cuando menos incierto. Íbamos a la guerra, y eso no es algo fácil de olvidar.

Pero a la vista del magnífico panorama que se abría ante nuestros ojos, los ánimos de la mayor parte de los hombres recuperaron su natural buen humor. El bello y luminoso día invitaba a ello.

Desde los altos de Sintra, algunos campesinos hicieron una pausa en sus labores para observar con detenimiento, entre curiosos y asombrados, el marcial avance de la flota.

La mar estaba tan encalmada que no existía ninguna dificultad en mantener la ordenada formación, a pesar de las grandes diferencias que existían, en formas y tamaños, entre los distintos navíos: desde los gigantescos galeones portugueses, pasando por las grandes urcas de construcción holandesa e inglesa, hasta las enormes galeazas del Mediterráneo, campeonas de Lepanto; sin olvidar a los livianos y maniobreros pataches y zabras.

No se podía pedir más: la jornada de Inglaterra principiaba a las mil maravillas.

Aunque, en realidad, muy poco nos duraron los gozos de aquel primer día.

No muchas horas después, al atardecer, el viento roló al noroeste y se levantó una ligera marejada en la superficie.

Creí advertir en aquellos signos el preludio de una gran tempestad.

Ciertamente, yo estaba muy hecho a navegar, pues además de la experiencia que había acumulado a bordo de la armada, desde muy joven, siendo casi un niño, había acompañado a mi padre en las faenas de pesca, en nuestra Santoña natal.

Decidí acercarme hasta Don Alonso de Leyva, y hacerle partícipe de mis negros presentimientos:

—Señor, no me gusta nada el aspecto del cielo. Creo que se avecina una tormenta a babor, y a juzgar por la dirección y fuerza del viento, creo que será fuerte y larga.

—Gracias, teniente —me respondió—. He de decir que, por desgracia, sus impresiones coinciden plenamente con las mías. Encárguese, por favor, de enviar un aviso al duque, a fin de que disponga lo que sea menester.

Obedecí a la orden despachando un patache para que fuera a informar a Medina Sidonia.

En efecto, a medida que las horas nocturnas avanzaban, las cosas no hacían sino empeorar.

El viento soplaba del norte, y era tan fuerte, que comenzamos a temer por la suerte de los barcos menos marineros. Sobre todo por la de galeras y galeazas, navíos más a propósito para navegar por el Mediterráneo y, al cabo, poco aptos para las turbulentas aguas del Atlántico.

Muy pronto se confirmó que la armada se veía inesperadamente sumida en una tormenta de proporciones alarmantes.

Nuestro Almirante en jefe, el vizcaíno Don Juan Martínez de Recalde, navegaba a bordo del galeón San Juan de Portugal. Era un hombre que, por su habilidad y experiencia, era considerado uno de los mejores marinos que surcaban los océanos. Pero, a pesar de ello, la navegación de bolina —con el viento en contra— resultaba prácticamente imposible con semejante huracán.

A los pocos días de partir, nos encontramos con que navegábamos a varias decenas de millas al sur de Lisboa. Retrocedíamos, en lugar de avanzar.

La mar arbolada jugaba con los enormes galeones, zarandeándolos de un lado a otro como si se tratara de insignificantes juguetes que pudiera manejar a su antojo. Las olas barrían la cubierta de los barcos de proa a popa y de babor a estribor.

Los hombres que no tomaban parte activa en el manejo de las naves trataban de mantenerse a salvo, resguardados y a cubierto, en las zonas más seguras de los barcos.

Yo colaboraba estrechamente con Leyva en el gobierno de la «Rata», y por ello me vi frecuentemente expuesto a ser zarandeado por el viento o, en un descuido, a ser arrastrado por el oleaje. De hecho, durante la primera semana de navegación la tempestad se había ya cobrado la vida de un hombre. Al anochecer había caído al agua desde lo alto del palo de mesana y en medio de la oscuridad, acentuada por el espesor de las nubes, se nos hizo imposible rescatarlo.

Muy pocos días después, a la altura del cabo de Sines, a todavía unas setenta millas al sur de Lisboa, fui yo quien hubo de pasar por su bautismo de agua salada.

Ocurrió que uno de aquellos formidables golpes de mar descargó con tal fuerza sobre nuestra embarcación, que la entera estructura se sobrecogió. Crujió y se quejó como un inmenso coloso herido.

Toneladas de agua penetraron en el interior del casco.

Maurice, que había salido a respirar un poco de aire puro, vio cómo la enorme mole de agua se le venía encima. Viajaba al resguardo de una lona, junto al castillo de popa. En una fracción de segundo pudo también contemplar cómo la figura de un hombre que caminaba sobre la cubierta desaparecía bajo la ola.

Ese hombre era yo, que fui literalmente succionado por el empuje del agua. La acometida resultó tan violenta, que creo que perdí el sentido. Al menos no recuerdo nada de lo que ocurrió. Todo lo que sucedió inmediatamente después, lo sé a través del relato de los testigos presenciales.

Al parecer, a la llegada de la ola, el irlandés aspiró tanto aire como pudo, se aferró a la escalera de subida al castillo, y se aprestó a resistir la tremenda presión de las aguas.

Fuertemente asido a la balaustrada, permaneció durante algunos segundos, que se le hicieron eternos.

Cuando finalmente pudo volver a abrir los ojos,movido por un impulso de su noble corazón, sin tiempo para reflexionar y sin tiempo que perder, se ató un cabo a la cintura, y se lanzó por la borda en pos del desaparecido.

Una vez en el agua, su percepción de las cosas cambió por completo.

La superficie estaba tan encrespada, que le era casi imposible orientarse. No podía ver nada que no fuesen las agitadas y espumantes olas que le rodeaban por doquier. Incluso tuvo que esforzarse por localizar la posición del barco, que se alejaba por momentos.

Afortunadamente, el cabo que llevaba amarrado a la cintura le mantenía a salvo.

Aprovechando la momentánea elevación de una gran ola, trató de localizar el cuerpo del náufrago: ¡mi propio cuerpo!

Pero no consiguió ver nada.

Desde la embarcación, varios hombres le hacían señas y gritaban.

El agua estaba muy fría. En seguida comenzó a acusar la rápida pérdida de calor. Tenía que regresar a bordo.

Comenzó a tirar de la soga. Pero las corrientes le dificultaban el avance.

En un nuevo e inesperado golpe de mar, tragó una gran cantidad de agua.

La experiencia le resultó muy desagradable, y le costó un gran esfuerzo rehacerse. Las fuerzas comenzaban a fallarle.

Pero entonces, como premio a sus fatigas, me vio: yo flotaba como un objeto inerme a una docena de metros por delante de él.

Haciendo acopio de energías, el irlandés me llamó a gritos, tratando de captar mi atención.

Sin embargo, yo no podía responderle. Perdido el sentido, me debatía entre la vida y la muerte.

—¡Teniente! ¡Aguante un poco más! Estoy amarrado a un cabo de la «Rata».

Las inmensas olas, como montañas en movimiento, nos maltrataban con su violencia.

Pero, aprovechando un empuje favorable de la corriente, Maurice fue capaz de acercarse hasta mí lo suficiente para agarrarme por los pelos.

Desde el puente, Martínez de Leyva seguía angustiado la operación.

Maurice carecía de fuerzas para nadar de regreso hasta el barco con mi peso muerto como carga.

Hizo una tímida señal con el brazo.

Pretendía que los marineros tiraran de la cuerda. Era la única manera de regresar a bordo.

Afortunadamente, Don Alonso supo interpretar su gesto y ordenó a los hombres que tiraran del cabo.

A partir de ese momento, todos los esfuerzos de Maurice se concentraron en sujetarme y en mantenerse a flote. La soga haría el resto.

Aun así, la batalla no estaba todavía ganada. Las manos sufrían por la fuerte presión del empuje.

Yo flotaba con los ojos cerrados. ¿Respiraba? Era difícil de saber. Maurice rezó. Rezó para que yo sobreviviese y para que aquella tortura terminase cuanto antes.

Todavía nos faltaban treinta o cuarenta metros para llegar, y la violencia de la mar arbolada era suficiente para romper el cabo.

A bordo se bregaba de firme.

Leyva y los marineros tiraban acompasadamente, con brío.

Desde la nao pronto pudieron distinguir el rostro

—crispado por el esfuerzo— de Maurice, al que yo seguía como un fardo inerme.

—¡Vamos muchachos! ¡Un último esfuerzo! —exclamó Don Alonso, a la vista de mi lastimoso estado. Comprendió que el tiempo jugaba un papel fundamental a la hora de salvar o perder mi vida.

Un par de minutos más tarde nos izaban a bordo. Primero a mí, y después a Maurice.

El médico —el Dr. Antonio Torres— nos esperaba en cubierta.

Hizo lo posible por extraerme el agua de los pulmones y por que recuperara el ritmo normal de respiración. Mi pulso era muy débil, pero el corazón latía.

—¿Podrá vivir, Don Antonio? —preguntó Leyva con máxima preocupación.

—Creo que sí, parece que hemos llegado a tiempo.

Fui trasladado a la enfermería con sumo cuidado.

El doctor examinó a continuación a Maurice, cuyo estado no revestía gravedad. Tan sólo padecía una ligera hipotermia y algunas pequeñas erosiones en las manos, nada realmente serio. Pero también hubo de ser llevado a la enfermería.

Allí le vendarían las manos y le ayudarían a entrar en calor.

A pesar de las inclemencias climatológicas que todavía reinaban sobre cubierta, antes de que el doctor se llevara al irlandés, todos se apresuraron a felicitarle.

El primero Don Alonso:

—Don Maurice, ¡muchas gracias por su valiente acción! Créame que esta hazaña no caerá en el olvido. Siempre había pensado que los católicos irlandeses eran auténticos héroes, y que era nuestro deber ayudarles. Ahora estoy más persuadido que nunca. Le deseo que se recupere muy pronto. ¡Piense que le necesitamos en plenitud de facultades!

Fitzgerald se emocionó ante tan sincero agradecimiento. Pero su cansancio, cercano al límite de sus fuerzas, le impidió responder con palabras. Hubo de contentarse con esbozar una amplia y espontánea sonrisa.

Él también se sentía orgulloso de colaborar con la Gran Armada.

* * *

Contrariamente a lo ocurrido durante las jornadas de Lisboa, los días ahora transcurrían muy despacio en medio de la inmensidad del océano. El tiempo parecía haberse detenido para nosotros, prisioneros de las olas.

Los violentos y constantes embates de las aguas parecían no tener fin.

Fueron muchos los momentos en que temimos por la integridad de la flota.

Recuerdo aquellos días de encierro en la enfermería como un auténtico Calvario.

El recuerdo de las dependencias, situadas bajo la línea de flotación, débilmente iluminadas por las linternas en continuo bamboleo, evoca en mi mente una especie de pesadilla interminable. Allí no había día ni noche, sino tan sólo una perenne luz mortecina que cansaba a los ojos, y que embotaba el entendimiento.

Una vez más debo agradecer a Maurice Fitzgerald y a sus muchos desvelos por mí, el no haber enloquecido en aquellas penosas circunstancias. Para tratar de distraerme y de hacerme más llevadera la estancia, incluso comenzó a darme algunas clases de gaélico:

—Nuestra lengua es muy musical, Don Santiago. Ya verá cómo, si su oído se adapta a ella, le es muy fácil memorizar algunas frases. —Me decía. Y lo cierto es que llegué a hacerme con un acervo notable de expresiones irlandesas que —quién lo iba a decir entonces— llegarían a tener importantes consecuencias en el posterior transcurso de mi vida…

Al cabo, resultaron ser dos terribles semanas de duro combate contra la tempestad, antes de que ésta comenzara a aflojar.

Para entonces nos hallábamos frente a las islas Sisargas, a treinta millas al oeste de La Coruña.

Se nos habían agotado los víveres y el agua.

Algunos de nuestros barcos habían naufragado. Pero la mayoría, si bien necesitarían ser reparados, continuaban a flote.

En cualquier caso, las necesidades eran tantas, que Medina Sidonia comprendió que sería necesario dirigirse a puerto para rehacer cuanto había sido diezmado. No podíamos de ninguna manera continuar hasta Inglaterra en semejante estado. Además, una nueva tempestad asomaba por el horizonte. No cabía duda: debíamos buscar refugio en La Coruña.

Nadie podía dudar de que precisaríamos de un largo periodo de tiempo para reparar los daños ocasionados en las naves. Pero no sólo en las naves, también los hombres requeriríamos un prolongado reposo antes de recuperar nuestras fuerzas. Eso por no hablar del gran número de enfermos y heridos.

Por fin, la noche del 19 de junio entramos en la bahía de La Coruña.

—¡Iñigo! Por fin en tierra… —acertó a decir Maurice, al coincidir con mi ayudante sobre el muelle de la ciudad gallega. Al igual que la mayoría de los hombres, el irlandés estaba tan extenuado, que apenas era capaz de caminar por su propio pie. Su rostro se hallaba demacrado a causa de la fatiga.

También el vizcaíno dabas señales de cansancio.

—Maurice, ¡Gracias a Dios! ¡Nos hemos librado de una buena!

El tío Limón y Láncara caminaban en silencio por detrás.

Por mi parte, aunque en gran medida recuperado del cuerpo, seguía enfermo del alma. Pero a pesar de mi tristeza y de mi abatimiento, también me sentía satisfecho de regresar a tierra y, sobre todo, de poder abandonar el triste recinto de la enfermería.

4

En La Coruña las horas y los días recuperaron su ritmo habitual.

Medina Sidonia, sin embargo, se alarmaba al ver que después de una travesía tan larga nos veíamos forzosamente paralizados, perdiendo un tiempo precioso. Pero era también muy consciente de que las reparaciones en los barcos y el reabastecimiento de víveres eran tareas ineludibles.

Al menos los enfermos y heridos pudimos disfrutar del necesario reposo.

Fiel a mis costumbres, en cuanto me vi con fuerzas, dediqué algunas horas a caminar junto al mar.

Durante uno de mis largos paseos desde la Torre de Hércules hasta el lugar en donde se hallaba amarrada la «Rata», tuve ocasión de sonreírme al escuchar un divertido diálogo en el que mi ayudante Iñigo Zorrozúa, como era habitual en él, llevaba la voz cantante. Por lo visto, él fue uno de los primeros en enterarse del ataque fallido que los ingleses acababan de intentar contra nosotros.

Mientras trabajaba acarreando algunas cajas de bastimentos, se lo comunicaba a sus compañeros de fatigas:

—¿Sabéis que los muy británicos de los ingleses han intentado atacarnos por la espalda y a la desesperada?

—¿Quién te ha dicho eso? ¿No habrá sido cuando

veníamos desde Lisboa, verdad? —respondió en tono incrédulo el tío Limón.

—No, hombre, no. ¿Cómo iban a poder atacarnos en medio de aquellas aguas? Me refiero a ahora mismo, en estos días, mientras estábamos aquí amarraditos, entretenidos en arreglar los barcos.

—¿Y luego? —preguntó Láncara con un giro típicamente gallego, que Iñigo fue incapaz de comprender.

—¿Cómo que «y luego»? ¿Qué quieres decir?

—Que no entiende para qué han venido hasta aquí, pudiendo esperarnos en su tierra—. Se apresuró a aclararle el tío Limón, que conocía bien el modo de hablar de los gallegos.

—Pues hombre, está muy claro: querían aprovechar que no podíamos defendernos mientras estuviéramos reparando los desperfectos de las naves.

—Pues yo no he visto a ningún barco inglés por aquí.

—Es que no han podido llegar. El mal tiempo se lo ha impedido. Han tenido que darse la vuelta para salvar el pellejo… La mar sigue estando muy revuelta. ¿Habéis visto cómo saltaban las olas estos días en la cala de san Pedro?

—¡Sólo asomarse, daba miedo!

—¿Y cómo pudiste enterarte de que han querido venir y se han dado la vuelta? —preguntó un lugareño de los muchos que ayudaban a rehabilitar la armada.

—Por un barco que venía de San Sebastián. Desviado por el mal tiempo, se los encontró en su camino. Parece ser que los ingleses venían armados hasta los dientes. Pero la mar estaba tan gruesa, que les ha sido imposible hacer otra cosa que volverse por el mismo sitio por el que habían venido.

—Esperemos que para cuando volvamos a hacernos a la mar, el tiempo mejore una «mijita». Otro viajecito como el de Lisboa y el tío Limón llega fiambre a Inglaterra —comentó el propio aludido, que a menudo acostumbraba a referirse a sí mismo en tercera persona.

—Hablando de perder la vida en el intento, —dijo uno de los irlandeses que trabajaba en el grupo— antes de volver a hacerme a la mar tengo pensado confesar y comulgar.

—No está mal pensado —respondió Zorrozúa—. Si nos coge otra tempestad como la pasada, más nos valdrá estar preparados para lo que pudiera pasar…

—Medina Sidonia ha enviado a un buen grupo de confesores a la isla de San Antón, junto a la fortificación que se está construyendo.

En efecto, el duque había escrito al rey en carta de 15 de julio:

> «Mandé que los frailes y confesores que van en la armada se desembarcasen en una isla que está en este puerto, […] y […] pasan de 8000 hombres los que se han confesado y comulgado hasta hoy.»

Yo también lo hice, también me confesé y comulgué: para mí aquellos días en tierra resultaron ser un bálsamo, una tregua en medio de la guerra que venía librándose en mi interior.

Por un lado, mi alma se aquietó y por otro, logré recuperarme de las secuelas de mi reciente caída a la mar. Nunca agradeceré bastante a Maurice Fitzgerald lo que hizo por mí. Pues de lo contrario, ¿dónde estaría yo ahora?

Lo cierto es que incluso mi tristeza por la pérdida de Elena se atemperó notablemente. En pocas palabras, en La Coruña me sentí renacer.

Pero tan pronto como la armada estuvo nuevamente dispuesta, volvimos a la mar. Era el lunes, 22 de julio.

Así pues, habíamos demorado en el puerto gallego nada más y nada menos que treinta y tres largos días.

La labor realizada por los coruñeses fue digna de todo encomio: una población de cuatro mil almas había sido capaz, en muy poco tiempo, de reparar y rehacer a toda una armada cuyos hombres multiplicaban por seis a la totalidad de su población.

Después de las pérdidas sufridas en la durísima travesía de Lisboa, retomábamos la navegación sesenta y cinco galeones, trece zabras y diecinueve pataches, además de diez carabelas y diez falúas.

Si a esto les sumamos las galeras y algunas embarcaciones menores, el número total de barcos de nuestra armada alcanzaba los ciento treinta.

Continuábamos organizados por escuadras:

La de Portugal, al mando directo del duque de Medina Sidonia, y cuyo buque insignia era el galeón San Martín.

La de Vizcaya, mandada por Don Juan Martínez de Recalde.

La de los galeones de Castilla, capitaneada por Don Diego Flores de Valdés.

La de Guipúzcoa, con Don Miguel de Oquendo al frente.

La de las naves de Andalucía, a cargo de Don Pedro de Valdés.

La nuestra, la de las naves levantiscas, al mando de la cual iban Don Alonso Martínez de Leyva y Don Martín de Bertendona.

La armada de urcas, comandada por Don Juan López de Medina.

La de pataches y zabras, que dirigía Don Antonio Hurtado de Mendoza.

La escuadra de galeazas de Nápoles, bajo Don Hugo de Moncada; y la de galeras de Portugal capitaneada por Don Diego Medrano.

Aquel día el viento soplaba fresco del sudoeste, por lo que pudimos zarpar a muy buen ritmo y sin contratiempos.

Tengo que decir que, en atención a sus méritos de guerra en Irlanda y a su heroica acción de salvamento a bordo de «la Rata», Maurice Fitzgerald acababa de ser nombrado alférez de navío de la armada española.

Como no podía ser de otra manera, yo le había tomado un enorme afecto al irlandés: su compañía durante los días pasados en la enfermería habían contribuido a ello tanto como su heroica acción al salvarme la vida.

A pesar de todo, aún no le había hablado de mi dolor a causa del desengaño de Elena. No es que hubiera querido ocultárselo, ni mucho menos: era sólo que mi estado de postración durante aquellos días no me había permitido hablar de un tema que me afectaba tanto.

Pero Maurice me había acompañado y atendido como a un hermano, y eso, para mí, valía mucho.

El buen tiempo permaneció estable durante algunas jornadas.

El 25, festividad del Apóstol Santiago, patrón de España, el duque despachó al capitán Don Rodrigo Tello hacia Dunkerque. Su misión consistía en prevenir a Don Alejandro de Farnesio de la salida de la flota. A su vez, debía traer aviso del estado en el que se hallaban los preparativos en Flandes, y del lugar en el que debíamos encontrarnos ambas fuerzas.

Uno de aquellos días, si bien amaneció con calma muerta, hacia el mediodía comenzó a soplar viento fresco del norte.

—Don Santiago, ¿cómo cree usted que van a evolucionar los elementos? —Me preguntó Leyva, ante el cual había yo cobrado un cierto prestigio como conocedor de los estados de la atmósfera.

—Temo por las galeras —le contesté—, creo que la mar se está poniendo demasiado gruesa para ellas. No me gusta nada el estado del cielo, sobre todo hacia el oeste. Me parece que no presagia nada bueno.

Mis propias palabras me sonaron como un eco de las que había pronunciado a la salida de Lisboa. Y, por desgracia, volví a acertar de lleno en el pronóstico.

En efecto, no tardó en producirse un rápido empeoramiento.

Al poco, en medio del fuerte oleaje, la galera patrona, la «Diana», se acercó cuanto pudo y, a gritos desde la distancia, su capitán entabló una breve conversación con Don Alonso:

—¡Mi comandante, hacemos mucha agua, de seguir

así corremos grave peligro de hundirnos! ¡Solicito permiso para volver a puerto!

Don Alonso, apreciando el serio deterioro que padecía la nave y consciente de la magnitud de la tempestad, se lo concedió en el acto:

—¡Vuelvan ustedes, capitán! ¡Vayan con Dios hasta el puerto más cercano…!

—¡Muchas gracias, señor!

Con el transcurso de las horas las cosas continuaban empeorando.

La marejada, con la mar muy alta y el fuerte viento del norte, volvía a dificultarnos el avance.

Otras tres galeras hubieron de abandonar.

Por si fuera poco, un golpe de mar le arrancó a la Capitana de Don Diego Flores el corredor de popa.

Hacíamos ímprobos esfuerzos por mantener a las escuadras unidas.

Pero a pesar de nuestros desvelos, al amanecer comprobamos con consternación que faltaban cuarenta naos: las cuarenta naves de Andalucía, cuyo capitán era Don Pedro Valdés.

Continuamos adelante con la esperanza de que las reencontraríamos frente al cabo Lizarte, al extremo suroeste de la Gran Bretaña, en donde habíamos convenido que nos reagruparíamos en caso de dispersión.

Varios días después, cuando por fin volvió a amanecer claro y con sol, nos encontramos con que distábamos tan sólo unas setenta y cinco leguas de las islas Sorlingas.

Pero, a pesar del buen tiempo, los cuarenta buques de Andalucía seguían desaparecidos.

Yo aproveché la tregua concedida por los elementos

para leer una carta que me había sido entregada en La Coruña la misma mañana de nuestra partida.

No le había prestado ninguna atención hasta ahora porque, aunque venía enviada desde Lisboa, desconocía la identidad de su remitente. Y, la verdad, una vez repuesto de mis males, quería alejarme de cuantas cosas pudiesen traerme recuerdos de aquella ciudad.

Al abrir el sobre, cuál fue mi sorpresa al comprobar que era del puño y letra de una de las hermanas de D.ª Luzia, la madre de Elena. La mujer decía escribir de parte de aquélla, que no tenía fuerzas ni ánimos para hacerlo, pues se hallaba destrozada.

No era para menos, pues en la misiva se me comunicaba la muerte de Elena, y la de su esposo, Don Agostinho Brito. Al parecer, el barco en el que viajaban había naufragado en un lugar llamado Santa Catarina, frente a las costas del Brasil.

Aquel noticia resultó terrible para mí. Era como añadir sal sobre una herida recién abierta.

Acodado sobre la balaustrada de babor, hice ímprobos esfuerzos por serenarme. Trataba de concentrar mi vista en el horizonte, mientras el suave sol de la mañana me calentaba. La mar, aunque todavía agitada, presentaba un aspecto mucho menos agresivo que el de los días anteriores. La «Rata» se balanceaba cadenciosamente sobre la blanda superficie de las aguas: casi parecía juguetear con el líquido elemento. Los alegres rayos del astro rey se reflejaban en una multitud de tonalidades que reverberaban sobre la blanca espuma de las olas.

Pero poco caso hacía yo de estas cosas. No hacía más que mirar hacia el infinito, con aire pensativo y el ceño fruncido. Mi aspecto, estoy seguro, debía ser el de un hombre derrotado, con un aire completamente preocupado y ausente.

Veía ahora supurar mi herida con una nueva, y hasta entonces desconocida, virulencia.

Pero, a pesar de que el barco iba repleto de marineros y soldados, nadie se dio cuenta. O, tal vez, viendo mi lamentable situación, nadie quiso acercárseme.

Nadie, excepto Maurice.

Pues en este triste estado de espíritu me encontraba, cuando el alférez Fitzgerald se colocó a mi lado, dispuesto a entablar un rato de conversación conmigo.

Al principio, al ver que yo no hablaba, optó por respetar mi silencio, contentándose con acompañarme con su sola presencia.

Así transcurrió un buen rato, hasta que, viéndome tan deprimido, se aventuró a iniciar un tímido diálogo.

—Teniente, perdone, no quisiera ser entrometido… pero… ¿le pasa algo?

El momento y el lugar no podían ser más apropiados para la confidencia. Pues viendo en mi interlocutor a un verdadero amigo, fui por primera vez capaz de confiar a alguien el motivo de mi dolor.

Le resumí sucintamente el contenido de las dos cartas y concluí:

—Me va a resultar muy difícil reponerme… No sé si algún día lograré volver a ser el mismo de antes.

—Don Santiago, lo siento mucho. Lo siento de veras.

—Gracias, Don Maurice. Se lo agradezco. Créame que me encuentro tan abatido como nunca antes en toda mi vida lo había estado…

—Lo comprendo, pero debe luchar por levantar el ánimo. Piense que todos aquí le necesitamos. Desde el Comandante Leyva hasta el último marinero. No es momento para venirse abajo. Debe usted ser fuerte, teniente.

Un par de lágrimas rodaron por mis mejillas. Lágrimas que no me avergonzaron. Pues eran un síntoma de que tenía corazón y de que la había querido de veras.

—¿Sabe? —continuó el irlandés, tratando de dar un giro positivo a la conversación—. Tal vez no sea el momento más oportuno para decirlo, pero no sé por qué, creo que si usted llegara a conocer a alguna de mis compatriotas se acabaría enamorando de ella.

—Ojalá pueda algún día llenar el vacío que siento en mi corazón, pero me temo que nunca seré capaz.

—Lo llenará. Y no se me ofenda si le digo que ella no era digna de usted.

—No se ha portado muy bien conmigo, eso es cierto. Pero la imagen que conservo de Elena no es la de la mujer que me abandonó, sino la anterior, la de los meses en que todo iba bien.

—Por eso mismo…, tal vez usted tuviera forjada una imagen falsa, una imagen que los propios hechos han venido a desmentir.

—Visto así, tal vez tenga usted razón, Don Maurice. Tal vez me precipité al creer en ella.

—Así lo pienso yo.

La sincera conversación logró aliviar mi dolor. No tanto por el mayor o menor acierto de las palabras de mi amigo, sino porque por primera vez fui capaz de exteriorizar la congoja que llevaba dentro, y que me había venido carcomiendo desde que partiéramos de Lisboa.

De cualquier forma, esta charla contribuyó a estrechar aún más los fuertes lazos de amistad que ya me unían con el bueno de Maurice Fitzgerald.

5

El buen tiempo y el viento del oeste favorecían el avance de nuestra escuadra.

Gracias a Dios, un patache que envió el duque como avanzadilla trajo la noticia de que, muy poco más adelante, junto al cabo Lizarte, se encontraban las naos que habíamos perdido. Don Pedro Valdés las tenía recogidas, aguardando nuestra llegada.

A bordo recibimos la noticia con inmensa alegría.

Y, muy poco después, los vigías apostados en lo alto de la cofa anunciaron el avistamiento de dicho cabo, el extremo suroeste de Inglaterra.

¡Habíamos llegado a nuestro destino!

He de decir que, ya fuese como consecuencia de mi sincera conversación con Maurice, o ya fuese por haber llegado sanos y salvos hasta Gran Bretaña, o tal vez por ambas cosas a un mismo tiempo, ese día volví a mostrarme animoso. Mis padecimientos interiores no habían desaparecido por completo, pero al menos mi rostro se mostraba sereno y firme.

Me asomé al puente y, aunque atardecía y el sol estaba ya muy bajo sobre el horizonte, pude contemplar las verdes praderas inglesas que, aunque notablemente más llanas que las de mi tierra, me trajeron a la memoria a mi Cantabria natal.

Recuerdo también que Don Alonso Martínez de

Leyva se acercó hasta mí y, poniéndome la mano en el hombro, comentó:

—Hemos llegado, Don Santiago. A partir de ahora habremos de redoblar nuestras precauciones. Ya no sólo habremos de vérnoslas con los elementos, sino también con los ingleses que, puede usted estar seguro, lucharán con uñas y dientes por defender su patria. La armada tendrá que comportarse más que nunca como un solo cuerpo, donde los navíos más fuertes protejan a los más débiles.

Yo, que no había reparado en la presencia de Don Alonso hasta que hubo hablado, le respondí manifestándole mi confianza en nuestra armada. Al final añadí:

—Sin embargo, todo parece estar en calma. No se observa ningún movimiento en la costa, ni tampoco en las inmediaciones.

—Así es, pero puede estar bien seguro de que desde tierra cientos de ojos nos vigilan. No tardaremos en tener noticias de nuestros adversarios. Muy pronto han de dejarse ver: mañana a lo más tardar, si no es esta misma noche. He acordado con el duque el refuerzo de los turnos de guardia. Mientras tanto, continuaremos navegando en formación, siguiendo la línea de costa.

—Pero para conservar la alineación será necesario mantener encendidos los fanales de popa y eso nos delatará… —repuse con cierta preocupación.

—No se apure usted por eso. Con fanales o sin ellos, nuestra llegada y nuestra posición son bien conocidas por los ingleses. No podemos ni debemos ocultarnos. No daría el menor resultado. Además, esconderse no sería digno de nuestra armada, y de cuanto hemos venido a defender.

—Tiene usted razón, señor. Con su permiso, voy a retirarme. Me gustaría estar en plenitud de fuerzas para cuando hayamos de entablar nuestro primer combate.

—Vaya usted, y descanse. A todos nos conviene hacer acopio de energías para los días que se avecinan.

—Buenas noches y a sus órdenes, mi comandante.

—Buenas noches, teniente.

Tal y como estaba previsto, los turnos de vigilancia se reforzaron. Mas, afortunadamente, no se produjo ningún incidente que viniera a alterar la calma.

La armada continuó desplazándose hacia el noreste durante toda la noche.

Al amanecer nos hallábamos muy cerca de tierra, en algún lugar entre el cabo Lizarte y la bahía de Plymouth.

Ahora sí, en la costa, con las primeras luces, pudimos contemplar a la población visiblemente alterada.

Los nativos corrían de un lado para otro, en medio de un gran nerviosismo.

Habían encendido algunas almenaras, cuya leña embreada prendía con fuerza, anunciando nuestra temida llegada. Más hacia el este, en la lejanía, un nuevo destello confirmaba que la señal había sido avistada y que, a su vez, era transmitida en cadena por toda la costa, hasta los más recónditos rincones del reino.

Poco después del mediodía, un emisario del duque se presentó a bordo para invitar a Don Alonso y a Don Martín de Bertendona a acompañarle a un Consejo a bordo del San Martín. Según trascendió, un alférez había realizado una incursión en tierra, trayendo consigo a cuatro pescadores que, al parecer, poseían información relevante acerca de la posición y características de la flota inglesa.

Don Alonso y el capitán descendieron a una de las chalupas y partieron hacia el majestuoso «San Martín de Portugal», cuyo imponente tamaño destacaba sobre el del resto de los galeones por su altísima borda y sus imponentes castillos.

La poderosa embarcación había recogido velas e izado una banderola cerca de la gran linterna de popa, en señal de Consejo de Guerra.

Un rosario de pinazas que transportaban a los demás comandantes iba llegando hasta sus proximidades.

* * *

Al subir a bordo, Leyva y Bertendona se encaminaron directamente hacia el castillo de popa, en donde el duque aguardaba a los convocados. Nada más verles, les recibió con gran afecto y cortesía.

Entre los consejeros, en la mayoría de los casos, por debajo de los recios capotes marineros se entreveían los brillos de las espléndidas vestimentas de satén, o de seda, afiligranadas con terciopelos y bordados; botones y galones dorados, así como las insignias de las distintas órdenes de caballería.

Pero no todos eran caballeros, formaban también parte del Consejo algunos de los más experimentados marinos, entre los que destacaban los vascos Don Juan Martínez de Recalde, Don Miguel de Oquendo y el propio Bertendona.

—Tomen asiento, señores, se lo ruego —comenzó Medina Sidonia—. Como ustedes saben, el alférez Don Juan Gil ha partido esta mañana con veinte hombres armados. Han acudido a verificar la identidad de unas velas no identificadas, que han resultado ser las de un pesquero de Falmouth al que han apresado. Sus cuatro ocupantes nos han informado de que la flota enemiga se halla en estos momentos en el puerto de Plymouth, bajo el mando del lord almirante Howard, y de Francis Drake. Al parecer, esta misma mañana han estado merodeando por la costa, tratando de conocer nuestros movimientos, antes de volver a recogerse a puerto.

Si bien todos los reunidos guardaron silencio, era muy evidente que, sobre todo entre los marinos, la noticia había causado una gran excitación.

Medina Sidonia que, como es bien sabido, era un hombre de tierra adentro, no supo a qué atribuir el motivo de tanta ansiedad.

La armada inglesa estaba muy cerca, a un tiro de piedra, ésa era la verdad. Pero no acertaba a entender qué problema podía haber en ello. ¿Acaso la Gran Armada española temía a la flota inglesa? No, eso no podía ser.

Para salir de dudas, preguntó directamente a Don Juan Martínez de Recalde, que le respondió sin rodeos:

—Señor, si la armada inglesa se encuentra en este momento en el puerto de Plymouth, se nos presenta una ocasión inmejorable para atacar y acabar con ella. Los vientos y la marea nos son completamente favorables. Se encuentran a sotavento, metidos en una ratonera de la que, si les cerramos el paso, jamás podrán salir.

El duque escuchó con la máxima atención.

Sin embargo, y para sorpresa de todos, prefirió no darse por enterado.

Como si no hubiese escuchado a Recalde, o no hubiese comprendido sus palabras, continuó:

—Señores, les he citado hoy aquí porque quería transmitirles mi preocupación ante la inexplicable ausencia de noticias de Don Alejandro de Farnesio. Durante todo el tiempo que llevamos navegando a partir de nuestra salida desde La Coruña no ha respondido a ninguno de mis repetidos mensajes. Dadas las circunstancias, me propongo llegar hasta la isla de Wight y permanecer allí hasta tener aviso del duque de Parma. Continuar hasta Flandes sin instrucciones suyas, no habiendo en toda la costa de los Países Bajos ni puerto ni abrigo adecuado para estas grandes naves, sería exponerse a perderlas sin remedio al primer temporal, ya que, según he sido informado, podrían encallar fácilmente en los peligrosos bancos de arena. Por lo tanto, una vez que alcancemos Wight, despacharé otra pinaza para informar al duque de Parma de nuestra situación exacta. Y allí nos mantendremos a la espera de su respuesta.

El primero en hablar tras el duque, fue Don Miguel de Oquendo, al mando de la escuadra de Guipúzcoa:

—Pero señor, si lo que acabamos de saber de boca de esos pescadores es cierto… Y lo es…, puesto que ha sido corroborado por nuestros vigías, no cabe duda de que debemos lanzarnos sin mayores pérdidas de tiempo a atacar a la flota inglesa, que se halla a sotavento, encajonada entre nosotros y su propio puerto. No se nos podía brindar una ocasión más favorable. Es el momento de acabar con los barcos enemigos.

El rostro de Medina Sidonia se crispó. No se esperaba una intervención así. Pero lo peor de todo fue que, uno tras otro, desde los veteranos marinos hasta los más linajudos caballeros, coincidían en apoyar sin reservas el certero dictamen de Oquendo: debían actuar ya, si no querían desaprovechar una ocasión que se les presentaba tan favorable como irrepetible.

Pero cuanto más insistían, más adusto se ponía el rostro de Don Alonso Pérez de Guzmán. Hasta el punto de que, viéndose acorralado, se levantó de su silla y, con la mayor gravedad, extrajo un legajo que guardaba bajo llave en el interior de un gran cofre.

Una vez el pliego en sus manos, se colocó sus lentes y comenzó a leer en voz alta con toda solemnidad:

«Esto de combatir se entiende si de otra manera no se puede asegurar al duque de Parma el tránsito para Inglaterra, que pudiéndose sin pelear asegurar este paso, […], será bien que hagáis el mismo efecto, conservando las fuerzas enteras».

Estas eran las instrucciones recibidas del rey, en las que por lo tanto dictaminaba su deseo de que la armada navegara «sin entrar en combate» hasta reunirse con Farnesio.

—¡Pero la que se nos presenta es una oportunidad única! —insistió Oquendo—. La flota enemiga está encerrada y sin posible escapatoria…

—Tal vez tenga usted razón, Don Miguel, pero en modo alguno estoy dispuesto a desobedecer a su majestad. Y creo que usted tampoco…

La tensión era grandísima. Todos estimaban que se debía atacar. Y que ello no contradecía en modo alguno las órdenes del monarca.

Pero la última palabra la tenía el duque. Y éste entendía que hacerlo supondría una gravísima desobediencia, que podía llegar a pagarse con las penas más graves.

Se hizo el silencio. Un silencio tan denso y pesado que se podía cortar.

El grado de tirantez alcanzó tales cotas, que tomando pluma y tinta, Don Alonso Pérez de Guzmán se vio obligado a redactar el acta del Consejo, a la que acompañó con un pequeño discurso:

—Señores, ésta es una decisión de la suficiente envergadura como para que todos actuemos a una. No pongo en duda la sabiduría de sus apreciaciones ni las ventajas de atacar al enemigo en este preciso momento. Pero ni tan siquiera en unas circunstancias semejantes nos es lícito desobedecer las órdenes de nuestro soberano. Por lo tanto, les ruego que tengan la bondad de firmar. Aquí se recoge nuestra decisión unánime de pasar de largo el puerto de Plymouth, y continuar sin demora hasta entrar en contacto con el duque de Parma.

Todos los reunidos firmaron. Por disciplina. No por convicción.

Durante su viaje de regreso a la «Rata», Leyva se mantuvo con el ceño fruncido. Ni siquiera intercambió unas palabras de buen humor con los remeros, como tenía por costumbre. Se hallaba demasiado disgustado con lo que acababa de ocurrir.

En su interior meditaba:

—«Lo malo no es sólo que no hayamos aprovechado

la oportunidad de asestar un golpe mortal al adversario, sino que éste, en cuanto nos vea pasar de largo, aprovechará la ayuda del viento —del mismo viento favorable que nosotros acabamos de desperdiciar— para perseguirnos y acecharnos desde la retaguardia. Y, aprovechando la ventaja que acabamos de concederle, nos causará todo el daño del que sea capaz.

6

No se equivocaba Don Alonso de Leyva en sus vaticinios. Tan pronto como los oficiales ingleses comprobaron que los españoles pasaban de largo, salieron en su persecución.

Pues ahora que las posiciones habían cambiado, el viento jugaba a su favor.

* * *

Maurice y yo, al igual que otros muchos hombres a bordo de la «Rata», no acertábamos a explicarnos qué era lo que había podido ocurrir en aquel Consejo: ¿Cuál era el motivo por el que no habíamos atacado a los británicos acorralados en Plymouth?

Salvo que el duque hubiese tenido una poderosa y oculta razón para no hacerlo, un motivo que nosotros desconociéramos, semejante omisión —a nuestro juicio— había carecido totalmente de sentido.

En estas circunstancias amanecía el 31 de julio.

El viento soplaba del oeste noroeste.

El duque fue en seguida informado de que una escuadra de ochenta barcos ingleses navegaba a barlovento, siguiendo muy de cerca nuestra estela. Se trataba del cuerpo principal de la flota enemiga. Iba dirigido por Howard, el almirante en jefe de la armada británica, al que muy pronto se unirían el resto de sus embarcaciones, hasta completar el número total de sus efectivos, tan numerosos, que superaban a los nuestros.

Ante la posibilidad de una inminente acción de guerra por parte de los isleños, Medina Sidonia desplegó el estandarte real sobre el trinquete del San Martín, indicando que debíamos colocarnos en orden de batalla.

Hasta ese momento habíamos navegado en tres cuerpos: vanguardia, centro y retaguardia.

A partir de ahora adoptaríamos la formación de combate, en disposición de «media luna».

Nosotros, con Leyva a la cabeza, ocuparíamos el ala norte, junto a la costa. Medina Sidonia el centro, y Recalde el sur.

Ni que decir tiene que la medida resultó muy oportuna, pues estaba claro que Howard esperaba la primera ocasión favorable para lanzar sus barcos contra nuestra escuadra, es decir, la de Leyva, mientras Drake se preparaba para hacer lo mismo por el sur.

Durante los instantes previos al combate, minutos siempre cargados de tensión, me asombré al comprobar que, muy al contrario de que me había sucedido en otras ocasiones, esta vez me acompañaban una tranquilidad y una confianza nada habituales en mi fogoso carácter. Quise atribuirlas a la presencia de Leyva. Además, no fui el único en advertirlo. Al parecer, Don Alonso tenía la rara virtud de infundir serenidad a sus subordinados.

Llegado el momento, nuestra artillería se anticipó a la de los ingleses. También lo hizo la de la Ragazzona.

Los dos navíos disparábamos al unísono, y muy pronto se sumaron el resto de barcos de nuestra escuadra.

Esta primera descarga resultó tan certera que logró

desbaratar el ataque de Howard antes de que tomara cuerpo.

—¡¡Hurra!! ¡¡Hurra!! —recuerdo muy bien que, de un modo espontáneo, todos nos fundimos en una multitud de gritos entusiasmados. Era la expresión natural de nuestra alegría ante tan buen comienzo. Experimentábamos una muestra de la evidente superioridad española, que al primer lance había obligado al Lord Almirante a retirarse derrotado y humillado, sin apenas ocasión de entrar en combate.

* * *

El mismo Howard se vio obligado a confesar que había quedado asombrado por el espectáculo de la majestad de la armada enemiga, y de su perfecta e inexpugnable formación.

Pero donde los españoles eran verdaderamente insuperables y temidos, hasta provocar auténtico pavor entre sus adversarios, era en el abordaje y posterior lucha cuerpo a cuerpo. No en vano había hecho fortuna el término de «abordaje español».

Este era el motivo por el que los ingleses estaban rehuyendo todo acercamiento hacia los barcos de la Gran Armada, contentándose con hostigarles desde la distancia, mediante sus cañones de largo alcance.

* * *

Sin embargo, aquella misma mañana, en el ala sur, hubo un momento en el que el galeón de Recalde, el San Juan, quedó peligrosamente separado del resto de la flota.

El mosquetero Láncara fue el primero en dar la voz de alarma:

—¡El San Juan se ha quedado rezagado! ¡Hay que darle cobertura!

Pero no pasó inadvertida a los ingleses la gran oportunidad que se les presentaba.

Sin perder un instante, el Revenge de Drake, el Victory de Hawkins, y el Triumph de Frobisher, así como cuatro galeones más, se lanzaron sobre el vizcaíno.

Siete contra uno.

El San Juan, a sotavento de nuestra armada —es decir, en posición totalmente desfavorable—, parecía completamente perdido.

Los ingleses se aproximaban veloces mientras acometían con toda la furia de sus cañones.

Su primera descarga consiguió derribar el estay, mientras Recalde, hecho una furia, gritaba desafiante:

—¡Venid a mí, hijos de la Gran Bretaña...! ¡Acercaos un poco más...!

Frobisher, lleno de entusiasmo, continuaba aproximándose peligrosamente... para él.

Pues tan pronto como ambos contendientes se encontraron a una distancia lo suficientemente corta, nuestra superior arcabucería comenzó a disparar a bocajarro sobre los británicos, que se vieron obligados a huir a la desesperada, apremiados además por la inminente llegada de refuerzos españoles, que nos aproximábamos tan rápido como el viento lo permitía.

Las primeras escaramuzas no estaban comenzando nada mal para nuestros intereses.

A pesar de haber dejado escapar una ocasión de oro en Plymouth, la Gran Armada, estaba demostrando un dominio incuestionable sobre las aguas.

Sin embargo, a primera hora de aquella misma tarde, el galeón Nuestra Señora del Rosario, capitaneado por Valdés, chocó contra la Santa Catalina, perteneciente a su misma escuadra. El estruendo que produjo la colisión pudo oírse a una gran distancia a la redonda ya que de resultas del encontronazo se produjeron graves daños en ambas naves.

El bauprés de la Santa Catalina se había partido por la mitad, y la vela del trinquete había quedado gravemente dañada.

Por si esto fuera poco, horas después se declaró una fuerte explosión a bordo de la Santa María de la Rosa, la nave almiranta de Oquendo.

El fuego se había desatado en la santa bárbara. Hubo quienes lo atribuyeron a un acto de sabotaje de un artillero holandés que viajaba a bordo. Otros, a un hecho fortuito. Sea como fuere, el barco ardía envuelto en llamas.

Tan pronto como el duque de Medina Sidonia fue informado del desastre, hizo virar a su galeón, dispuesto a socorrer al buque en peligro.

Pero Drake, siempre al acecho en torno a nuestra flota, aprovechando su posición favorable, consiguió adelantarse y apropiarse del navío y de cuanto de él pudo rescatar.

El entusiasmo inicial se iba apagando a bordo de la «Rata», hasta casi extinguirse por completo.

—¿Qué nos está ocurriendo? —recuerdo que me preguntó descorazonado el bueno del tío Limón.

—No lo sé, pero espero que este infortunio sea el último... —le respondí.

Sin embargo al atardecer, cuando la luz menguaba, un mástil del galeón Nuestra Señora del Rosario, aquel que había resultado dañado por el anterior choque en la escuadra de Valdés, terminó por partirse en dos.

El madero caído arrastraba las velas tras de sí, frenando a la nave hasta dejarla paralizada. La falta de luz nos impidió darnos cuenta de esta nueva desdicha. Y desconociendo lo que ocurría a nuestras espaldas, continuamos avanzando hacia el este.

Al cabo, cuando Medina recibió noticias de la nueva adversidad, aunque nuevamente trató de ponerle remedio, volvió a ser demasiado tarde.

Antes de que pudiésemos hacer nada por impedirlo, escuchamos algunas descargas en la oscuridad.

El Triumph y el Victory, con el viento favorable, de nuevo se nos habían adelantado, cayendo sobre nuestro navío, y exigiendo su rendición.

* * *

Valdés fue hecho prisionero y conducido a Plymouth. Doscientos barriles de pólvora y medio millón de ducados cayeron en poder de los ingleses.

Y el imponente galeón —de 1.150 toneladas, con casi cincuenta cañones y más de 400 hombres, entre tropa y marinería—, fue conducido a Londres. Sus banderas —no conquistadas, puesto que no llegaron a combatir—, pasaron a formar parte de los trofeos del enemigo.

El mismo Almirante Howard no daba crédito a lo que estaba ocurriendo. Parecía como si la Gran Armada española comenzara a desmoronarse por sí sola, como un castillo de naipes.

Muy satisfecho ante tan felices sucesos, el inglés tuvo una feliz intuición que se propuso trasladar a sus mandos de inmediato. Para ello él también convocó un Consejo de Guerra.

Las aguas se hallaban tranquilas, por lo que aquella misma noche los convocados pudieron acudir a la cita hasta la nave Capitana, el Ark Royal.

Entre los ingleses se respiraba un ambiente de indisimulado optimismo. Nuestras desgracias, acompañadas por el apresamiento de dos de nuestros barcos, les hacían concebir esperanzas.

A la entrada del Almirante en la pequeña cámara de reuniones, los oficiales se pusieron en pie, haciéndose un respetuoso silencio.

Howard se encaminó hacia la presidencia y, tras invitar a sus hombres a sentarse, comenzó a hablar con su parsimoniosa voz:

—Señores, las cosas no han comenzado mal para nosotros, es mi deber felicitarles en nombre de Su Majestad. — Una tímida oleada de agradecimientos y comentarios satisfechos recorrió la sala. Tan pronto como se extinguieron, el Lord Almirante continuó con voz más firme—: pero no por ello podemos bajar la guardia. Nuestra regla de conducta ha sido, y *debe continuar siendo*

—con su entonación quiso subrayar muy claramente esta última idea—, la de cañonear a distancia, evitar el abordaje, y retroceder, conservando siempre nuestra ventajosa posición a barlovento de los españoles.

Aquí se detuvo intencionadamente para hacer una pequeña pausa.

Sus ojos escudriñaban detenidamente a su alrededor, deteniéndose en el rostro de cada uno de los oficiales, tratando de calibrar el efecto producido por sus palabras.

Tal y como se esperaba, su silencio fue aprovechado para contradecirle, no sin cierto temor:

—Pero, señor —comenzó el Conde de Cumberland, un hombre de unos treinta años de edad, en cuyas facciones destacaba una recortada barba de tonos rojizos—, nosotros superamos al enemigo en número de barcos y de cañones, y nuestros navíos son más rápidos. Además, contamos con la cercanía de nuestros puertos. En mi opinión, debemos aprovechar todas estas ventajas para, en lo sucesivo, atacar con mayor vigor.

—¡Sí! ¡Lord Cumberland tiene razón! —repitió a coro un nutrido grupo de voces.

Interiormente, el Lord Almirante se felicitó por haber convocado aquel Consejo a tiempo. Ahora sabía que había estado en lo cierto: los hombres estaban crecidos y envalentonados. No eran capaces de ver, o no querían hacerlo, que esas pequeñas victorias habían sido simples casos fortuitos, meras desgracias de los españoles.

—Es muy cierto lo que decís, milord —contraatacó Howard—. Pero me veo obligado a advertiros que no podemos dejarnos llevar por el espejismo de una primera jornada favorable. Debo insistir en que el éxito conseguido hoy ha resultado tan afortunado como ajeno a nuestros propios méritos. También debo confesarles abiertamente que éste es precisamente mi temor: que la suerte que hoy nos ha sonreído nos ciegue de tal modo, que nos haga sobrevalorar nuestras posibilidades, y subestimar las del enemigo. Y esto, señores, es un peligro real al que nos enfrentamos. Hasta hace tan sólo unas horas, todos nosotros, reconozcámoslo, temíamos por nuestra suerte. Temíamos por la suerte de Inglaterra. Y lo cierto es que las cosas, ojalá me equivoque, no han cambiado sustancialmente. Lo que hoy seguimos teniendo ante nosotros es a un enemigo formidable. Por eso es mi obligación abrirles los ojos y repetirles que no podemos deslumbrarnos por una fugaz ilusión. Importa mucho a Inglaterra conservar íntegra su flota, que es su única defensa. No podemos ni debemos comprometerla en un combate cara a cara, pues, perdido éste, entregaríamos el país entero, con sus tierras y sus familias, a los españoles…

»Por el contrario, si continuamos en los días por venir como hasta ahora, es decir, hostigando a la retaguardia, recogiendo a los rezagados y manteniendo a los otros navíos en una constante intranquilidad, poco a poco lograremos desgastar sus fuerzas.

Una vez que hubo terminado de hablar, era muy difícil saber si sus palabras habían logrado convencer al selecto auditorio. Pero lo que sí fue posible afirmar es que nadie más se atrevió a alzar su voz para contrariarle. El prestigio de Lord Howard, la prudencia de su mensaje y la firmeza con que había sido enunciado, resultaban muy difíciles de rebatir.

Por lo tanto había quedado sentado que las cosas seguirían discurriendo por los mismos derroteros por los que habían comenzado. La flota inglesa se contentaría con aprovechar su posición favorable, navegando por detrás de la Gran Armada. En ningún caso se arriesgaría a más.

* * *

Pasaron dos días más sin episodios dignos de mención, hasta que los ingleses amanecieron por excepción a sotavento de nosotros.

Como era de esperar, Howard y Drake se esforzaron por recuperar el barlovento lo antes posible.

Pero Medina Sidonia se apresuró a cortarles el paso, pugnando por conservar nuestra posición favorable. Sin embargo, todo nos aprovechó muy poco, pues cada vez que tratábamos de abordarles, que era lo más que permitían las instrucciones del rey —al menos, en la estricta interpretación del duque de Medina Sidonia—, no lográbamos alcanzar la distancia apropiada, ni para lanzar los garfios, ni para hacer efectivo el uso de los mosquetes.

Los ingleses siempre se alargaban a la mar, con mucha ventaja suya, debido a la mayor ligereza de sus barcos.

Al cabo, la marea y el viento volvieron a cambiar a favor de los enemigos. Y entonces volvieron a cargar sobre Recalde, que era quien cubría la retaguardia.

Al ver nosotros desde la «Rata» el peligro en el que se encontraba el vizcaíno, nos apresuramos a acudir en su auxilio.

A bordo de nuestro viejo navío, ya recuperados de las desgracias del primer día, se respiraba un ambiente inmejorable.

Yo había tenido ocasión de lucirme en el uso del cañón y de los arcabuces, y en medio del combate había incluso tenido ocasión de dar algunas lecciones de tiro al alférez Fitzgerald, a fin de que éste pudiera mejorar sus habilidades artilleras.

Ahora nos aproximábamos muy lentamente hacia el San Juan. Tratábamos de llegar a tiempo para socorrerle, pero íbamos de «ceñida» —es decir, con el viento en contra—, y por tanto, a mucha menor velocidad de la que hubiéramos deseado.

En el camino ensayé un par de disparos de cañón que, aunque no consiguieron alcanzar su objetivo, al menos lograron contener momentáneamente el ataque enemigo.

—¡Muy bien, Santiago! ¡Ahora se lo estarán pensando dos veces! —exclamó entusiasmado Maurice.

Y es que, afortunadamente para el San Martín, la sola presencia de la «Rata» había bastado para liberar a Recalde de su hostigamiento.

Pero poco duró la alegría, pues apenas unos instantes después, era la propia Capitana inglesa la que se dirigía en ataque contra el galeón de Medina Sidonia.

El San Martín no tuvo otra posibilidad que dar media vuelta, amainar las velas de gavia, y esperar a que Howard pasara de largo por delante.

La artillería de nuestra Capitana reaccionó muy bien y con la necesaria celeridad.

También en esta ocasión acudimos con la «Rata» a

socorrerla. La posición de los ingleses resultaba muy a propósito para que Maurice pudiera estrenarse poniendo en práctica mis lecciones de artillería.

Le animé a que efectuara un disparo.

—¡Vamos, alférez, que les quede claro a los ingleses que en Irlanda hay buenos artilleros!

Disparó con tal acierto, que le alcanzó al Ark Royal en pleno castillo de popa, obligándole a huir hacia mar abierto.

—¡Muy bien! —gritamos a una cuantos le rodeábamos.

—¡Que vivan los irlandeses de Desmond! —añadieron a coro el tío Limón y Zorrozúa, con gran entusiasmo.

Recuerdo que le di a Maurice una fuerte palmada en la espalda, felicitándole por la rapidez con que había asimilado mis lecciones.

—¡Muy bien, amigo! Se lo tenían ganado…

Pero, en medio de la feliz celebración, no fuimos capaces de advertir que un maldito obús enemigo, veloz como un rayo, se aproximaba a muy baja altura. No tardó en sobrevolar nuestra cubierta casi al ras, cruzándola de estribor a babor.

Y en su rápida trayectoria, la bala quebró la verga del trinquete.

El palo recién partido se desplomó sobre Fitzgerald, que cayó derribado al suelo, donde quedó aprisionado bajo el pesado madero.

Una vez más, había bastado una fracción de segundo para que toda nuestra alegría se tornara en un profundo dolor.

Fui el primero en correr junto al herido, que, inconsciente, yacía tendido en el suelo:

—Alférez, ¿puede oírme? ¡Por el amor de Dios, respóndame!

Pero el maltrecho irlandés no podía hablar. Había perdido el sentido, y un pequeño reguero de sangre manaba por la comisura de sus labios.

Inmediatamente lo trasladamos a la enfermería.

Sentí que un agudo dolor me oprimía el pecho. Tal vez porque, ya desde aquel instante, comencé a temer por su vida…

7

A pesar de los esfuerzos de reanimación realizados por el Doctor Torres, mi amigo tardó varias horas en recuperar el conocimiento.

Desgraciadamente, mis vaticinios se cumplieron en parte: el pronóstico de Maurice era grave, si bien, al parecer, las heridas no eran necesariamente mortales. Todo dependería de la evolución de las próximas semanas.

Tenía profundas heridas abiertas en el brazo, en el hombro y en el pecho. Su mano derecha había quedado completamente destrozada por la fuerza del impacto.

Desde el primer momento, y con el permiso de Martínez de Leyva, apenas me separé de él.

Así, no es de extrañar que, cuando Maurice finalmente despertó, fuese yo quien estuviera a su lado.

Recuerdo bien las primeras palabras del herido, pronunciadas en su lengua materna:

—*Cá bhfuil mé?... cé go bhfuil tú?* (¿Dónde estoy? ¿Quién eres?)

—Maurice, soy Santiago. Tu amigo —por primera vez, me permití tutearle—. ¿Te acuerdas de mí? Estás a bordo de un barco de la armada española: «La Rata Encoronada».

—Santiago... —acertó a repetir el enfermo con gran dificultad, como si rescatara mi nombre de las más recónditas tinieblas de su memoria.

—Sí, Santiago. El Teniente Guriezo… Nos conocimos en Lisboa. ¿Lo recuerdas ahora?

—Sí, lo recuerdo… pero como entre brumas. Dime: ¿dónde estoy? ¿Qué ha pasado? ¿Por qué estoy en cama? No me acuerdo de nada…

—Poco a poco, Maurice. No debes hacer esfuerzos. Estás herido y llevas un buen rato durmiendo, eso es todo. Pero te pondrás bien…

El fogoso hombre de Desmond, preso de una ansiedad repentina, hizo un penoso esfuerzo por incorporarse.

No consiguió sino avivar sus fuertes dolores en el pecho.

Fue entonces cuando descubrió que se había destrozado la mano. El trastorno que el hallazgo le produjo fue enorme. Sufrió un fuerte arrebato que desembocó en un violento ataque de pánico.

Ayudado por el médico, tuve que librar con él un pequeño forcejeo, hasta que logramos calmarlo.

—¡*Mo lámh! ¡Mo lámh…!* (¡Mi mano! ¡Mi mano…!)

—¡Maurice! ¡Por el amor de Dios! ¡Cálmate…!

Tardó algunos minutos en hacerlo. Hasta que su debilidad, unida a sus fuertes dolencias, le obligaron a apaciguarse.

Jadeaba y sudaba en abundancia.

Se llevó la mano izquierda al pecho, resintiéndose del dolor que le producía la herida.

En verdad daba mucha pena verle así.

Traté de animarle y, sobre todo, de distraerle.

Cuando le creí más calmado, y con capacidad de entender lo que le decía, comencé a relatarle los últimos acontecimientos.

—¿Sabes? Hoy es miércoles 3 de agosto. Navegamos hacia los Países Bajos. Partimos desde La Coruña. ¿Lo recuerdas? Don Alonso Martínez de Leyva, a bordo de cuyo barco viajamos, tiene a su cargo la retaguardia de nuestra armada.

—¿Los ingleses siguen persiguiéndonos? —La pregunta me animó. Significaba que comenzaba a orientarse.

Continué hablando:

—Los ingleses continúan molestando y hostigando desde detrás, pero esta mañana, un cambio en la dirección del viento ha permitido a Recalde, y nos ha permitido a nosotros desde la «Rata», encararlos de frente. En el lance, una de las galeazas ha logrado alcanzar al mismísimo «Ark Royal», al que le ha derribado el palo mayor.

—Ahora parece que estuviéramos al pairo…

—Tienes razón. Lo que te he contado ha ocurrido durante la mañana, mientras todavía dormías. Por la tarde hemos llegado hasta la Isla de Wight. Ahora anochece, y estamos fondeados. ¿Puedo contarte un secreto…? No lo digas por ahí, pero Medina Sidonia está muy inquieto ante la falta de noticias de Farnesio. Sé que hoy le ha enviado un nuevo correo. Por eso permanecemos aquí quietos, porque nuestro Almirante en jefe quiere esperar aquí hasta tener una respuesta del duque de Parma.

Escuchando mis palabras, que yo procuraba pronunciar despacio para que me entendiera bien, mi buen amigo terminó por quedarse dormido como un niño.

Por mi parte, relativamente satisfecho, aun en medio del inmenso dolor que me causaba verle en una situación tan dura, me retiré a descansar.

Al día siguiente, 4 de agosto, era la festividad de Santo Domingo de Guzmán. Y éste era el patrón del duque: No olvidemos que su nombre completo era Don Alonso Pérez de Guzmán.

Y, con este motivo, con gran sorpresa de todos los hombres de la armada, ese día decidió combatir.

Los ingleses acababan de requisar toda la pólvora de sus fortalezas costeras, hasta el punto de haberlas dejado completamente desabastecidas e indefensas.

Este hecho bastó para que la Capitana inglesa, recién aprovisionada y auxiliada por otros bajeles de grueso porte, se sintiera lo suficientemente fuerte como para acometer nada menos que al San Martín.

Muy probablemente los británicos desconocieran por completo la festividad del día y los propósitos de Medina Sidonia. Pero en cualquier caso, Howard se adelantó al duque, a cuyo navío causó importantes daños en el palo mayor.

Gracias a Dios, Recalde y Oquendo fueron capaces de llegar a tiempo para socorrerle.

Y no sólo para socorrerle, sino también para lanzar su artillería sobre el Ark, con tal precisión, que volvieron a infligirle muy graves daños en la arboladura. La tripulación de la Capitana inglesa, atemorizada, hubo de disparar al aire pidiendo socorro.

Once lanchas acudieron en su auxilio y, en medio del intenso fuego, se esforzaron por remolcarla hasta colocarla fuera de peligro.

Pero a pesar de tan peligrosa y heroica acción, la situación continuaba siendo alarmante para los ingleses.

Estaban tan a mano, que la entera marinería española esperaba impaciente la orden de abordaje.

Sin embargo, de modo repentino, el viento cambió de dirección a favor de los isleños.

Y esta inesperada circunstancia bastó para que Medina Sidonia desistiera de dar la anhelada orden.

El Ark Royal pudo así salvarse en el último instante, siendo conducido hasta un puerto seguro, en donde no tardaría en ser reparado.

Al atardecer, el duque envió un nuevo despacho para el duque de Parma. Pues a pesar de que la Gran Armada se hallaba ya a las mismas puertas de Flandes, seguía sin haber noticias de él.

Si —con toda razón— hasta ese momento Medina Sidonia se había mostrado impaciente, ahora comenzaba a angustiarse y a intranquilizarse de veras.

Pero, con una moral encomiable, volvió a insistir una vez más, enviando otra nueva carta —él mismo había perdido ya la cuenta de su número— a Farnesio.

Además de decirle que esperaba respuesta, insistía en recordarle que debía estar preparado para el inminente embarco de las tropas. También le pedía municiones, y le sugería la necesidad de que se proveyese de naves ligeras, ya que los grandes galeones no podrían aproximarse a la costa de los Países Bajos, por carecer ésta de la suficiente profundidad.

* * *

Mi cabeza, aunque también preocupada por Farnesio, permanecía mucho más pendiente de Maurice.

Hasta ahora, gracias a Dios, mi amigo, en medio de la gravedad, se mantenía estable.

Pienso que, si graves eran sus heridas físicas, tal vez fuesen peores las psicológicas. Además de la pérdida de la mano, el brazo derecho lo tenía inservible.

Era inevitable que durante las largas y monótonas horas que forzosamente debía pasar en la enfermería, algunas veces a solas, se viese asaltado por frecuentes pensamientos negativos: ¿qué iba a ser de él a partir de ahora? ¿Qué podría hacer en adelante, aún en el caso de que ganáramos la guerra y consiguiéramos liberar Irlanda?

Por este motivo, nos organizamos de manera que Maurice tuviese siempre a alguien a su lado, alguien que le distrajera y le hiciera compañía, cuidando de que su moral no se viniera abajo.

Mi ayudante Iñigo Zorrozúa, así como Miguel Láncara y Antonio de Carmona, que así se llamaba el «tío Limón», se ofrecieron voluntarios desde el primer momento.

Iñigo sobre todo, demostró una gran capacidad para tratar a Maurice, sabiendo acomodarse al paciente de un modo admirable.

Así, lo mismo era capaz de hacer una broma en el momento en el que más convenía, o mostrarse comprensivo y acomodaticio con sus caprichos, como por el contrario, era también capaz de atajar todo lo que pudiese suponer un exceso de autocompasión por parte del enfermo. Pues Iñigo sabía bien que una actitud derrotista no podía reportarle ningún beneficio.

Aún así, paradójicamente, mi ayudante era quien menos confianza tenía en las posibilidades de recuperación de nuestro maltrecho amigo.

Tal vez a los demás nos cegaba un exceso de compasión hacia el valiente irlandés. Pero si Iñigo, como buen vasco, era un hombre de corazón, tenía los pies bien asentados en el suelo.

Recuerdo que aquel mismo día, tras sustituirme durante un par de horas, en el momento en el que yo regresaba junto a Maurice, me salió al encuentro a una distancia a la que éste no pudiera alcanzar a oírnos, y me confió:

—¡Qué pena tan grande me da verle así!

—Pues no se le nota en absoluto, Don Iñigo, lo está haciendo muy bien. Me atrevo a decir que usted es quien mejor sabe tratarle; incluso, en cierto sentido, mejor que el propio doctor Torres. Y precisamente el médico me acaba de decir que se encuentra muy esperanzado.

—Ojalá pudiera yo decir lo mismo... Siento en el alma aseverarlo, pero me parece que la mirada de sus ojos es mortecina y está desprovista de todo fulgor.

Mi ayudante pronunciaba a veces unas frases un tanto enigmáticas que a mí me dejaban un tanto perplejo, pues me veía incapaz de desentrañar su significado más profundo.

—¿Qué quiere decir? —le pregunté—. ¿Es que piensa que Maurice ha perdido las ganas de vivir?

—No. No es eso. No me cabe la menor duda de que pondrá todo lo que esté de su parte por aferrarse a la vida. Pero en este caso es la vida la que le abandona a él. Y lo hace demasiado rápido para cosa buena...

Éste era otro de los giros típicos de mi ayudante.

El que algo fuese «para cosa buena» o no lo fuera, significaba siempre que se trataba de algo definitivo, determinante. Si para Iñigo la vida de Maurice se escapaba «demasiado rápido para cosa buena», significaba que, en su opinión, sólo un milagro podría salvarle.

No me atreví a preguntarle más. Me limité a darle las gracias por el tiempo que había estado relevándome y, profundamente abatido, me acerqué de nuevo al herido, tratando de aparentar ante él una animación de la que carecía por completo.

Serían aproximadamente las diez de la mañana del sábado 6 de agosto, cuando avistamos en el horizonte una tierra distinta de la inglesa. Se trataba de la ciudad francesa de Boulogne, a tan sólo unas pocas leguas al sur del estrecho.

Pasamos de largo hacia Calais, a donde arribaríamos hacia las cuatro de la tarde.

Las incertidumbres que se nos plantearon acerca de lo que debíamos hacer a partir de aquí eran muchas. Y, como es lógico, a quien más inquietaban era al duque de Medina Sidonia.

La causa de nuestras dudas había que buscarla, sobre todo, en la falta de noticias de Farnesio, cuya ausencia sobrepasaba ya todo lo imaginable.

Su silencio resultaba exasperante, cuando no dramático.

Sabíamos muy bien que, en el caso de que continuáramos avanzando hasta más allá de Calais, las corrientes del estrecho nos arrastrarían inevitablemente hacia el Mar del Norte, imposibilitándonos el cumplimiento de la misión que nos había sido encomendada por el rey; pues las posibilidades de regresar hacia atrás con nuestros enormes galeones y con vientos dominantes del oeste, serían casi nulas.

Pero, por otro lado, Calais era un lugar en extremo inseguro para que pudiéramos echar anclas. Carecía de un verdadero puerto con el suficiente calado para acoger a nuestros enormes bajeles, y los enemigos acechaban desde posiciones indiscutiblemente más ventajosas.

* * *

Tras mucho meditarlo, y tras consultar con sus más allegados expertos, el duque resolvió amainar y permanecer a la espera, sin pasar adelante de Calais. La armada fondearía hasta conocer el paradero y las circunstancias en que finalmente se encontraban el duque de Parma y sus hombres.

Tratamos de servirnos también, en la medida en que su reducido tamaño lo permitía, de la pequeña rada del puerto.

Durante la noche, una vez aseguradas las naves con las dos anclas que requería la fuerza de las corrientes, Medina Sidonia envió a su secretario Arceo en busca de Farnesio.

Mientras tanto, el propio Medina se puso en contacto con el gobernador de la ciudad, el señor de Gordeau: un viejo combatiente que en 1558 había contribuido a arrebatar la ciudad de manos de la Corona inglesa.

Gordeau se puso de inmediato a disposición de la Gran Armada, ofreciéndose a protegerla con los cañones de la ciudad, y a proporcionarle alimento fresco para la tropa y la marinería.

Los ingleses, sospechando que el anclaje de la flota española en un lugar tan inseguro obedecía a alguna amenazadora y desconocida estrategia, se mantuvieron expectantes, guardando una larga distancia de seguridad, frente a la ensenada del puerto.

Pero durante las horas siguientes recibieron refuerzos del Comandante Henry Seymour, procedente de Dover. Con los efectivos que éste trajo, los efectivos británicos, ya de por sí cuantiosos, se vieron incrementados en una tercera parte. Superaban con creces el tamaño de la flota española.

Por si esto fuera poco, se supo que una escuadra de «Geuzen» —esto es, «Mendigos del Mar»: holandeses rebeldes a la Corona de España— a las órdenes de Justino de Nassau, tomaba posiciones entre Calais y Dunkerque. Al igual que los ingleses, ellos también aguardaban la primera ocasión propicia para atacar a la armada.

A ningún marinero peninsular se le podía escapar que, en estos momentos, precisamente al término de tan largo periplo desde España, cuando por fin se habían alcanzado las tan anheladas costas de Flandes, era tal vez cuando peor se ponían las cosas para la armada y para su propia seguridad.

Pues Farnesio continuaba brillando por su ausencia, el puerto era a todas luces precario e inseguro, y los enemigos, más numerosos que nunca, y dotados de una evidente superioridad de medios y de posición estratégica, acechaban desde muy cerca.

En estas difíciles circunstancias anochecía…

8

A pesar de todo, contra todo pronóstico, la noche transcurrió sin incidentes.

Y al amanecer recibimos la que, sin lugar a dudas, era la noticia más largamente esperada. Una noticia que de inmediato se propalaría como el viento entre todos y cada uno de los barcos de la armada: ¡por fin se había podido contactar con Farnesio!

Al ilustre personaje no se le había encontrado en Dunkerque, donde se le creía, sino en Brujas.

Corrí a dar la noticia a Maurice.

Lo encontré con la cara lánguida, entre amodorrado y aburrido.

Pero, tan pronto como le transmití las novedades, su rostro se iluminó:

—Entonces, ¿los Tercios podrán embarcar ya? —me preguntó esperanzado.

—¡Claro! —contesté sin pensarlo dos veces—. Ahora que el duque de Parma sabe de nuestra llegada, nada podrá impedir que nos traslademos con los Tercios a Inglaterra. Y puedes estar bien seguro de que lo haremos lo antes posible…

—¡Por fin! ¡Qué alegría me das, Santiago! Nuestros esfuerzos no habrán sido en vano…

—¡En efecto! ¡Ahora la reina Isabel va a saber que nuestra visita no es precisamente de cortesía…!

* * *

Pero, para desgracia de la Gran Armada, los acontecimientos iban a desarrollarse de manera muy distinta a como Santiago se los acababa de pintar a Maurice.

Tal y como estaban las cosas, los Tercios no embarcarían rumbo a la Gran Bretaña. No lo harían en ese día, ni en ningún otro de aquella concreta expedición.

La respuesta que Farnesio había dado a Don Rodrigo Tello, el enésimo emisario de Medina Sidonia, era que aún precisaría de quince días más para poder tener listos a sus regimientos.

Para hacer más comprensible la respuesta del duque de Parma, conviene subrayar que el plan previsto por él consistía en trasladar a los Tercios desde Dunkerque, a bordo de barcazas, de noche y en el más absoluto secreto. Dicho con sus propias palabras, el paso debería hacerse «antes que nadie pudiera darse cuenta de la operación.»

Pues las barcazas son embarcaciones completamente planas, que precisan de la constante protección de otros barcos, ya que carecen de cañones, mástiles o velas.

Y los grandes galeones españoles eran demasiado pesados para que su calado les permitiera acercarse lo suficiente a la costa, contrariamente a lo que les ocurría a los buques ingleses, mucho más pequeños y maniobreros, que sí podrían apostarse frente al litoral flamenco, y hubieran podido liquidar a los Tercios a medida que fuesen partiendo desde las playas.

Así pues, el plan de Don Felipe II, justo es reconocerlo, había estado mal planteado desde un principio. Era imposible que, una vez llegados los inmensos galeones, las barcazas pudiesen navegar en secreto. Y era imposible que los galeones realizaran el transporte en lugar de ellas, pues su calado les impedía acercarse a la costa.

Así, no es de extrañar que haya incluso quien piense que los Tercios no pudieron zarpar porque el duque de Parma se negó a entregar su tropa a un más que previsible aniquilamiento por parte de ingleses y holandeses.

También es justo señalar que algunos de los correos enviados por Medina a Farnesio no lograron alcanzar su objetivo. Incluso algunos de ellos fueron interceptados por los holandeses. Las comunicaciones no eran en absoluto fáciles en aquel entorno hostil.

* * *

Cuando, algunas horas más tarde, el propio Almirante Leyva, en su diaria visita al enfermo, nos hizo partícipes a Maurice y a mí de la respuesta de Farnesio, nada pudo evitar que un profundo desaliento pugnara por invadirnos.

Las preguntas que nos planteábamos ahora, eran: ¿de qué había servido semejante esfuerzo?

¿Qué se supone que debíamos hacer ahora?

El ya de por sí desfigurado rostro del alférez Fitzgerald exteriorizaba muy a las claras la desesperanza que volvía a acecharnos.

Hice ímprobos esfuerzos por consolarle, aun en medio de mi propio desánimo:

—¡Vamos, Maurice! No desesperes de las capacidades de la armada: si es preciso, volveremos a España y, después de reorganizarnos, podremos regresar de nuevo.

—Tal vez… Pero yo nunca más volveré a combatir. A

veces, cuando estoy aquí solo, me pregunto qué será de mi cuando todo esto acabe, cuando vuelva a tierra. Eso, en el caso de que consiga recuperarme…

—Maurice…, no debes pensar así. Tus amigos jamás te abandonaremos. Debes luchar por tu recuperación, sin dejarte abrumar por el triste futuro que construya tu imaginación. No puedes dejarte vencer por el pesimismo. ¿Me has comprendido?

—Tienes mucha razón, Santiago, pero a veces no es fácil cargar con tanta desgracia…

—Recuerda tus propias palabras cuando me consolabas por la pérdida de Elena: todos aquí te necesitamos, me decías. Ahora soy yo quien te lo dice. Debes ser fuerte, Maurice. Has sido herido en cumplimiento del deber. Y eso no es poco… Nadie podrá jamás reprocharte por ello.

—Lo siento, Santiago. Sólo trataba de desahogarme…

—No tienes por qué disculparte ante mí. Pero por favor te lo pido: nunca…, por nada del mundo…, te dejes arrebatar la esperanza…

Se hizo un largo silencio. En la penumbra de la enfermería, situada bajo la línea de flotación, Maurice volvió a quedarse dormido.

Más tarde, al atardecer, los vigías observaron una serie de movimientos muy poco habituales en la flota inglesa.

A medianoche habían encendido dos grandes fuegos, que fueron aumentando en cantidad hasta alcanzar el número de ocho.

El duque, anticipándose al peligro que muchos de nuestros hombres ya intuían, esto es, que los ingleses estuviesen preparando una flotilla de barcos incendiarios, ordenó al capitán Serrano que se hiciese a la mar con una pinaza. Si los enemigos realmente nos enviaban una partida de bajeles de fuego, su misión consistiría en desviarlos hacia donde no pudieran hacernos daño.

Recuerdo bien que, pasada la media noche de aquella vigilia sin luna, y haciendo ciertas nuestras peores sospechas, pudimos contemplar con asombro cómo, de repente, el infierno se acercaba a nosotros en forma de naves incendiarias.

Después de prender fuego a ocho brulotes, y calculando el tiempo que tardarían en hacer explosión, los británicos los habían colocado a favor del viento, haciéndolos navegar directos hacia nosotros.

Ante su avance, no cabía otra posibilidad que tratar de desviarlos, o huir.

El capitán Serrano consiguió apartar a los dos primeros. Pero los seis restantes continuaron su acometida, acercándose peligrosamente hacia nosotros, sin que nada lograra interponerse en su camino.

Avanzaban unidos entre sí como una única y gran bola ardiente.

—¡Mirad allá! —gritó el tío Limón desde su puesto a popa—. ¡Es como si el mismísimo infierno viniese a luchar contra nosotros...!

En efecto, la vista era terrible.

El duque ordenó levar anclas para hacernos a un lado.

Pero, en muchos casos ni siquiera hubo tiempo material para cumplir las instrucciones, por lo que debieron cortarse los cables a hachazos.

La mayor parte de los barcos de la armada, temerosa de ser arrastrados por el viento hacia los peligrosos bajos de Gravelinas, fueron incapaces de encontrar un lugar seguro en donde volver a fondear, contentándose con mantener una posición alejada de la costa, sin posibilidad de reunirse de nuevo con la Capitana.

La peligrosa maniobra que los ingleses nos obligaron a realizar estaba logrando desbaratar por completo nuestra frágil formación frente a Calais.

Presa del nerviosismo, que empezaba a cundir entre algunos hombres, el San Lorenzo, nave Capitana de las galeazas, colisionó contra el San Juan de Sicilia. Como consecuencia del fuerte impacto, ambas naves perdieron el timón, siendo fatalmente arrastradas por la corriente hacia los bajíos.

Medina Sidonia, consciente de que el mayor peligro para la armada era el de su dispersión, nos instó a todos a recuperar nuestras posiciones. Pero por lo que pude saber, en medio de la confusión reinante, la mayor parte de los buques ni siquiera alcanzó a escuchar la salva de aviso.

Arrastrados por la marea, un buen número de nuestros barcos navegaba sin control hacia el norte.

Para entonces los brulotes incendiarios alcanzaban la orilla, donde se consumieron sin haber producido ningún tipo de pérdida ni de daño material. Pero el mal ya estaba hecho: habían conseguido la dispersión de nuestros barcos.

* * *

Con las primeras luces de la mañana, algunos de los navíos españoles se encontraron navegando directamente hacia Gravelinas, la peligrosa zona de los bancos de arena.

Por si esto fuera poco, aprovechando su vulnerabilidad, el enemigo se acercaba a toda vela, con el viento refrescando a su favor.

En aquel momento la flota británica no bajaba de ciento sesenta bajeles, organizados en cinco escuadras.

El duque —de modo heroico— decidió sacrificarse por la armada: se dispuso a esperar valientemente a los enemigos para hacerles frente él sólo, auxiliado tan sólo por el pequeño puñado de galeones que le acompañaban: el San Felipe, el San Lorenzo y el San Mateo.

A estas alturas, Medina Sidonia conocía bien la desventaja que en su actual situación significaba el empleo de sus pesados cañones y que, por el contrario, favorecía más que nunca a las ligeras armas enemigas.

La Capitana inglesa, sabedora también de su superioridad, y apoyada por la mayor parte de su enorme flota, comenzó a cargar contra el San Martín con toda la furia de su artillería.

Mientras tanto, la galeaza San Lorenzo, embarrancada bajo el castillo de Calais con todos sus cañones inutilizados, veía impotente cómo la entera escuadra de Howard, de treinta navíos, se le venía encima.

Los ingleses preparaban ya una flotilla de botes para su asalto.

Pero los españoles se lanzaron a una defensa tan brillante y heroica que, asombrosamente, consiguieron impedir el desembarco enemigo.

Más tarde, los supervivientes lograrían ganar la playa, aprovechando la inestimable ayuda del gobernador de Calais.

El San Mateo, otro de los navíos que peleaba junto a

Medina Sidonia, ayudado por la pericia y el valor de sus arcabuceros, había logrado zafarse en dos ocasiones en que el enemigo lo había rodeado con un elevado número de barcos.

Y cuando el Rainbow de Seymour se había atrevido a acercársele lo suficiente para intimarle a rendirse, un tiro de mosquete había acabado con la vida de su capitán.

Pero de resultas del combate, el San Mateo había quedado muy maltrecho, tanto, que el duque se vio obligado a ordenar su evacuación. Sin embargo, Don Diego de Córdoba, su capitán, se negó a acatar las órdenes. En su lugar, trató de ganar la costa. Pero, la corriente, más efectiva que sus maltrechos instrumentos, le empujó hacia Zelanda, donde los holandeses se encargaron de acabar con la nave, tras dos horas de duro combate.

El San Felipe, también rodeado de multitud de barcos enemigos, soltó sus garfios, retando a los ingleses al abordaje, pero éstos ni tan siquiera en su abrumadora superioridad de condiciones fueron capaces de aceptar. Al contrario, se retiraron ante los disparos de los mosquetes y arcabuces ibéricos.

Los españoles les gritaban llamándoles «cobardes» y «gallinas luteranas».

Más tarde, consiguió varar en Nieuport, en zona española, donde fue socorrido por los Tercios.

La flota isabelina también luchaba por apresar a los barcos mercantes dispersos.

Pero de modo absolutamente admirable, Medina Sidonia, siempre en el centro de la refriega, logró en todo momento mantener a raya a los atacantes.

Cuando los galeones de Portugal y de Castilla, acompañados de Oquendo y de la «Rata» de Martínez de Leyva, fueron finalmente capaces de reagruparse y de regresar para entrar en acción, el San Martín amainó sus velas, retando a los ingleses al combate.

Pero una vez más, ante semejante envite, los isleños ordenaron la retirada.

Al conocer estos hechos, la reina de Inglaterra se lamentaría muy de veras. También lo haría al conocer que sólo veintiocho de sus bajeles regresaron, y éstos, muy maltratados y con poca gente.

Hasta tal punto afectó a la reina Isabel el resultado de los combates, que hizo publicar un bando diciendo que *«nadie fuera osado en todo su reino de decir el éxito de la armada* (española)*, ni dejasen salir navíos de sus puertos a ninguna parte»*. Esto último, sin duda, con vistas a evitar que la realidad de los hechos pudiera ser conocida y divulgada por los puertos de Europa.

La Capitana de Medina Sidonia había resistido con enorme entereza y gallardía, pero había quedado muy maltrecha.

Ahora el duque no deseaba otra cosa que volver con la armada sobre el enemigo, para no alejarse del canal. Sin embargo, los pilotos opinaban de muy distinta manera. La marea y el viento eran hasta tal punto contrarios, que harían forzoso salir al Mar del Norte.

Quedamos muy mal parados —escribió Medina Sidonia en su diario, expresando su desánimo por los resultados de aquella jornada que la historia conoce como Batalla de Gravelinas—, casi sin poder hacer más resistencia, y los más, ya sin balas que tirar.

9

En la madrugada del 9 de agosto se desató un fuerte temporal.

Los vientos arrastraban al San Martín hacia la costa de Zelanda, hacia un punto situado más al norte de la zona controlada por nuestros ejércitos. Se trataba de un lugar extremadamente peligroso, de bajíos en pleno territorio enemigo.

Desde la «Rata», en la lejanía, observábamos consternados la trágica escena, sin poder hacer nada por evitarla.

—¡Van hacia los bajíos!

—¡Tienen que virar! ¡Tienen que corregir el rumbo ya o están perdidos! —gritaban algunos marineros.

—No tienen nada que hacer, el viento les arrastra, sólo un milagro podría salvarlos —comentó Láncara con su habitual simplicidad.

Todos acusábamos en nuestros ánimos aquel momento terrible, tal vez el peor de cuantos vivimos durante aquellos desgraciados días.

Si nuestra Capitana encallaba y era apresada por el enemigo, el impacto sobre la moral de nuestros hombres podría resultar decisivo.

Sin embargo, en el momento en el que el imponente galeón se adentraba sobre aguas de escasísima profundidad, cuando corría ya el peligro de embarrancar de un momento a otro, la divina Providencia quiso apiadarse de nosotros. Pues, al igual que había manifestado

Láncara, tengo para mí que fue un auténtico milagro que el viento rolase de manera repentina al sureste, sacando del peligro a Medina Sidonia en el último instante, cuando todo parecía perdido...

—¡Salen! ¡Salen! ¡El viento ha rolado! ¿Lo ves, Láncara? —gritaban entusiasmados algunos compañeros de armas del gallego. Algunos de los hombres daban gracias a Dios en voz alta.

—¡Se han salvado! —gritaban otros.

Volvíamos a respirar tranquilos. Pero... ¿por cuánto tiempo?: la situación, a pesar de todo, continuaba siendo dramática.

Nos hallábamos escasos de víveres y de agua, faltos de balas de artillería, rodeados de enemigos, perdida toda esperanza de realizar el plan previsto con Farnesio y, lo que era peor, con muy escasas posibilidades de regresar hacia el sur, a través del estrecho de Calais.

Fue esta difícil encrucijada, la que movió al recién recuperado Medina Sidonia a convocar un nuevo Consejo de Guerra.

El duque deseaba intercambiar pareceres con los más experimentados capitanes. Según me comunicó más tarde Don Alonso Martínez, había una cuestión que le preocupaba sobre todas las demás: quería saber si convenía intentar el regreso hacia el sur a través del paso de Calais o si, por el contrario, resultaba necesario doblar por el norte de Escocia, entre el cabo de Duncansby y las Islas Orcadas.

Hubo una auténtica unanimidad en cuanto a la conveniencia de volver al Canal en el muy improbable caso de que los vientos nos lo permitieran. De lo contrario, sería inevitable regresar a España por el camino más largo.

Pero, tal y como habían previsto los más expertos marinos, muy pronto habríamos de rendirnos ante la terca realidad: los vientos seguían soplando invariablemente del sur-suroeste, impidiéndonos el regreso a Calais. El breve espacio de tiempo que habían rolado al sureste para sacar al San Martín de los bajíos de Zelanda, había constituido una notabilísima excepción.

La flota inglesa nos seguía siempre a una distancia prudencial. Persistían en emplear la misma táctica que tan buen resultado les había dado desde Plymouth.

Por tres veces nos detuvimos a desafiarles, provocándoles a presentar batalla, pero en todas y cada una de ellas amainaron las velas, cuidando de mantener las distancias.

Mi amigo Fitzgerald empeoraba a ojos vista. Con el permiso de Leyva, ya no me separaba de él ni de día ni de noche. No podía olvidar que había sido él quien me había salvado la vida.

Le acompañaba con gusto a pesar de que, de un tiempo a esta parte, tal vez contagiado del general abatimiento de la tropa, mis débiles ánimos habían vuelto a venirse abajo. ¿Qué esperanzas podía yo transmitirle en las presentes circunstancias? Ya sólo nos quedaba regresar a casa, tratando de no acumular mayores daños ni penas sobre nosotros.

Teníamos muchos más heridos que cuando Maurice había sido alcanzado por el desgraciado obús.

En verdad, el espectáculo en la enfermería de la «Rata» había empeorado notablemente. Eran muchos los hombres enfermos o heridos que, hacinados, ocupaban la triste sala.

Durante los días siguientes continuamos navegando hacia el norte, empujados por el viento sudoeste fresco y con mar grande.

Sabíamos bien que la travesía sería larga. Tanto, que escasearían el agua y los víveres.

Comenzamos a acortar las raciones.

Tuvimos que arrojar a la mar cuarenta caballos y cuarenta mulos de la artillería de campaña. No ignorábamos que su carne podría servirnos de alimento más adelante, pero mucho más acuciante se nos presentaba la penuria de agua. Y, si escaseaba la bebida para los hombres, mucho más lo hacía para los animales. Éste fue el motivo por el que procedimos de tan triste modo. Triste ciertamente, porque causaba mucha pena contemplar a los asustados animales que, completamente desorientados, nadaban por detrás de las embarcaciones, tratando de seguir su estela.

Así continuamos hasta el día 12 de agosto, en que la expedición británica, agotada, no pudo continuar por más tiempo y cesó en su persecución. No en vano nos encontrábamos ya ante al estuario del Forth, a 56º de latitud norte, frente a las costas de Escocia.

* * *

Para justificar su retirada, Howard obligó a sus mandos a firmar un memorándum en el que prestaban su conformidad.

No iba descaminado el lord al protegerse de lo que pudiera pensar la reina de su conducta. Pues, en efecto, el secretario de la soberana, en carta fechada el 18 de septiembre, se lamentaría de lo que consideraba una actitud reprochable en los siguientes términos:

> *«Siento que el lord almirante se viese obligado a cesar la persecución del enemigo a causa de las necesidades que tenían. Nuestros hechos a medias alimentan el deshonor y dejan la enfermedad sin curar.»*

De hecho, no está de más señalar que la Gran Armada no fue nunca derrotada, y que jamás le negó el combate al inglés. Pero también es justo señalar que la estrategia británica de evitar la batalla frente a frente terminó por agotar la capacidad española de permanecer en el teatro de operaciones. Y esto, unido a la incomparecencia de Farnesio, terminó por determinar el fracaso de la misión.

* * *

No fue hasta el día 20 de agosto cuando finalmente franqueamos el paso entre las Orcadas y las Shetland. A partir de ahí dejaríamos de navegar hacia el norte para dirigirnos hacia el oeste.

Aquéllos fueron días de grave penuria y escasez.

Cada día que pasaba nuestras difíciles condiciones empeoraban. Todo era sufrimiento a bordo de nuestros barcos. Causaba admiración que muchos de ellos, tan maltratados como estaban, pudiesen continuar navegando.

Entre éstos se encontraba la «Rata», cuyo estado hacía que los pilotos comentaran que parecía milagroso que pudiese todavía aguantar.

Pero la situación de los hombres no era mejor que la de los buques. Y entre ellos, Maurice había entrado en su fase terminal.

Mi amigo era plenamente consciente de ello. Era ya incapaz de tragar alimento. Hacía días que tan sólo bebía un poco de agua.

Quiso llamar a su lado al padre Dowrough, uno de sus muchos compatriotas que nos acompañaban.

El buen sacerdote le administró la Unción de Enfermos y el Viático. Yo estaba entonces a su lado. También Don Alonso de Leyva quiso estar presente.

Tras la recepción de los sacramentos, el pobre Maurice, demacrado por los dolores y el avance de la gangrena, pareció revivir por unos minutos.

El padre Dowrough, le dirigió unas afectuosas y consoladoras palabras en su bella lengua gaélica.

Después le dio una cariñosa palmada en el hombro, a modo de despedida, y se retiró. Había otros heridos a los que debía atender.

—*Dia leat, mac mo!*

—*Go raibh maith agat, Athair!*

—Maurice, casi diría que te envidio —le dije con emoción.

Su pérdida se añadía a mi lista de padecimientos, pero era cierto que me alegraba por él. Dejaría de sufrir y su alma volaría derecha junto a sus seres queridos y junto a Dios.

Yo, por el contrario, debía afrontar un futuro nada halagüeño.

Pero mi amigo, que estaba ya más en la otra vida que

en ésta, me respondió de un modo que me dejó profundamente pensativo:

—No me envidies, Santiago. Es cierto que todavía tendrás que sufrir. Pero no olvides que mi querida Irlanda, hacia la que nos acercamos, está bendecida por la presencia de San Patricio. Presiento que también a ti te traerá grandes bienes…

Éstas fueron sus últimas palabras. Las recuerdo como si las hubiese escuchado ayer mismo. Las dijo de un modo tan sincero, que se me quedaron profundamente grabadas.

Después cerró los ojos, y se quedó dormido.

Fue aquella misma noche cuando entregó su alma a Dios.

Creo que Don Alonso sufrió su pérdida casi tanto como yo. Él también le había tomado un gran afecto al noble irlandés. Tal vez porque conocía bien su trágica y heroica historia, así como la de su familia. El caso es que, en virtud de su autoridad, se negó a lanzar el cadáver a la mar. Se propuso esperar hasta que avistáramos las costas de su patria:

—Allí —señaló—, junto a la tierra que le vio nacer, es donde deben descansar sus restos.

Pero por si nuestras desventuras fuesen pequeñas, pronto se levantaron fuertes vientos contrarios que, además de impedirnos avanzar, contribuyeron a dispersar la armada una vez más…

La tempestad duró hasta el primero de septiembre, en que el viento volvió a sernos favorable.

Con la mejoría, la Capitana y los buques que todavía

nos manteníamos junto a ella, realizamos el paso entre las Hébridas y Escocia, enfilando hacia el sur.

Pero a partir del día 6 de septiembre el tiempo volvió a empeorar. Hasta el punto de que, debido al cada vez más calamitoso estado de la nave, nos fue de todo punto imposible mantenernos junto a la formación.

En medio de la espesa cerrazón perdimos todo contacto con los demás buques.

Cuando, finalmente, el día 8 el tiempo amainó y regresaron los vientos favorables, avistamos frente a nosotros las costas de Irlanda. Leyva tuvo entonces la misma idea que yo. Nuestro deseo hubiera sido devolver el cuerpo de Maurice al sur, a su recordado Munster. Pero la «Rata» iba muy maltrecha. Tanto, que decidimos dirigirnos a la costa y buscar un lugar en donde detenernos a reparar el barco. De otro modo corríamos el riesgo de terminar, más pronto que tarde, con el casco de la enorme carraca en el fondo del mar.

Don Alonso me llamó a su lado confiándome la misión de organizar las exequias del alférez Fitzgerald.

Corrí a llamar al padre Dowrough y a algunos otros irlandeses que, junto conmigo, tendrían el honor de arrojar el cuerpo de mi amigo a la que sería su última morada: las tempestuosas aguas frente a la península de Mullet.

El padre Dowrough no tardó en presentarse en cubierta revestido con sus más solemnes vestiduras sacerdotales.

Experimenté uno de esos momentos que marcan un hito en la vida.

Estábamos hambrientos, sedientos y cansados. Parecíamos —o tal vez deba decir que *éramos*— náufragos sobre un viejo barco a la deriva. Sin embargo, ante las firmes y claras palabras del prelado, pronunciadas en latín, español y gaélico, toda actividad cesó en cubierta. Nos congregamos en silencio en torno a su persona, contestando cada cual en su propia lengua, según Dios le daba a entender.

Recuerdo muy bien que finalizamos con un breve responso, acompañado por algunas de las más bellas oraciones extraídas de los salmos:

> El Señor es mi pastor, nada me falta.
> En verdes pastos me hace repostar.
> Aunque camine por cañadas oscuras, no temo ningún mal,
> Porque Tú estás conmigo.
> Mi mansión será la Casa del Señor por años sin término…

Por segunda vez durante aquella larga travesía, yo que jamás había llorado desde mi más tierna infancia, volví a derramar lágrimas. Sobre todo cuando, después de las oraciones, el tío Limón lanzó dos salvas en honor del difunto.

Sólo entonces arrojamos el cuerpo a las aguas, iba envuelto en una humilde tela, al más puro estilo de la mar.

Todos los hombres —la cabeza descubierta—, contemplamos la escena en pie, en medio del más solemne y respetuoso silencio.

10

Una vez realizada ésta, nuestra última despedida a Maurice, procedimos a enfilar la proa hacia la bahía de Blacksod.

Se trataba de un lugar ideal para refugiarnos, pues estaba plenamente protegido de los vientos del oeste por la larga península de Mullet. Sin embargo, si bien no constituía un lugar de fácil acceso para quien no estuviese familiarizado con su particular orografía, aún lo era menos para un barco desvencijado y ruinoso como el nuestro.

Sabíamos que la urca «Duquesa de Santa Ana», de novecientas toneladas, que navegaba un poco por delante de nosotros, había enfilado en esa misma dirección. Tan pronto como penetramos en la bahía, pudimos seguir con la vista sus movimientos, a algunas millas hacia el norte. Vimos cómo se adentraba en el magnífico refugio de una pequeña rada, una bahía dentro de la bahía, que más tarde supimos que recibía el nombre de Elly.

No conociendo el tamaño del abrigo encontrado por la «Duquesa» y encontrándonos frente a un entrante que nos pareció igualmente adecuado para nuestros propósitos, continuamos navegando un poco más hacia el este, en dirección hacia la silueta de un viejo castillo que se recortaba en el horizonte, y que, a pesar de estar en ruinas, aparecía en las cartas de navegación con el nombre de castillo de Doona.

Esta decisión no pudo resultar más desacertada, ya que se trataba de un área de complejas y fuertes corrientes, que cambiaban de sentido con cada marea. Como hacia el sur el aspecto de las aguas era aún más traicionero, optamos por acercarnos a tierra tanto cuanto pudimos, y allí echamos el ancla.

Al mediodía Leyva envió a tierra a una avanzadilla de reconocimiento compuesta por catorce soldados bajo las órdenes de un italiano llamado Avancini. Viajaron a bordo del único bote de que disponíamos.

Desde la «Rata» seguimos sus movimientos con toda atención. Observamos cómo conseguían desembarcar sin dificultades en medio de la solitaria y desnuda costa que rodeaba al castillo. En seguida se encaminarían tierra adentro, hasta que muy pronto los perdimos de vista.

Entonces no podíamos saber que estos hombres acababan de desembarcar en una de las regiones más inhóspitas y remotas de Irlanda. Y que jamás regresarían… Pues tal vez la única virtud de este desolado territorio fuese precisamente que la ley inglesa apenas lograba llegar hasta él. Pero los nativos, como no tardaríamos en comprobar, eran gentes levantiscas y anárquicas, que vivían en un estado primitivo y casi salvaje.

Mientras tanto, las horas transcurrían despacio a bordo y la ansiedad crecía. Pues el bote permanecía en la orilla sólo y abandonado, y el destacamento no daba señales de vida.

Como la chalupa era de mucho valor para nosotros y no podíamos permitirnos perderla, enviamos un nuevo grupo a recuperarla. Este grupo lo compusieron algunos de nuestros mejores nadadores. Viajaron sobre barriles de vino vacíos, pues no teníamos otra canoa. Dentro de sus improvisadas embarcaciones, remando con las manos, consiguieron llegar hasta la orilla. Una vez allí recuperaron el esquife y regresaron a bordo.

Comenzaba a atardecer. Pronto se haría de noche. El viento había ido creciendo en intensidad y la marea se había hecho cada vez más fuerte. Con el paso de las horas perdíamos la esperanza de que la partida de hombres pudiera regresar.

Pero todavía se hacía más preocupante el estado del barco y del ancla. La nao se hallaba en una posición muy precaria. El oleaje y las corrientes eran demasiado fuertes para que su maltrecha estructura pudiera resistir mucho más tiempo. Sus constantes chasquidos y crujidos así nos lo hacían saber.

Pero la noche se echaba encima. El casco tendría que aguantar. Durante las horas de oscuridad no había nada que pudiéramos hacer por remediar sus males.

Así transcurrió aquella larga e inquietante noche de vigilia.

Con la luz del nuevo día volvimos a encontrarnos ante la poco halagüeña vista de un mar oscuro y gris, tan sólo blanqueado por la espuma de sus olas. Las que provocaba el viento fresco del oeste, la peor dirección posible para nuestros intereses.

Estaba claro que debíamos encontrar un lugar más seguro para atracar.

Pero nada más levantar el ancla, la corriente nos arrastró con tanto ímpetu, que nos fue imposible corregir el rumbo a tiempo. La quilla se clavó en el fondo arenoso, sin que pudiéramos hacer nada por liberarla.

Las posibilidades de reflotar el barco eran nulas. Y, además, cada marea no haría sino afianzar el barco aún más en el fondo.

Esto resultó un terrible golpe para todos nosotros y muy en especial para Leyva. Si habíamos esperado encontrar un lugar seguro y a salvo en un país amigo, si habíamos anhelado un puerto en donde poder reparar nuestro barco para después poder retomar el largo camino de regreso hacia España, o en el peor de los casos, hacia Escocia, nos habíamos encontrado con algo radicalmente distinto. Pues ahora, sin ningún temor a equivocarnos, podíamos afirmar que la «Rata» había llegado al final de sus días.

Debíamos desembarcar cuanto antes, antes de que el casco se deteriorase aún más. Aunque la costa no distaba más de ciento cincuenta metros, muchos de los hombres, la mayoría diría yo, no sabían nadar. Éramos unos seiscientos individuos a bordo.

Gracias a Dios, la chalupa rescatada de nuestro destacamento perdido permitía transportar a una treintena de hombres en cada viaje, por lo que la tarea de desembarco resultó finalmente más laboriosa que difícil.

Una vez en tierra nos dirigimos hacia el viejo castillo que habíamos divisado durante la maniobra de aproximación. Estaba abandonado, y por tanto nos ofreció un refugio de primer orden.

Constituíamos una fuerza lo suficientemente grande como para que tanto los nativos como los ingleses, en caso de que los hubiera por los alrededores, nos tuvieran algo más que simple respeto.

En seguida organizamos la intendencia. Tarea no

sencilla para tan gran número de personas y con tan escasos medios como contábamos. Pero estando en tierra firme por primera vez desde nuestra ya lejana partida de La Coruña, al menos la escasez de agua ya no constituiría un problema.

Pasados un par de días en nuestra nueva posición, Leyva crecía en deseos de partir en busca de nuestros compatriotas de la bahía de Elly.

Pero lo desconocido y peligroso del territorio nos impedía hacerlo sin antes explorar el terreno. Pues dábamos ya por muertos a Avancini y sus hombres.

Fue la mañana de aquel segundo día cuando Don Alonso me envió a realizar una salida de reconocimiento.

Partí con un destacamento de veinte hombres. Recorrimos varias millas hacia el norte sin encontrar nada reseñable en aquel territorio inhóspito y, al parecer, muy poco poblado.

Ya casi íbamos a regresar, cuando me pareció distinguir una sombra que se ocultaba tras unos matorrales.

Hice una señal a los hombres para que, manteniéndose en silencio, me cubrieran la retaguardia.

Avancé en solitario, despacio y con sumo cuidado.

Cuál no fue mi sorpresa cuando, al aproximarme algo más a la maleza, me encontré cara a cara con una bella joven cuyos hermosos ojos, entre asustados y galanes, me observaban tan fijamente como si nunca antes en su vida hubieran contemplado a un soldado español, cosa que muy probablemente era cierta. En medio de su incuria, pues daba toda la impresión de hallarse desamparada, viviendo sola a la intemperie, vestía de un modo sencillo y sobrio que se me hizo incluso elegante: llevaba un vestido de lana de color azafrán y se cubría los hombros con un gracioso manto con orlas de color azul. Llevaba el pelo —rojizo y fino— suelto y tan largo, que le caía sobre los hombros.

Yo había aprendido algunos elementales rudimentos de gaélico de labios de mi recordado amigo Maurice. Ése había sido el modo cómo nos habíamos entretenido durante las largas horas pasadas en la enfermería de la «Rata». Por eso, ante tan inesperado encuentro y para mi propia sorpresa, me encontré saludando a la muchacha en su lengua materna:

—*Cé'n chaoi a bhfuil tú?*

Pero ella continuaba mirándome fijamente, sin pestañear.

Pensando que no me habría entendido bien, me esforcé por pronunciar las sílabas con mayor cuidado, y volví a repetir más despacio:

—*Cé'n chaoi a bhfuil tú?*

Esta vez sí me respondió, pero lo hizo de un modo tan rápido y vivo, que no conseguí entender ni una sola de sus muchas palabras.

Le pedí por señas que por favor hablara más despacio:

Ella sonrió, con una sonrisa maravillosa que me encandiló.

Entonces, en un hablar notablemente más lento y dulce, me preguntó en su lengua:

—*Spáinnigh go bhfuil tú?*

—Sí. Españoles.

Traté de decirle que queríamos ir junto a nuestros compatriotas del otro gran barco, y le pedí si nos podía conducir hasta ellos… pero enseguida hube de rendirme a la evidencia: mis rudimentos de gaélico no llegaban a tanto.

Por desgracia, ninguno de los hombres que me acompañaban era irlandés.

Hice un ímprobo esfuerzo por ganarme la confianza de la muchacha. Era la única persona nativa con la que habíamos establecido contacto, y su ayuda podría resultar decisiva.

Tenía que intentar retenerla hasta que alguno de mis hombres pudiese ir en busca de alguno de nuestros irlandeses.

Le hice gestos pidiéndole que accediese a acompañarnos hasta el campamento.

—*Caisleán Doona?* —me respondió para mi gran sorpresa, pues significaba que conocía perfectamente nuestra posición.

—Sí, al castillo de Doona.

Yo estaba maravillado de ver que la joven, cuya cautivadora mirada cada vez me parecía más hechicera, había perdido por completo su inicial prevención hacia mí. Al contrario, parecía más bien divertida al ver mi torpeza en su lengua, y mis notables esfuerzos por hacerme comprender.

Fue tal la corriente de amistad y confianza que se estableció entre los dos, que del modo más natural y sin casi pensarlo, me atreví a preguntarle por su nombre:

—*Cad is ainm duit?*

Se ruborizó ligeramente, antes de responder:

—*Is é mo ainm Keara.*

He de decir que su respuesta resonó en mis oídos de un modo tan musical que se me quedó profundamente grabada. Jamás podré olvidar el modo tan dulce en que pronunció esa palabra mágica, nunca antes oída por mí: «Kierah». Pues aunque después supe que se escribía «Keara», ella pronunció «Kierah».

Me presenté a mi vez:

—Me llamo Santiago.

Creo que ella, al escuchar el modo en que yo pronunciaba mi nombre, se sorprendió tanto como yo me había sorprendido al escuchar el suyo, pues entre divertida y asombrada trató por dos veces de repetir:

—*Santchagu!*

Me reí con verdaderas ganas por primera vez desde mi salida de Lisboa, mientras trataba en vano de corregirla:

—No. Santchagu no: «Santiago».

Ella no trató de repetirlo de nuevo. Por toda respuesta se alzó —pues hasta ese momento ambos habíamos permanecido de cuclillas— y, con un sencillo ademán me dio a entender que podíamos iniciar el camino hacia el castillo.

Mis hombres permanecían a algunos pasos por detrás de mí, desde donde habían podido observar la escena, así como escuchar la entera conversación.

En su presencia me sentí ligeramente azorado, pero, prevaliéndome de mi autoridad, logré mantener la gravedad y la seriedad propias de mi rango y, por toda explicación, les dije:

—Esta lugareña se llama Keara. Creo que será capaz de conducirnos hasta el Duquesa de Santa Ana. Ahora nos acompañará hasta el castillo. La llevaremos ante Don Alonso.

11

Durante el breve recorrido de regreso hasta el castillo de Doona, apenas se produjeron nuevos intercambios de palabras entre Keara y nosotros.

Ella caminaba por delante, abriendo camino. Marchaba decidida y segura de sí misma, con la elegancia de una antigua reina celta.

A nuestra llegada al campamento, la presencia de la muchacha levantó algunos murmullos de asombro.

Pero, ajenos a las caras de sorpresa que causábamos a nuestro paso, nos condujimos directamente hasta la presencia de Leyva. Precisamente lo encontramos tratando de desentrañar el significado de unos viejos mapas del noroeste de Irlanda, los que habíamos conseguido rescatar del naufragio. Pero las cartas se encontraban tan mojadas y deterioradas, que apenas eran legibles. A pesar de la voluntariosa ayuda del piloto y de un par de soldados irlandeses del sur, a Don Alonso le estaba siendo poco menos que imposible extraer nada en claro de su farragosa lectura.

Estaba sentado sobre un viejo barril que hacía de silla, y tenía el mapa apoyado sobre otro tonel más grande que hacía de mesa. Al sentirnos llegar, levantó la cara y, al igual que había ocurrido con la tropa, no ocultó su asombro al descubrir la inesperada presencia de Keara. Sus ojos —escrutadores— pasaron sin solución de continuidad desde la joven extranjera hasta mí.

Era evidente que con su mirada me estaba pidiendo una explicación:

—Señor —comencé— durante nuestra patrulla de reconocimiento nos hemos encontrado con esta joven, que responde al nombre de Keara...

—*Kierah* —corrigió la aludida con energía, pues había adivinado que, aunque incorrectamente, yo trataba de pronunciar su nombre.

Estaba claro que era una mujer de carácter.

—*Kierah* —traté de enmendar, arrancando una sonrisa de sus labios—. Se ha ofrecido a llevarnos hasta el Duquesa de Santa Ana.

A continuación hice un breve resumen del lugar y las circunstancias en las que habíamos encontrado a la muchacha, y de la breve conversación que había mantenido con ella.

Para mi decepción, pues pensaba que se alegraría mucho ante las buenas noticias que le traía, Don Alonso no ocultó sus reparos:

—¿Pero Don Santiago, acaso sabe usted quién es esta mujer? ¿Sabe de dónde procede y cuáles son sus verdaderas intenciones? Es extraño que estuviera sola en medio de estas desoladas tierras. Además, parece demasiado segura de sí misma. Tal vez nos prepare una trampa...

De pronto comprendí que, llevado de mis ansias de encontrar ayuda, o probablemente —hube de reconocer en mi interior— neciamente cautivado por la fascinadora mirada de Keara, acababa de cometer una imprudencia.

Don Alonso continuó con sus reflexiones:

—¿Sabe usted si esta joven no estará en connivencia con los ingleses?

Enrojecí como un mal estudiante ante la reprensión de su maestro.

Pero Leyva, que en modo alguno pretendía humillarme, y menos aún en presencia de mis hombres, al verme tan azorado se ablandó un poco y concluyó:

—De cualquier modo, creo que no debemos despreciar la oportunidad que se nos presenta. Quién sabe…, siempre existe la posibilidad de que actúe de buena fe, que conozca bien el terreno y que en verdad desee ayudarnos… Al menos la interrogaremos mediante un buen intérprete… Sin duda el padre James ne Dowrough es la persona apropiada para hacerlo. Hagan el favor de llamarle.

El padre Dowrough, el mismo que había atendido a Maurice durante sus últimas horas en este mundo, era un hombre alto y delgado, de unos cincuenta años de edad. Los rasgos de su fisonomía reflejaban un noble espíritu. A pesar de las duras circunstancias por las que atravesábamos, había logrado conservar, tanto en su vestimenta como en su porte en general, la apostura propia de su ministerio.

De hecho, en cuanto la muchacha lo vio, reconoció en él a un ministro de la iglesia, e inmediatamente tomó ante él una actitud notablemente más reverente y humilde que la que había adoptado hasta ese momento ante nosotros.

Ante tan evidente y sincero cambio, el prelado le preguntó en su lengua:

—Hija mía, ¿eres católica?

—Sí, padre. Al igual que toda mi familia y mi pueblo. Jamás traicionaremos nuestra fe a la presión de esos perros ingleses —el tono de sus palabras adquirió un tono duro y severo en esta última afirmación.

—Hija, no debes odiar a nadie. Tampoco a los ingleses. Recuerda lo que dice el Evangelio: debemos amar y orar también por nuestros enemigos.

—Pero padre, ¡ellos nos odian a nosotros y quieren usurpar nuestra tierra…!

—Aún y todo, no debes odiar. ¿De dónde eres?

—Del norte, de Antrim, pertenezco al clan de los Mac Donald. Pero llevo ya algún tiempo en esta tierra…, desde que mi familia murió en la lucha contra los ingleses.

—¿Por qué no has regresado al norte con los tuyos?

—Porque no me queda familia y porque, aunque lo he intentado, no he tenido la oportunidad de hacerlo. No tengo un caballo sobre el que pueda viajar, y marchar a pie en estos días es peligroso incluso para un hombre solo. Mucho más para una mujer desvalida…

—¿Sabes algo de los catorce españoles que partieron de nuestro barco?

Aquí la muchacha bajó ligeramente los ojos antes de responder:

—Los han matado. Igual que hicieron con mis hermanos. En esta región, al sur de Sligo, abundan los traidores. Ellos entregaron a los españoles a Bingham.

—¿Bingham? ¿Quién es Bingham?

—El perr…, Quiero decir, el inglés que trata de imponer la ley de su reina en nuestra tierra. Bingham y sus hombres acechan desde la distancia, pero temen a tantos españoles juntos —aquí la muchacha esbozó una amplia sonrisa de satisfacción—. No se atreven a acercarse. Sólo espían sus movimientos.

A pesar de que los españoles que escuchaban a la mujer —Martínez de Leyva entre ellos— eran incapaces de comprender ni una palabra de lo que ella iba diciendo, sí creyeron percibir que hablaba con entereza y sinceridad. A no ser que fuese una actriz consumada, era imposible pensar que estuviese mintiendo. Hablaba con el corazón en la mano.

Todos esperaban ansiosos a que acabase el interrogatorio para conocer su contenido de labios del padre Dowrough.

—¿Es cierto que conoces el paradero del otro barco español y que sabes cómo llevarnos hasta él sin peligro?

—Conozco bien el camino hasta la bahía de Elly, donde está el otro barco. Está a un día de marcha a pie para un caminante solo, a unas veinte o veinticinco millas de aquí. Un grupo como éste, con heridos y con enseres que transportar, podría demorar unos dos o tres días. Pero insisto en que no hay peligro: nadie se atreverá a salirles al paso.

—¿Puedes dar a estos hombres alguna garantía de que lo que dices es cierto?

—No, padre, no puedo hacerlo. Soy una mujer sola, lejos de su hogar. Sólo puedo darles mi palabra como garantía. ¿Usted me cree?

Su mirada en ese momento mantenía un cierto aire de desafío, pero a la vez, sus ojos seguían trasluciendo sinceridad y franqueza.

El padre Dowrough, habituado a tratar con todo tipo de personas y profundo conocedor de almas, supo interpretar lo que había en el interior de aquella joven.

—Sí, hija. Yo te creo.

Terminada la entrevista, condujeron a la muchacha hasta una tienda en donde le ofrecieron algo de comer, y donde debía aguardar hasta que el sacerdote nos trasladara a Leyva y a mí el contenido de la conversación.

—¿Qué opinión le merece a usted, padre? —le preguntó Leyva.

—Creo que es sincera y que es cierto que nos puede ayudar.

—Sin embargo, hay algo indócil y rebelde en sus ojos —argumentó Don Alonso, tratando de forzar al intérprete a emitir un juicio más agudo.

—Es cierto. Pero ése es un dato más que habla en su favor. Si ella fuese un agente de los ingleses, dudo mucho que tuviese esa mirada.

—¿Y si la estuviesen chantajeando? He oído decir que en el castillo de Dublín hay rebeldes irlandeses cautivos. ¿Y si le hubiesen ofrecido la liberación de un padre, de un hermano, a cambio de entregarnos?

—Es un riesgo que debemos correr. Ella ha dicho que los ingleses nos observan desde la distancia sin atreverse a atacarnos, debido a nuestro gran número. Afirma que temen a nuestra fuerza.

—En efecto, no creo que les sea fácil emboscarnos si guardamos las debidas cautelas. Sí: creo que debemos correr el riesgo de dejarnos conducir por... ¿Keire?

—Keara —le corrigió el sacerdote.

—Eso es: Keara. ¿Está usted satisfecho, Don Santiago? —me preguntó repentinamente Leyva, volviendo su rostro hacia mí.

—Sí, señor —le respondí—, creo que ella es franca y veraz, y que desea ayudarnos.

—Entonces partiremos rumbo al Duquesa de Santa Ana. La muchacha nos conducirá. Saldremos hoy mismo. Cuanto antes lo hagamos, mayores posibilidades tendremos de llegar a tiempo, antes de que consigan reparar los daños, y se hagan a la mar sin nosotros.

De inmediato comenzamos a levantar el campamento y a organizar los preparativos de la marcha: el transporte de la impedimenta y de los heridos.

Adelantamos el frugal almuerzo y, al mediodía ya estábamos en camino.

Como antes al dirigirnos hasta Leyva, ahora también Keara abría el camino. Volvía a hacerlo con una innata majestad.

Me pregunté si no pertenecería a la nobleza de su clan del norte. Pero, entonces... ¿por qué estaba aquí, a decenas de millas de su hogar, sola y aparentemente desamparada? En verdad no dejaba de ser una mujer enigmática. No sé si fue por ese halo de misterio que le rodeaba, o si fue debido a su cautivadora personalidad, pero creo que fue a partir de ese momento cuando me di cuenta de que me estaba empezando a enamorar.

¿O tal vez había comenzado ya durante nuestra pintoresca conversación junto al seto? No lo sabría decir. Lo que sí recuerdo bien es que, en aquel mismo instante, como si ella estuviese leyendo mis pensamientos, se volvió y me sonrió.

Gracias a Dios, en seguida volvió a mirar hacia adelante sin advertir que me había hecho enrojecer.

Caminamos a un buen ritmo hasta bien entrado el atardecer.

Cuando aún quedaba como una hora de luz, Leyva

ordenó acampar sobre una pequeña meseta de fácil defensa en caso de un ataque inesperado.

Tras organizar los turnos de vigilancia, procedimos a acomodarnos sobre la hierba.

Por fin había llegado la hora de tomar algo y de reponer las fuerzas. Apenas contábamos con poco más que el bizcocho rescatado del barco. Pero cuando se está exhausto y hambriento, cualquier cosa que sirva para mitigar el hambre resulta un auténtico manjar.

Soplaba un viento fresco del noroeste que hacía que se agradeciera la cercanía del fuego.

Me acomodé muy cerca de Leyva y del padre Dowrough, que durante la cena volvió a hacer de traductor entre la muchacha y nosotros.

Ella se mostraba serena y tranquila en presencia del sacerdote y de Leyva.

En seguida comenzó a relatarnos su propia historia con plena confianza hacia nosotros. Como era de suponerse, había padecido mucho en los últimos meses.

En medio de aquellos días amargos, aquel relato resultó un momento entrañable, de conversación reposada y sosegada junto a la hoguera:

—Mi sangre es escocesa e irlandesa a partes iguales. Desciendo de *gallóglaigh*[*1]. Mi padre fue un valiente guerrero, al igual que lo había sido antes mi abuelo: ambos participaron en numerosas luchas en el norte de Irlanda. Mi padre, siendo todavía muy joven, participó en la famosa batalla de Glentaisie.

---

1 Gallowglasses: mercenarios llegados desde Escocia en sucesivas oleadas.

—¿Vive todavía su padre? —le preguntó Don Alonso a través del sacerdote.

—No. Lo mataron los ingleses durante una incursión a nuestras tierras. Al igual que al resto de mi familia. Sólo nos salvamos mi hermano menor y yo, que nos vimos obligados a huir para no ser encarcelados en el castillo de Dublín, o en algún sitio peor. Así es como llegamos hasta aquí. Vinimos buscando refugio en un lugar donde no nos conociera nadie, pues a causa de la notoriedad de mi padre, éramos buscados y se ofreció una recompensa por nosotros. Una vez que nos llegaron noticias de que las cosas se habían calmado en Antrim, (en el Ulster) y que nuestro clan volvía a controlar el territorio, decidimos volver a casa —a lo que quedaba de ella—. Pero no pudo ser..., mi hermano murió. Murió a causa de las heridas y de las privaciones a que nos vimos sometidos a lo largo de todo el tiempo en que anduvimos errantes, como fugitivos.

Escuchando la narración, que el padre Dowrough iba traduciendo con voz pausada, pensé que la muchacha se echaría a llorar de un momento a otro. Pero no, mantuvo una admirable entereza durante todo el relato de los hechos. Una vez más, su comportamiento me volvió a parecer admirable.

Continuó hablando:

—Enterré a mi hermano en Dú Thuama, junto al mar, como me había pedido antes de morir. No me separé de él en mucho tiempo, hasta que me vi obligada a buscar refugio, escondiéndome de los ingleses que merodeaban por la zona. Y entonces lo encontré a él —dijo, señalándome a mí—.

Como es fácil de comprender, quedamos impresionados por el breve recuento de las desdichas de nuestra guía.

Nadie pronunció una sola palabra durante un buen rato. Quien más, quien menos, miraba pensativo hacia el fuego.

Tan sólo se escuchaba el crepitar de la hoguera y algunas voces de soldados en la lejanía.

Yo me quedé un buen rato meditando en que la historia de Keara recordaba en muchos puntos a la de Maurice. Cuando alcé de nuevo la vista, miré en dirección hacia ella.

Sus ojos estaban fijos en mí.

Le sonreí, tratando de infundirle ánimo y esperanza.

Cuando ella me devolvió la sonrisa, su efecto me llegó hasta lo más hondo del corazón.

Definitivamente, me estaba enamorando…

12

La noche transcurrió tranquila y sin ningún incidente. No hubo el menor indicio de los ingleses por ninguna parte.

Al amanecer desayunamos algunos bizcochos —pasados e insípidos—, y una buena parte de las escasas provisiones de carne que todavía conservábamos. Lo hicimos con premura, pues Don Alonso se mostraba inquieto ante la posibilidad de que los de la Duquesa, que no podían sospechar que nos esforzábamos por acudir a su encuentro, zarpasen antes de nuestra llegada.

Así, caminamos durante todo el día sin apenas paradas.

Estábamos logrando avanzar a un ritmo muy superior al que en un primer momento nos habíamos propuesto.

Al cabo, tuvimos la satisfacción de comprobar que tanto esfuerzo se veía recompensado, pues antes del anochecer nos reuníamos con nuestros compatriotas.

Si nosotros componíamos un contingente de seiscientos hombres, ellos eran tan sólo trescientos. También se habían atrincherado en las inmediaciones de un viejo castillo, el de Tiraun, construido sobre un emplazamiento que dominaba la bahía de Elly.

Fuimos recibidos con una singular mezcla de júbilo y de preocupación: de júbilo, por encontrarnos sanos y salvos; y de preocupación, porque la Duquesa era una urca de un tamaño notablemente inferior al que necesitábamos para albergar a un número de personas tan elevado.

A nuestra llegada Leyva tomó el mando sobre la totalidad de los hombres.

Don Pedro de Mares, el capitán de la nave, le informó del lamentable estado en que se encontraba la embarcación.

—Tal y como está el timón, me temo que nos será imposible llegar a España.

—Pero, Don Pedro, ¿cree usted que al menos la Santa Ana podría llevarnos hasta Escocia? —Escocia era territorio neutral. Yo incluso me atrevería a afirmar que, puesto a elegir, Don Jaime VI sería antes favorable a España que a Inglaterra.

Don Pedro respondió que, en su opinión, la urca sí sería capaz de llevarnos hasta aquel territorio vecino, así que Don Alonso decidió que, tan pronto como se terminaran las necesarias reparaciones, nos dirigiríamos hacia allá.

Mientras duraron los trabajos, ocupamos otra fortaleza cercana al ya mencionado castillo de Tiraun.

Resultaba asombroso el gran número de baluartes en ruinas que a cada paso encontrábamos en Irlanda, buena prueba del estado de guerra que se vivía en la isla desde mucho tiempo atrás.

Nuestro castillo se encontraba a una media milla al oeste del otro. Se hallaba orientado hacia el mar abierto, al otro lado de la estrecha y alargada península de Mullet. La distancia era tan corta, que podíamos comunicarnos de un lado a otro mediante un sencillo sistema de señales.

Una mañana, Leyva me encargó que me dirigiera con un grupo de hombres de la «Rata» en busca de agua y de algo de comida fresca.

—Mire usted si puede encontrar algo que sirva para variar un poco esta dieta de pan y bizcocho…

Al igual que nosotros, Keara se había levantado temprano.

—¡Santchagu! —me llamó, pidiéndome por señas que le permitiera acompañarnos.

—Déjela ir con ustedes, estoy seguro de que ella sabrá dónde encontrar caza —se adelantó Leyva a aconsejarme.

Reparé en que el aspecto de la muchacha era mucho más saludable que cuando la había encontrado, sólo unos días antes, tras los matorrales en las cercanías de la «Rata». Era evidente que en nuestra compañía se hallaba tranquila y relajada, y que eso le sentaba muy bien.

A pesar de las barreras que el idioma interponía entre nosotros, su colaboración resultó de lo más valiosa. Tanto para encontrar agua, lo cual ciertamente no resultaba difícil en aquella húmeda tierra, sino también y sobre todo, para señalarnos los lugares en donde podríamos encontrar la mejor caza: con su ayuda logramos abatir un buen número de becadas.

Keara se mostraba alegre y servicial. Estaba contenta, y lo manifestaba con naturalidad.

Sin embargo, en medio de un día tan risueño, no tardaría en presentarse la desdicha: llegada la hora de partir, me alarmé al comprobar que, en un momento de descuido, la joven había desaparecido de mi vista. Me inquieté sobremanera. Durante ese instante de ausencia —aunque me resulte muy duro reconocerlo— además de alarmarme por ella, temí también que pudiera habernos engañado, que en realidad trabajara como espía para los ingleses.

Tratando de aparentar normalidad, pregunté a un joven soldado que se encontraba a mi lado:

—¿Sabe usted dónde está la muchacha irlandesa?

—No, mi teniente, pero la última vez que la vi se dirigía hacia aquella loma.

Me encaminé a paso rápido hacia el lugar señalado y, al llegar a lo alto de la colina, el corazón me dio un vuelco en el pecho.

Un marinero de la Duquesa, un hombre al que apenas conocía de vista, trataba de besar a Keara, que se resistía con todas sus fuerzas.

—¿Qué está haciendo? —Le grité con auténtica cólera—. ¡Deténgase ahora mismo!

El muy bellaco, aunque obedeció, se me enfrentó con insolencia:

—¡Bah! Es usted muy valiente amparado en su rango. Pero no se atrevería a hablarme así si estuviésemos al mismo nivel, de hombre a hombre.

Confieso que no quise o no pude contenerme. Corrí hacia él, le agarré por la solapa y le espeté:

—Repita eso otra vez si tiene agallas. Repítalo y verá si sé defenderme como un hombre.

Su mirada se demudó. No esperaba algo así. Perdió toda su insolencia, que se transformó en cobardía.

Lo solté, con un empujón de desprecio, que le hizo caer sobre el barro.

Keara permanecía inmóvil y en silencio, mientras observaba la escena con la máxima atención.

Pero sus breves y agradecidas palabras, salidas del fondo del corazón, me hicieron acariciar esperanzas. Creí apreciar en ellas algo más que mero reconocimiento. Me ilusioné con la posibilidad de que mi afecto fuese correspondido…

Nadie más, aparte de Keara y yo, conoció el incidente, del que no quise hacer partícipe a Leyva ni a Don Pedro de Mares. Preferí mantener el asunto en silencio. Al menos por el momento. Podría costarle demasiado caro a Baltanás —que así se llamaba el personaje—, al que preferí dar una oportunidad.

A nuestro regreso, Leyva se adelantó a recibirme y, con el rostro especialmente alegre, me comunicó la noticia que todos esperábamos:

—¡Los carpinteros acababan de dar por terminada la reparación de la nave! Además de remozar el timón, han repasado algunas juntas y han colocado un nuevo aparejo.

Era una tarea encomiable la que habían hecho, pues eran muy escasos los medios con que contábamos.

Levamos anclas al día siguiente, muy de mañana, apenas amanecido. Pero desde el primer momento nos vimos sorprendidos por vientos fuertes. De hecho, las ráfagas eran tan violentas, que nos vimos obligados a regresar a buscar refugio en el interior de la bahía. Ahí aguardamos pacientemente hasta que, algunas horas más tarde, tan pronto como nos pareció que el temporal amainaba un poco, volvimos a aventurarnos al mar abierto.

Keara viajaba con nosotros, pues en cuanto supo que nos dirigíamos a Escocia, suplicó a Don Alonso que le permitiera subir a bordo.

Leyva accedió a sus ruegos sin oponer la menor resistencia. Era hombre de gran humanidad, y de ningún modo quiso abandonar a su suerte a una muchacha sola en aquel apartado territorio. Menos aún debiéndole un favor tan grande como había sido el de conducirnos hasta la Duquesa de Santa Ana.

A pesar del mal tiempo, y de los evidentes riesgos que conllevaba la navegación, Keara se mostraba radiante. La idea de dirigirse a Escocia, donde al parecer se consideraba a salvo, y desde donde tal vez planeara regresar al Ulster, le hacía subestimar los peligros a los que, desde el primer momento, hubimos de enfrentarnos.

Ella y yo viajábamos en cubierta, como tantos otros hombres que a duras penas cabían en el interior del barco.

Yo me limitaba a contemplar el avance del navío, que poco a poco iba alejándose de la costa abriéndose paso hacia la inmensidad de las aguas, en donde, a cada paso, el oleaje ganaba en violencia y altura.

A pesar de todo, si las cosas iban bien, no tardaríamos en recorrer las aproximadamente doscientas o doscientas cincuenta millas que nos separaban de las costas del suroeste de Escocia.

Pero la mar rugía amenazadora a nuestro alrededor, y lo hacía con tanta fuerza como durante nuestra desgraciada singladura desde Lisboa hasta La Coruña.

Una vez abandonado el refugio de la península de Mullet, el furioso viento del oeste trataba de arrastrarnos hacia las afiladas rocas de la costa, nada fáciles de evitar. Pues contábamos con muy poco espacio de movimiento para maniobrar contra el viento.

Pero el piloto, un joven irlandés, con su encomiable pericia logró finalmente sacarnos con bien, hasta alejarnos del amenazante cabo de Erris, al extremo norte de la península.

A partir de aquí ganamos un buen espacio de mar hacia el este, lo cual nos permitía en adelante maniobrar con mayor libertad, sin el temor constante de chocar contra las rocas.

Continuamos avanzando con cierta comodidad hasta la altura del cabo de Rossan, en Donegal, donde nuevamente debimos esforzarnos por mantener la derrota hacia el norte, sin derivar demasiado hacia el este.

En la distancia observé la abundante espuma formada en la majestuosa rompiente de «Slieve League», uno de los acantilados más altos de Europa, que caían verticales sobre el océano, desde una altura de seiscientos metros.

Más que navegar, ahora parecíamos cabalgar sobre las aguas.

Desde mi puesto a cubierta, constantemente azotado por el viento, la lluvia y los rociones de la mar, me entretenía en contemplar el regular movimiento de la proa del barco, que a cada rato se alzaba desafiante sobre las encrespadas olas, para inmediatamente volver a caer sobre el inquieto océano.

En mi interior yo rezaba. Rezaba sin parar. Pues los sonidos que provenían de la estructura del buque y de su arboladura no me gustaban en absoluto. Era muy consciente de que navegábamos sobre una frágil estructura de tablas desvencijadas, que podían descomponerse de un momento a otro.

De hecho el viejo barco estaba siendo sometido a un esfuerzo que llegaba al límite —de eso estaba seguro— de lo que era capaz de resistir. Las aguas y el viento lo sacudían en todas direcciones y, si bien hasta ahora se había comportado con dignidad, no era del todo descartable que alguno de aquellos embates pudiera resultar el último.

Inmerso en estos y otros pensamientos, alcanzamos la altura del cabo Rossan, al que le precedía un pequeño islote.

Hasta ahora, el piloto había realizado un magnífico trabajo, y los marineros también. Todo parecía indicar que también seríamos capaces de librar aquel obstáculo, hacia el que el viento continuaba empeñado en arrastrarnos.

Pero, a pesar de los esfuerzos, llegó un momento en el que debimos rendirnos a la terca realidad: la tempestad iba en aumento. Y alcanzaba ya tales cotas de riesgo, que hacía desaconsejable continuar adelante. Más aún viajando a bordo de una nao medio deshecha.

Como si el capitán hubiese leído mis pensamientos, tras consultar con Don Alonso Martínez, puso rumbo a tierra. Hacia una pequeña rada que juzgó accesible.

Nos dirigíamos derechos hacia la que posteriormente identificamos como la bahía de Loughros More.

Tan pronto como viramos hacia el este, en dirección hacia la ensenada, más que empujarnos, se podría decir que el viento nos llevaba casi en volandas, pues ahora viajábamos en su misma dirección.

Soltamos el ancla, tratando de asegurarla al fondo. Pero el lecho era rocoso, y cubierto tan sólo por una delgada capa de arena. Es decir, exactamente el peor fondo que podíamos haber encontrado, pues era imposible que, con el empuje que llevábamos, el hierro pudiera afianzarse ahí.

Nos veíamos irremisiblemente conducidos hacia los bajíos, con muy grave peligro para nuestras vidas.

En un último y desesperado esfuerzo por detener nuestro avance, el capitán trató de asegurar un garfio sobre uno de los salientes de roca que, como mudos testigos de nuestra peligrosa deriva, se alzaban a nuestro lado.

El lanzamiento resultó muy certero, y el garfio quedó efectivamente trabado en la roca, pero la enorme tensión ejercida sobre el cable hizo que éste se rompiera, con un formidable restallido.

Para nuestra desgracia, el violento latigazo alcanzó al mismísimo Martínez de Leyva, hiriéndole de gravedad en la pierna derecha.

Aún no habíamos tenido ocasión de acudir en su socorro, cuando, con un gran estrépito, la nao encalló en las proximidades de la costa.

Gracias a Dios, ahora las características del fondo jugaban a nuestro favor. Pues en lugar de frenar en seco, el barco empleó varios metros en detenerse, evitando así que se produjeran heridos.

De cualquier forma, éramos víctimas del mismo infortunio que habíamos padecido ya en Blacksod: la quilla del barco había vuelto a quedar inmovilizada en el fondo, en un lugar de aguas poco profundas, y en las cercanías de la costa.

Tampoco la Duquesa de Santa Ana volvería a liberarse de su trampa nunca más.

Pero en medio de tantos males, quiso Dios apiadarse de nosotros, pues en el momento de quedar encallados, la marea se hallaba en su punto más alto, y aunque las olas rompían con furia contra la popa, el casco demostró ser capaz de resistir durante todavía algunas horas más. Las suficientes para poder esperar sin peligro a que bajara la marea.

El doctor Torres aprovechó para examinar la lesión de Don Alonso, que yacía en el suelo, incapaz de moverse, en el mismo lugar en el que había resultado herido.

La profundidad de la herida era grande.

—¿Le duele mucho? —quiso saber el médico.

—No me duele nada... —respondió Leyva sin titubear—. No siento la pierna.

El doctor estudió con detenimiento las características de la lesión. Al cabo, dictaminó:

—Salvará usted la pierna, pero va a precisar de un reposo absoluto, durante al menos seis semanas

Viendo asomar la preocupación en mi rostro, y aprovechando su cercanía, el propio Leyva me amonestó de modo que nadie más pudiera oírle:

—¡Vamos, Don Santiago, no se me ponga usted así! Ayúdeme a organizar las tareas de desembarco, y deje esos mohines para las ocasiones que lo merezcan. Mire que esto no es nada. Puede estar bien seguro que de ésta no me voy a la tumba.

—¡A sus órdenes, señor! —respondí, tratando de mostrarme animoso.

Tan pronto como las aguas comenzaron a retirarse, comenzamos a abandonar la nao a pie, con el agua hasta las rodillas.

A Don Alonso lo trasladamos en brazos entre varios hombres. Bueno, a decir verdad, entre el tío Limón, que llevaba casi todo el peso, y un par de soldados que le ayudaban sujetando las piernas.

El territorio que nos acogía esta vez era una zona baja, de roca y arena, en la que se formaban algunos pequeños lagos.

Al norte se alzaba una pequeña colina de unos ciento cincuenta metros de altura.

Hacia el interior, hacia el este, se extendía una tierra baja que culminaba también en pequeñas lomas, de tonos marrones, debido al brezo que las cubría en su mayor parte. En algunos lugares se veían salpicadas por bosquecillos de árboles pequeños, sin duda atrofiados por las constantes embestidas del viento marino.

También aquí encontramos las ruinas de un viejo castillo en el que volvimos a hacernos fuertes.

Habíamos conseguido rescatar uno de los cañones del barco, y lo colocamos en el flanco sur de la fortaleza, mirando hacia el sureste.

También pudimos salvar algunas provisiones, ropas y municiones.

Todos trabajamos de firme, de modo que en muy poco tiempo nuestro campamento adquirió la forma de tal.

En realidad, ocupábamos un pequeño islote contiguo a tierra. Un pequeño islote desde el que, sin embargo, era posible caminar a tierra firme durante la marea baja.

Creo que no llevábamos ni dos horas instalados, cuando un grupo de lugareños hizo acto de presencia…

13

Iñigo Zorrozúa fue el primero en dar la voz de alarma: vino corriendo a avisarme:

—¡Señor, tenemos visita! Una patrulla de hombres armados viene hacia aquí.

En principio, la noticia no podía suponer ninguna amenaza para nosotros, ya que constituíamos un número nutrido de soldados muy bien parapetados en nuestra isla. Pero en cualquier caso, el hecho no dejaba de ser una importante novedad ante la que debíamos estar precavidos.

Me encaramé al promontorio más elevado de nuestro asentamiento, desde donde pude observar cómo, en efecto, un grupo de unos veinte o treinta hombres se aproximaba resuelto en dirección hacia nosotros.

Me quedé un buen rato estudiándoles. Esperaba que nuestro Almirante saliera a recibirles, sin darme cuenta de que eso no podría ser. Pues Don Alonso, además de ser incapaz de caminar por su propio pie, estaba siendo sometido a una cura por parte del doctor Torres.

Avisado de lo que ocurría, Leyva delegó en mí la tarea de acoger a los nativos.

Inmediatamente llamé en mi auxilio al padre James ne Dowrough, para que volviera a ejercer la labor de intérprete.

Cuando la comitiva se halló algo más cerca, me pareció claro que venían en actitud pacífica, con evidentes deseos de parlamentar. A pesar de todo, me impresionó su aspecto. El de la mayoría de ellos era salvaje. De no conocer yo que nos hallábamos en tierra de cristianos, hubiera pensado que se trataba de gentes sin civilizar.

Uno de los hombres destacaba sobre los demás. Por sus maneras y su posición preeminente, sin duda se trataba del jefe; y según pudimos saber más adelante, su autoridad alcanzaba no sólo a ese grupo, sino al entero clan local.

Se trataba de un hombre alto y fuerte, de unos treinta años, aunque a primera vista hubiera podido parecer más viejo. Su aspecto era también rudo y montaraz, aunque no tanto como el de sus acompañantes. De hecho, a su modo, sus maneras eran elegantes y nobles. De lo que no cabía la menor duda era que se trataba de un auténtico guerrero.

Tenía el pelo largo y negro, que adquiría tonos más claros en la barba y en el bigote.

Su mirada era firme y directa, sin que en ella pudiera yo advertir ningún tipo de doblez. Al igual que el resto de sus hombres, vestía con una túnica corta y unos curiosos pantalones a cuadros. Recordé lo que Maurice me había relatado tantas veces acerca de la prohibición inglesa de que los irlandeses vistieran con sus trajes tradicionales. Estaba claro que estos hombres no se contaban entre los que acataban las imposiciones británicas.

En cuanto el padre Dowrough intercambió las primeras palabras con nuestros visitantes, supo que habíamos naufragado en una zona controlada por el clan de los McSweeney ne Doe: gentes radicalmente enemigas de los ingleses.

Se trataba de *gallowglasses*, antiguos mercenarios provenientes de Escocia. Por eso el padre me sugirió llamar a Keara. Como he dicho ya, ella tenía también ese origen. Por eso pensamos que tal vez pudiera ayudarnos a estrechar lazos con los nativos.

Omitiendo las lógicas y constantes interrupciones e intermediaciones entre los traductores, el jefe irlandés y yo, la conversación transcurrió más o menos en los siguientes términos:

—¡Buenos días! ¡Sean bienvenidos a nuestro campamento nuestros amigos irlandeses! Somos españoles que venimos de luchar contra los ingleses en la mar, y que hemos naufragado a causa de la tormenta.

—Españoles, sabemos de vuestras dificultades en las aguas. Desde lo alto de las colinas hemos podido observar la peligrosa maniobra que os ha traído hasta nuestras costas. ¡Pero ahora sed bienvenidos al territorio de los Mc Sweeney! Mi nombre es Domhnall. Tened por seguro que, mientras estéis aquí, no seréis molestados por los *sasanach* —éste era el modo que tenían los irlandeses de llamar a los ingleses—. Por nuestra parte, os proporcionaremos toda la ayuda que esté en nuestra mano.

—Muchas gracias, Domhnall. Somos el padre ne Dowrough, de Munster, Keara Mac Domhnaill, de Antrim y Santiago Guriezo, de Santoña, España.

En cuanto Domhnall Mc Sweeney escuchó el apellido y origen de Keara, en seguida supo identificar de quién se trataba. Conocía bien la historia de su familia. Le dirigió unas palabras cargadas de cariño y respeto:

—Keara, celebro que estés a salvo con los españoles. He oído hablar mucho de tu padre y de tu abuelo.

—Gracias. Todos han muerto ya. También mis hermanos. Pretendía regresar a Antrim con el barco en el que hemos naufragado.

—Lo siento de veras. Te deseo que los días por venir te traigan mejor suerte.

—Gracias, Domhnall.

El jefe continuó interesándose por la suerte de los nuestros:

—Os traeremos mantas y comida. Y, si bien no nos será posible alojar a tantos hombres en mi castillo, por favor, vosotros tres, en representación de toda vuestra gente, aceptad nuestra humilde invitación para cenar esta noche en nuestra compañía. Nos sentiremos realmente honrados con vuestra presencia. Tendremos muchas cosas de las que hablar. Y será para nosotros un auténtico honor.

No dudé en aceptar. En nuestra precaria situación, sería sin duda beneficioso profundizar en la amistad y en el conocimiento del clan local. Y desde luego, de ningún modo era conveniente desairar a su jefe. Además, sabíamos que en esta región no había traidores que pudiesen estar desempeñando un doble juego con los ingleses.

Así pues, quedó establecido que, una hora antes del anochecer, un grupo de jinetes vendría a buscarnos. Ellos nos conducirían hasta el castillo.

Por un elemental sentido de cortesía y de disciplina militar, tan pronto como nuestros visitantes se hubieron marchado, ofrecí a Leyva la posibilidad de ocupar mi puesto en la invitación. Pero, como era de esperar, Don Alonso declinó el ofrecimiento. A pesar de que ante nosotros trataba de quitar importancia a su herida, la lesión no carecía de gravedad, y le impedía moverse incluso dentro del campamento.

El médico se había reafirmado en la necesidad de que guardara estricto reposo.

—Pero vaya usted, Don Santiago, y entable amistad con esa buena gente. Vamos a necesitar de su ayuda si, como mucho me temo, hemos de pasar una larga temporada en estas tierras. Desde luego, más larga de lo que sería de desear…

—A sus órdenes, señor. Tal vez ellos puedan proporcionarnos los medios para llegar a Escocia…

—Trate de enterarse bien. Toda ayuda será bienvenida…

Los hombres de Mc Sweeney aparecieron ante nosotros a la hora convenida. Traían tres monturas sin jinete para nosotros. También aportaron gran cantidad de mantas, y algo de carne, pescado y verdura. Ni que decir tiene que todo lo recibimos con sumo agradecimiento y, en lo referente a la comida, incluso con manifiesta avidez por parte de algunos de nuestros hombres.

El jefe del clan no vino. Al parecer, prefería esperarnos y hacernos los honores a la entrada de su hogar.

Cabalgamos durante todo el trayecto, que a mí se me hizo quebrado y penoso, escoltados por un grupo de aquellos toscos hombres que no abrieron la boca en ningún momento, salvo para responder con poco más que monosílabos a las preguntas que, tratando de mostrarse amable, se animó a formularles el padre ne Dowrough.

Keara cabalgaba junto a mí en alegre conversación. Bueno, si es que a eso se le podía llamar conversación. Pues ella sólo podía comunicarse conmigo en gaélico y, como es bien sabido, mis conocimientos en esa lengua, dejaban —y siguen dejando— mucho que desear.

Pero nos reíamos y bromeábamos a cada rato, como si todos nuestros sufrimientos y dolores hubieran quedado a nuestras espaldas.

Yo disfrutaba de la presencia de Keara, y alimentaba las esperanzas de que mi amor fuese correspondido, aunque, cada vez que me paraba a pensarlo, comprendía que me estaba dejando llevar por una pueril ilusión: ella permanecería en Irlanda y yo, si todo iba bien, tarde o temprano regresaría a España.

Calculo que tardamos algo más de una hora en llegar a nuestro destino.

Allí nos encontramos con la imponente figura de Domhnall Mc Sweeney, que nos esperaba a la entrada de su castillo.

La débil luz crepuscular era todavía suficiente para poder apreciar la forma y la sólida estructura de piedra del edificio. Era la primera fortificación irlandesa que yo veía en perfecto estado de uso y conservación. Desde luego, se trataba de una auténtica fortaleza, más pequeña que nuestros castillos de España, pero tan compacta y firme como aquéllos.

No me costó imaginarme una escena de guerra, en la que el recinto sirviera de inexpugnable parapeto frente a los ataques y asaltos de los enemigos, mientras sus moradores se defendían valerosamente desde el interior.

Nuestro amigo Domhnall nos recibió con una amplia sonrisa, a la que acompañó con algunas hospitalarias palabras de acogida que no llegué a comprender, y que tampoco consideré necesario que me tradujeran.

Inmediatamente nos condujo hacia el interior, donde nos encontramos con una gran sala aderezada. Desde el primer momento podía adivinarse que allí nos esperaba un espléndido banquete.

Grandes antorchas pendían de las paredes, iluminando el recinto.

Una gran mesa presidencial ocupaba la cabecera, junto al hogar. Otras mesas menores, donde comerían personajes de inferior rango, ocupaban el resto de la estancia.

Varios hombres trajinaban a lo largo y ancho de la habitación.

Un par de lacayos trinchaban un puerco. Otros calentaban una especie de costal de pieles repleto de alimentos que, atado sobre tres palos, habían colgado a una cierta altura sobre el fuego.

Algunos notables aguardaban nuestra llegada en un ambiente de amigable conversación. Sentados a la mesa principal, bebían alegremente en grandes jarras, imagino que llenas de cerveza.

Al vernos entrar, un bardo solitario que ocupaba un rincón cercano a la presidencia, comenzó a cantar y a tocar el arpa. Lo hacía con indudable maestría.

Nuestro anfitrión nos condujo entonces hasta los tres puestos que había reservado frente a sí en la mesa.

Allí nos presentó a los comensales, comenzando por su mujer, Granuaile, que ocupaba el lugar de honor, a su derecha.

Desde el primer momento, el digno aspecto y porte del padre ne Dowrough impresionó a los convidados. Creo que no me equivoco al afirmar que su compostura contribuyó mucho a evitar cualquier tipo de exceso en la comida y, sobre todo, en la bebida.

Creo que éste fue el motivo de que la única nota discordante la pusiera yo…

Pues aunque pedí cerveza para beber, mi anfitrión insistió en que debía probar otra bebida local, que consideraba muy superior, y de la que se sentían todos especialmente orgullosos. Pero nadie fue capaz de traducirme su nombre al español. Ellos la llamaban *uisce beatha*[2] lo que, me explicaron, literalmente significaba algo así como «agua de vida».

Desde el primer momento dicha agua me supo muy bien. Sobre todo en su sabor final, que a mi paladar se le antojaba como un agradable gusto entre vainilla y roble.

A pesar de que el padre Dowrough me advirtió en varias ocasiones que debía moderar mis entusiasmos por esa bebida, yo no sólo no me cansaba de probarla, sino que, al contrario, mi «sed» iba en aumento. Además, en el estómago me producía una agradable sensación de calor.

Hubo un momento en el que me pareció que ya no era sólo el padre Dowrough, sino también el propio Mc Sweeney quien se alarmaba ante mi inequívoco aprecio

---

2　˙*Whisky.*

por su delicioso néctar. Pero para entonces ya era demasiado tarde.

Muy poco más puedo recordar de aquella velada. Tan sólo que el sonido del arpa, al llegar hasta mis oídos, resonaba en ellos como auténtica música celestial.

Al despertar tenía un formidable dolor de cabeza. Me sentía muy débil y estaba totalmente desorientado. Además, tenía mucha sed. Sed auténtica: de agua. Del agua de toda la vida.

Pero sobre todo, ¿dónde estaba?

En medio de mi profundo malestar, poco a poco comencé a recordar nuestro viaje al castillo de Domhnall Mc Sweeney.

Entonces fue cuando un tipo huraño y con aspecto de tener muy pocas luces, penetró en mi habitación.

En mis «clases» con Maurice, una de las primeras cosas que había aprendido era a nombrar el agua, pero en el estado en que me encontraba me era imposible pronunciar una sola palabra que no fuese en mi lengua materna.

Así pues, en la más pura dicción española me dirigí a mi visitante en los siguientes términos:

—Por favor, tráigame un poco de agua.

El mozo me miró como si estuviese delirando.

Hube de repetir:

—¡Agua! ¡Por favor! ¡Agua! ¡Tengo sed! —pero como si nada.

Hice entonces un gesto con las manos. Un gesto de beber. Fue tan claro que incluso aquel tipo fue capaz de comprenderme, y no tardó en regresar con una jarra llena del líquido elemento.

Nunca me ha sabido mejor el agua. ¡Agua pura y cristalina!

Me hizo tanto bien que, no sin cierto esfuerzo, fui capaz de levantarme de la cama por mi propio pie.

Me lavé un poco la cara, y salí fuera en busca de mi anfitrión.

Le encontré junto al fuego de la gran estancia. Se disponía a almorzar lo que me pareció que era carne de venado, pues al parecer era ya mediodía.

Había estado durmiendo durante toda la noche y toda la mañana.

Por medio de gestos, Domhnall me invitó a acompañarle a la mesa.

Pero yo no tenía ni pizca de hambre. Sólo con ver aquellos pedazos de grasa me entraban ganas de vomitar. Afortunadamente, fui capaz de recordar los suficientes rudimentos de gaélico como para poder preguntar por Keara y el padre Dowrough.

Fui respondido con algo así como que se habían marchado de regreso a nuestro campamento.

Comprendí más sus gestos que sus palabras, pero fue suficiente.

Me hice entender como pude para pedir que me condujeran hasta mi gente.

El rostro de mi anfitrión manifestó un gran asombro al ver que yo declinaba su ofrecimiento para comer, pero gracias a Dios no insistió. Al contrario, llamó al hombre huraño que me había traído el agua, y le ordenó que me condujera de regreso a la isla.

Unos minutos más tarde, tras despedirme lo más cortésmente que pude, cabalgábamos de regreso a la costa.

Tras la consabida hora sobre el caballo, tiempo durante el que mi compañero de viaje no tuvo por conveniente despegar los labios ni un solo instante, y durante el cual padecí indecibles dolores y pinchazos en todos y cada uno de mis huesos y articulaciones, llegamos al campamento.

Cuando logré bajar del caballo, con no poca dificultad, mi acompañante se limitó a tomarlo de las bridas y, con un breve y rápido gesto de la mano, se despidió y se marchó.

Caminé con cierto temor hacia el lugar en donde sabía que encontraría a Don Alonso.

Para mi sorpresa, nuestro Almirante no sabía nada de mi borrachera: al parecer, ni el padre ne Dowrough, ni Keara le habían dicho nada del incidente.

Don Alonso estaba convencido de que yo había preferido permanecer hasta altas horas conversando con nuestro anfitrión.

Sin embargo, bien pensado, yo creo que, en realidad, Leyva se imaginaba algo, pues ¿cómo iba yo a mantener una verdadera conversación con un hombre que sólo hablaba gaélico? ¿Una auténtica conversación en ausencia de mis traductores, que ya habían regresado?

Sea como fuere, él también prefirió correr un tupido velo sobre el asunto.

Se limitó a solicitarme mis impresiones sobre los Mc Sweeney, y sobre todo, acerca de si creía que podrían ayudarnos a llegar a Escocia.

Hube de limitarme a responder con evasivas, y a manifestar que era aún pronto para saberlo.

—La próxima vez que se encuentre con Mc Sweeney, haga el favor de informarse. —Fue su único comentario y, en consecuencia, toda la reprimenda que recibí.

Quedé muy agradecido a Don Alonso. Una vez más demostró ser todo un caballero.

Mi gratitud se extendió también al padre Dowrough y a Keara. También ellos habían demostrado ser buenos amigos...

14

Con las provisiones que habíamos conseguido rescatar de la Duquesa tendríamos para algunos días, no demasiados. Desde luego, muchos menos de los que nos hubiera gustado.

Mc Sweeney, que en un primer momento se había mostrado tan hospitalario con nosotros, no tardó mucho en cambiar de actitud. Habían bastado un par de días para que su semblante pasara de mostrar la mayor amabilidad, a manifestar claros signos de preocupación y nerviosismo. No es que hubiese mudado en su inicial propósito de ayudarnos, sino que comenzaba a ser consciente de que semejante empresa excedía en mucho a sus capacidades.

Sería capaz de suministrarnos víveres durante una semana, dos tal vez, pero no mucho más. Sus posibilidades eran finitas, y se agotaban rápidamente.

En cuanto a si estaba en condiciones de proporcionarnos los medios para nuestro traslado a Escocia, al parecer su poder tampoco alcanzaban a tanto. Se excusó diciendo que podría ayudarnos a trasladar a algunos de nuestros soldados hasta allí, pero en ningún caso a un regimiento como el nuestro, compuesto por casi mil hombres...

Aquellos días fueron un período gris y un tanto desventurado. Cualquier roce hacía saltar la chispa entre la tropa, que permanecía ociosa, sin un horizonte claro, o un objetivo por el que luchar.

Leyva trataba de mantener la moral alta, distribuyendo tareas y trabajos que mantuvieran a los hombres ocupados, pero él mismo estaba cambiado, sus graves heridas le afectaban física y mentalmente.

Así transcurrieron tres o cuatro días más, durante los cuales la diaria visita de Mc Sweeney y su gente era la única novedad que rompía nuestra pesada monotonía. Invariablemente llegaban a media tarde con algunos víveres, cada vez más escasos y de menor sustancia.

Pero, gracias sean dadas a Dios, hacia el séptimo día, nuestro bienhechor hizo su diaria aparición acompañado de una amplia sonrisa de oreja a oreja. Una sonrisa que ni quería ni podía ocultar: pues esta vez traía algo muy bueno que notificarnos. Tan bueno, que no quiso tratarlo con nadie que no fuese el propio Don Alonso en persona.

Para aquel entonces, yo era considerado un eslabón insustituible en la cadena de comunicación entre los Mc Sweeney y nuestro Almirante. Al igual que lo eran —con mucho mayor motivo— Keara y el padre ne Dowrough. Por ello, y para satisfacción de mi curiosidad, pude asistir a tan importante reunión.

Domhnall comenzó así:

—¡Señor de Leyva! ¡Traigo muy buenas noticias!

Don Alonso, se alegró mucho al escuchar una introducción semejante. Una nueva luz de esperanza se encendía para nosotros:

—Siéntese, Mc Sweeney, ¿quiere tomar algo?

—Sí, un poco de cerveza, por favor, ¡creo que lo que tengo que decirles merece ser celebrado!

A pesar de nuestras penurias, la cerveza no faltaba, pues era de los pocos productos que los irlandeses eran capaces de suministrarnos casi sin límites.

Todos nos servimos una jarra, incluso el padre ne Dowrough, que habitualmente no bebía, y la propia Keara. Todos queríamos hacer los honores debidos a tan prometedora visita.

Una vez que hubo echado un generoso trago, Domhnall pasó a referirse a la importante cuestión.

Éramos todo oídos:

—Pues verán ustedes, mis buenos amigos. He sabido por uno de mis hombres que en Killybegs, en la costa, a unas veinte millas de aquí, hay ahora mismo tres grandes galeones españoles. Son barcos que, según he podido saber, están siendo reparados y que, en cuanto estén listos, partirán hacia Escocia. ¡O tal vez incluso alguno de los tres ponga rumbo directo a España, eso no lo puedo saber…!

Como es lógico, escuchamos estas palabras con la mayor atención y, sobre todo, con la mayor alegría: si eso era cierto, todas nuestras actuales penurias tocaban a su inmediato final. Ya no dependeríamos de la diaria ayuda de Mc Sweeney para nuestra subsistencia, y la moral de los hombres se recuperaría en cuestión de segundos, tan pronto como recibiesen la noticia.

El único rostro que se ensombreció un tanto fue el de Keara. Ella trataba de ocultarlo, pero no se me escapó que recibió la nueva con un cierto pesar. Más tarde llegaría a descubrir el motivo, pero si he de ser sincero, en aquel instante, a pesar de las esperanzas que me había forjado en el corazón, ni siquiera fui capaz de imaginármelo.

Don Alonso, siempre pendiente de los aspectos más prácticos de la cuestión, fue inmediatamente fue al grano:

—Pero Domhnall, ¿sabe usted cuándo tienen pensado zarpar? ¿Saben ellos que estamos aquí?

Nuestro anfitrión, a pesar de su buena voluntad, hubo de reconocer que no tenía la menor idea de cuál era la respuesta a esas cruciales preguntas. Ni siquiera sabía si en esos galeones habría lugar para tanta gente:

—Verá, Don Alonso, aquél es un territorio controlado por mis parientes, los Mc Sweeney Bannagh, con los que, a decir verdad, no tenemos mucha relación. Ellos están mucho más próximos a los ingleses, y eso les hace tener un modo de hacer las cosas distinto al que usamos por aquí… Siento decir que no puedo proporcionarle más información que la que le acabo de dar. Desconozco lo que ocurre ahora mismo en Killybegs. Sólo puedo añadir que, a buen ritmo, forzando un poco la marcha, todos ustedes pueden recorrer la distancia que les separa de sus compatriotas en una sola jornada.

Leyva no necesitaba oír más. Tenía más que suficiente para saber cuál era la decisión que debía tomar.

—Muchas gracias Domhnall, efectivamente, su información nos ha resultado de lo más valiosa. En pago por ella y por sus desvelos durante los días que hemos pasado aquí, le dejaremos nuestros cañones. Tómelo como una prueba de amistad y gratitud. Además, nosotros ya no los vamos a necesitar, constituirían un grave impedimento para el viaje que debemos emprender lo antes posible.

El bueno de Mc Sweeney no daba crédito a lo que el padre ne Dowrough le traducía con su proverbial serenidad: ¡Don Alonso le regalaba sus cañones! ¡Ésa si que era una buena ayuda para mantener a raya a los *sasanach*!

El irlandés no cesaba de manifestar de mil maneras su agradecimiento. Se permitió servirse otra jarra de cerveza y gritar en un español que dejaba mucho que desear:

—*¡Grashias Don Alonsu, mutchas grashias!*

—No tiene por qué dármelas, usted ha sido muy generoso con nosotros, y estoy seguro de que, en mi lugar, usted hubiera hecho lo mismo. Con las noticias que nos ha traído me veo obligado a poner a mis hombres en marcha lo antes posible. Sólo quiero pedirle que nos proporcione un guía que sea capaz de conducirnos sin tropiezos a través del camino más corto, que, según creo, pasa a través de las montañas.

—Cuente con ello, Don Alonso —respondió Mc Sweeney con cierta emoción en la voz, pues todo contribuía a que el ambiente fuese tomando el cariz propio de las despedidas. Y las despedidas, incluso en circunstancias como éstas, son siempre un poco tristes. Pero es que, además, nosotros habíamos tomado cariño a nuestro bienhechor, y él nos lo había tomado a nosotros.

Finalmente Mc Sweeney se fue y Don Alonso, sin perder un instante, formó a los hombres y les comunicó en breves palabras la inesperada y feliz noticia que, como era de esperar, fue recibida con un alborozo imposible de describir.

Nuestro Almirante impartió las órdenes necesarias para que todo estuviese listo para un par de horas antes del amanecer. Partiríamos en medio de la oscuridad, precisamente para asegurarnos de llegar junto a nuestros barcos antes de que se apagaran las luces del día siguiente.

Mi mirada volvió a tropezar con la de Keara. Sus ojos me lo dijeron todo. Si, a pesar de mi profundo afecto hacia ella, yo había permanecido ciego hasta entonces, en ese momento me hice plenamente cargo de cuál era el motivo su pesar: pues, ¿qué sería de ella ahora? ¿Nos acompañaría hasta Killybegs o se quedaría aquí con Domhnall Mc Sweeney? ¿Y si nos acompañaba, qué haría después? ¿Acaso embarcaría con la armada de regreso a España? No, eso no podía ser…

Me acerqué hasta ella y, en mi precario gaélico le pregunté:

—Keara: ¿vendrás con nosotros?

Estaba visiblemente turbada. Tratando de aparentar una calma de la que carecía, me respondió algo así como:

—¿Quieres tú que os acompañe?

Me quedé un tanto desconcertado ante una pregunta tan directa. Desde luego, no me la esperaba.

Al buscar las palabras adecuadas para contestarle, me topé de frente con la dura realidad: como ya había razonado varias veces en mi interior, aunque ella nos acompañara, tarde o temprano deberíamos separarnos. Keara se quedaría en las islas, mientras que mi puesto estaba en España, con la armada.

De cualquier modo, ya fuese por mera cortesía o porque yo deseaba con todas mis fuerzas que viniera incluso a España si esto fuese posible, le respondí que sí, que mi deseo era que nos acompañara a Killybegs.

Su rostro se iluminó. Incluso se permitió darme un

beso, un beso tan rápido como furtivo, tras el que salió inmediatamente al encuentro de Don Alonso, al que solicitó su permiso para acompañarnos.

Pero Leyva le respondió que no debía acompañarnos esta vez, pues si los barcos se hallaban en condiciones, pondríamos rumbo a España de inmediato.

La mujer quedó tan disgustada y entristecida con la respuesta, que desapareció del campamento sin ni siquiera decir adiós.

Tampoco se despidió de mí.

Esto me afectó mucho y volví a quedar profundamente desconsolado.

Mientras tanto, los enviados de Mc Sweeney, nuestros guías, no tardaron en aparecer.

Domhnall había cumplido su palabra, enviando no a uno, sino a tres guías, a los que acompañaban algunos caballos de carga, que nos ayudarían a transportar nuestra impedimenta con más facilidad.

Partimos a la hora prevista, en medio de la mayor negrura y de un intenso aguacero. Hacía frío. No en vano estábamos ya bien entrados en octubre. ¡Qué lejos quedaba ya aquel memorable 30 de mayo en Lisboa! ¡Qué largos y qué cortos se me habían hecho esos cuatro meses transcurridos en medio de tanta penuria y contrariedad!

Antes tomamos un ligero desayuno de campaña. Quien más, quien menos, rezaba en su interior para que nuestros compatriotas continuaran en la costa, en el punto en el que habían sido avistados.

Nadie podía asegurarnos que no hubieran zarpado ya. Incluso hubo quien se permitió manifestar sus dudas en voz alta. Pero esas dudas fueron prontamente acalladas por el resto de la tropa, que no quería ni imaginar que nuestra esperanza, a tan sólo unas horas de marcha, pudiese verse nuevamente truncada.

Trasladamos a Martínez de Leyva sobre una improvisada litera transportada entre cuatro hombres, que se iban turnando cada poco tiempo. Nuestro Almirante ni siquiera podía montar a caballo.

Nuestra ansia por llegar era tal, que apenas nos detuvimos a comer el mínimo tiempo imprescindible.

Caminamos durante todo aquel día como un solo hombre. El ritmo era fuerte, pero nadie se quejó, nadie se permitió la menor manifestación de cansancio. Nos habíamos propuesto llegar antes del anochecer... y lo conseguimos.

Una hora antes de la puesta del sol, desde un pequeño altozano que dominaba la bahía, avistamos en la costa a uno de los barcos.

Continuamos avanzando y, a pesar de la creciente proximidad al mar, seguíamos sin ver más que un solo bajel. Los otros podían estar fondeados en algún otro lugar que no alcanzáramos a ver desde nuestra posición, pero fue a partir de aquel momento cuando por primera vez en todo el día, algunos de los comentarios que se suscitaron en medio de la tropa volvieron a ser pesimistas.

Desde luego, un solo barco no bastaba para hacerse cargo de un grupo como el nuestro.

A pesar de todo, a la vista del galeón, algunos de los hombres aceleraron el paso hasta echarse a correr a su encuentro.

Yo esperé la llegada de Don Alonso, cuya litera viajaba más atrás.

—¿Se ve algo? —me preguntó al llegar a mi altura. Lo cierto es que él había visto lo mismo que yo. Pero quería cerciorarse de que no hubiéramos sido capaces de avistar alguna otra embarcación.

—Un galeón —le respondí—. Creo que se trata de la Girona.

En realidad, la Girona era una antigua galera napolitana que había sido reformada en galeón.

—¿Uno...? ¿Sólo uno?

—Sí señor. Tal vez los otros dos estén fondeados en alguna rada cercana —traté de mostrarme optimista, a pesar de que yo mismo me hallaba profundamente decepcionado.

Cuando nos aproximamos un poco más, vimos que Don Fabricio Spínola nos salía a recibir.

En efecto, él era ahora el capitán de la Girona, al haber sucedido a Don Hugo de Moncada, fallecido en combate.

15

Spínola se sorprendió al encontrarse con que el mismísimo Leyva se contaba entre los españoles recién llegados. Y se dolió mucho de verlo tan maltrecho, hasta el punto de estar necesitado de viajar a hombros de litera.

Con gran diligencia y cortesía militar el capitán organizó nuestra acogida, a la vez que nos dirigía personalmente hasta la tienda en donde tenía instalado una especie de cuartel general improvisado. Allí nos ofreció una sencilla colación que, no sé si debido a las circunstancias, o a lo hambriento que estaba, se me hizo muy apetitosa. Además, vino acompañada de un excelente vino español, elixir que yo no probaba desde hacía ya demasiado tiempo.

Mientras cenábamos, Spínola nos puso al corriente de la situación:

—Los irlandeses de esta región se han mostrado muy hospitalarios con nosotros, aunque también es cierto que han sabido cobrarse muy bien cada uno de sus favores. Además, han solicitado no pocas veces nuestra ayuda para combatir contra los ingleses. Por supuesto, me he negado siempre a su petición, pues estimo que no son ésas las órdenes que recibimos del rey.

—Ha dicho usted muy bien, Don Fabricio —fue la inmediata respuesta de Leyva—. Las instrucciones que nos dejó escritas su majestad fueron muy claras: si algo saliera mal, debemos regresar a España lo antes posible.

»Pero díganos, ¿de cuántos barcos contamos y cuál es su capacidad de transporte? Piense que acabamos de llegar casi mil hombres.

—¡Dios mío! ¡Mil hombres! Esperaba que no fueran tantos...

—¿Hay algún problema?

—Aquí estamos quinientos náufragos de la Girona: va a ser imposible subir a bordo a tanta gente. Haciendo un gran esfuerzo podríamos embarcar en total a mil, mil cien hombres tal vez...

—¿Quiere decir que no hay más barcos? Nos habían hablado de tres bajeles —intervine yo, queriendo evitar a Don Alonso la penosa tarea de formular la pregunta crucial, cuya respuesta, mucho me temía, caería como un jarro de agua fría sobre todos nosotros.

—No. No hay más barcos, sólo queda la Girona...

Tardamos algunos segundos en recuperarnos.

No por esperado, el mazazo fue menor. ¿Qué se supone ahora que deberíamos hacer con los hombres «sobrantes»? ¿Y, sobre todo, quiénes serían? Visibles signos de preocupación se cernieron sobre el cansado rostro de Martínez de Leyva. Sentí mucha lástima por él. Trabajado y herido como estaba, una nueva y grave responsabilidad venía a cargarse sobre sus debilitados hombros.

Buscando aliviar la fuerte tensión creada, y tratando de encontrar algún aspecto positivo en una situación que comenzaba a desbordarnos a todos, me atreví a preguntar por el estado del barco.

Pero Spínola tampoco pudo mostrarse halagüeño por este lado:

—Estamos reparando el timón, que es la pieza que más nos preocupa. Se rompió cuando navegábamos hacia aquí. Además, he ordenado que se aproveche para recomponer las jarcias y la arboladura, cuyo estado tampoco es bueno, y para tapar los agujeros causados en el velamen por los cañones. Pero aún y todo, incluso una vez terminados los trabajos, no tengo ninguna esperanza de que el barco vaya a estar en condiciones de continuar hasta España. El casco presenta graves quebrantos. En mi opinión, habremos de dirigirnos a Escocia.

Aquel resultó un nuevo golpe. Eran demasiados para el final de aquella infeliz jornada.

No quisimos o no pudimos prolongar mucho más tiempo la conversación. Profundamente abatidos, nos retiramos a descansar. Tal vez las luces del nuevo día fuesen capaces de infundir un nuevo optimismo en nuestros apesadumbrados ánimos.

La gran fatiga acumulada me ayudó a dormir, a pesar de que todavía durante un rato no pude dejar de dar vueltas y más vueltas a cuanto acababa de oír. Todavía más me preocupaba la suerte de Keara: ¿qué sería de ella en este instante? ¿Volvería a verla alguna vez? En el fondo de mi apesadumbrado corazón sabía que la había perdido para siempre, al igual que antes había perdido a Elena…

Muy poco o nada contribuirían los siguientes días a mitigar nuestras ansias. Los trabajos en el barco proseguían a un ritmo muy lento. Los carpinteros manifestaron que precisarían de casi una semana más antes de dar por terminada su tarea.

Como ya nos había avanzado Spínola, el clan dominante en la zona era menos generoso que el de nuestro buen amigo Domhnall Mc Sweeney, y siempre se cobraban de un modo o de otro todas las ayudas que nos hacían. En realidad, muy poco nos importaba a nosotros gastar aunque fuese la mitad o la totalidad de nuestras exiguas riquezas en aquel remoto rincón del mundo, con tal de poder subsistir hasta el momento de nuestra ansiada partida, y con tal de poder regresar a casa sanos y salvos.

Pero, al igual que durante los últimos días antes de venir a Killybegs, los hombres permanecían demasiado tiempo ociosos. Y eso, bien lo sabíamos, no era nada bueno. Las rencillas y peleas aumentaron.

Por eso recibimos con una enorme alegría la noticia que el capataz nos comunicó el 25 de octubre: el barco se hallaba listo para zarpar.

Sin embargo, como bien sabíamos, no todos podríamos embarcar.

Don Alonso había previsto este momento con extremo cuidado. Conscientemente había retrasado la decisión hasta el final: no quería que, si a la inactividad forzosa de los últimos días se le sumaba la desesperanza de quienes habían de quedarse, las relaciones entre los marineros se enturbiaran aún más.

Como primera medida, nuestro sabio y experimentado Almirante sondeó al nutrido grupo de irlandeses que nos habían acompañado desde España. Y éstos, fieles a la nobleza mostrada durante todo el tiempo que habían permanecido con nosotros, aceptaron quedarse.

Entre ellos se contaba el propio padre James ne Dowrough. Nuestro buen amigo consideró llegado el momento de dejar atrás su periodo español, y quedarse definitivamente en su país, dando así ejemplo a sus compatriotas y, en cierto modo, a todos los españoles que tendrían que quedarse en la isla en contra de su voluntad.

Una vez descartados los irlandeses, con el beneplácito del clan local, Leyva decidió dejar en tierra a aquellos enfermos y heridos cuyas dolencias les hicieran insoportable un viaje por mar.

Era ya un buen grupo el que se quedaría en Irlanda.

Pero aún y todo, seguíamos siendo demasiados hombres para el exiguo tamaño de la Girona.

Don Alonso propuso decidir a suertes el destino del resto.

Todos aceptamos. Era un modo justo e imparcial de romper la incertidumbre que nos atenazaba.

Antes de proceder al sorteo, nuestro Almirante animó a cuantos tuvieran que quedarse, a tratar de alcanzar Escocia con la ayuda de nuestro amigo Domhnall Mc Sweeney. Pues una vez en Escocia tendrían posibilidades de regresar a España.

Al escuchar estas palabras, pensé en quedarme voluntario y regresar junto a Keara. Tal vez ella accediera a venir a España conmigo…

Incluso me acerqué a Don Alonso para manifestarle mi plan.

Pero, como era de suponer, lo rechazó:

—Don Santiago, es un ofrecimiento muy generoso por su parte, pero es un ofrecimiento que de ningún modo puedo aceptar. Siempre ha estado usted entre mis más fieles colaboradores. Precisamente ahora, cuando me encuentro impedido, me es usted más necesario que nunca. No debe pensar en abandonarnos.

Quedé literalmente hundido por la respuesta, pero como no podía ser menos, obedecí.

Mientras tanto, dio comienzo el sorteo.

Paradójicamente, ahora tenía ante mis ojos a gran cantidad de hombres a los que veía abatirse por tener que permanecer en la isla.

Pero así es como ocurre tantas veces en la vida, cuando no queda otro remedio que luchar por sobreponerse ante sus frecuentes reveses. Ése es en gran medida el secreto de vivir.

De cualquier modo, al día siguiente, 26 de octubre, nuestro galeón partió de Killybegs con la marea de la mañana.

Y yo con él.

Viajábamos a bordo mil cien hombres. Íbamos cargados hasta los topes. Cuatrocientos de los nuestros nos despedían desde tierra. Los que tuvieron ánimo para ello. Otros —la mayoría— prefirieron no asistir a tan triste acto.

Vi a algunos de ellos llorar, entre ellos al desdichado Baltanás…

Viajaban con nosotros tres irlandeses y un escocés. Nuestro Almirante los había dejado a bordo en calidad de pilotos conocedores de la zona. Según las estimaciones de éstos, si todo iba bien, en tres o cuatro días podríamos estar pisando tierra de Escocia.

Pero, desgraciadamente, una vez más, el mal tiempo volvió a hacer acto de presencia. Era una malísima noticia, sobre todo para el timón, que a pesar de las reparaciones no estaba en condiciones de resistir una mar tan gruesa durante mucho tiempo.

A pesar de todo, el primer día avanzamos a buen ritmo hacia el norte, empujados por fuertes vientos del suroeste.

Ninguno de los pilotos isleños era nativo de la región, por lo que optamos por navegar a una distancia prudencial de la costa. Es sabido que en las cercanías del litoral irlandés, sobre todo en su lado oeste, son frecuentes los arrecifes submarinos, ocultos a muy poca profundidad bajo las aguas.

Al anochecer avistamos a lo lejos la isla de Tory, hacia el este, a menos de diez millas de la costa de Donegal.

La noche transcurrió con la ansiedad propia de una navegación precaria en medio de la más negra oscuridad y de un mar que continuaba embravecido. Pero gracias a Dios no se produjo ningún suceso, más allá del progresivo debilitamiento del barco, sobre todo del timón.

Al amanecer, el crujido de las cuadernas nos inquietó a todos. Estábamos habituados a distinguir entre un simple chasquido del maderamen y los profundos crujidos en la estructura del barco, que parecía lamentarse a gritos por la excesiva presión del oleaje.

Lo mismo podía decirse del timón. Si no fuese porque nuestra vida dependía de él, hubiese podido ser objeto de apuestas entre quienes pensaban que aguantaría hasta Escocia y quienes no.

Mucho me temo que, de haberse producido dicha disputa, hubiesen ganado los últimos.

Pero además, a medida que avanzábamos, el tiempo empeoraba aún más.

Las olas golpeaban con violencia contra el castillo de popa, pues el viento soplaba ahora del oeste, y a partir de la altura de la isla de Tory, casi en el límite norte de Irlanda, navegábamos hacia el este.

Como digo, la dirección del viento nos era favorable, pero no lo era su excesiva fuerza. Sólo podíamos desplegar una pequeña parte del velamen. Temíamos que los mástiles no fuesen capaces de soportar el excesivo empuje. Nuestro único consuelo era que nos manteníamos a flote y que, milla a milla, nos íbamos acercando a nuestro destino.

A estribor, en la distancia, veíamos desfilar la costa, repleta de verdes colinas y de profundas ensenadas.

Durante todo el día el viento continuó aumentando de fuerza. Al atardecer roló hacia el norte, exactamente la dirección que menos nos convenía, pues colocaba la costa a sotavento. Ahora corríamos el peligro añadido de que, con la fuerza de la tormenta y la debilidad del timón, fuésemos poco a poco arrastrados contra los arrecifes.

Nos aprestábamos a atravesar una larguísima noche carente de estrellas y de luna, durante la que nadie sería capaz de dormir. Las mil estridencias y resonancias de nuestro barco moribundo bastaban para mantenernos a todos en un inquieto duerme vela...

Pero gracias a Dios, el nuevo día, el 28, amaneció para todos nosotros.

Se repetía el pensamiento de la víspera: estábamos vivos, flotábamos, y lo hacíamos cada vez más cerca de Escocia.

Sin embargo, con las primeras luces pudimos comprobar, no sin temor, que nos hallábamos significativamente más cerca del litoral.

El timón daba claras señales de estar llegando al límite de sus posibilidades. A estas alturas nadie podía ignorar que el barco se hallaba surcando sus últimas millas, sumido en muy graves apuros por mantenerse entero y a flote.

Pues ya no sólo era el timón, también el casco perdía consistencia a cada paso.

Transcurrieron lentas las angustiosas horas de aquella desdichada jornada, marcada por la penosa y desigual lucha contra los elementos que, poco a poco, parecían ganarnos terreno.

Y por si alguien quisiera ponerlo en duda, a media tarde terminó por romperse el timón. Se desmembró de un furioso golpe de mar.

Leyva se vio obligado a dar la orden de emplear los remos en un desesperado intento de gobernar el barco con ellos.

Pero pronto se comprobó que las grandes olas dificultaban la tarea de tal modo, que hacían la nave imposible de gobernar.

Los remeros, sometidos a un esfuerzo agotador del que obtenían muy poco rendimiento, quedaban exhaustos en muy poco tiempo. Además, se veían constantemente sometidos a grandes rociones de agua muy fría, provocados por el violento oleaje.

Así transcurrió aquella jornada, como una larga agonía, hasta que el día comenzó a caer: nos aprestábamos a afrontar una nueva noche sin luna, mientras observábamos impotentes cómo el viento continuaba acercándonos muy peligrosamente hacia los arrecifes.

Hacia la media noche escuchamos un estruendo estremecedor: nos estrellábamos contra los arrecifes de Lacada Point, muy cerca del castillo de Dunluce, en el

Condado de Antrim, curiosamente en las cercanías del hogar de la recordada Keara.

Golpeamos muy duramente y de costado contra las rocas, el fondo se rasgó como una hoja de pergamino y la popa se abrió casi al mismo tiempo, empujada por el ímpetu del viento y del mar. Muchos hombres gritaban de dolor, aprisionados entre las maderas del casco.

Muy poco después, el barco se dio la vuelta por completo, hasta colocarse boca abajo.

Entonces se hizo el silencio más completo. Ya nadie gritaba. Nadie podía hacerlo. Ya sólo se oía el estruendo el mar.

Hallándome en cubierta, fui capaz de zambullirme a tiempo. Caí sobre las frías y oscuras aguas, y traté de alcanzar la orilla a nado. La noche era negra como una tumba y la resaca, fortísima. Tanto, que parecía tirarme de los pies hacia afuera.

Ya no recuerdo más.

* * *

De los mil cien hombres que viajaban a bordo, todos perecieron menos nueve, los que a duras penas lograron alcanzar la orilla.

Aquel día España perdió a más de setenta nobles, entre ellos a Don Alonso Martínez de Leyva.

Con él fallecieron Don Fabricio Spínola, capitán de la Girona; Don Pedro Mares, capitán de La Duquesa Santa Ana; Don Diego Martín de Leiva, hermano de Don Alonso, y muchos otros, cuya relación sería demasiado larga y triste.

Refiriéndose a la desgraciada pérdida de Don Alonso Martínez en aquel terrible naufragio, Don James Machary, uno de los irlandeses que habían viajado con nosotros a bordo de la «Rata», y que se había quedado en Killybegs, escribiría algún tiempo más tarde:

> «Era de elevada estatura, fina figura, blanca piel, cabellos canosos, hablar bueno y liberal, conducta impecable y admirado no sólo por sus hombres, sino por todos los que le conocían».

Don Alonso estaba casado con la hija del conde de La Coruña, y tenía varios hijos.

Tanto él como el resto de sus desdichados compañeros, descansen en paz.

Segunda parte

LA CONTRAARMADA INGLESA DE DRAKE Y NORRIS

1

No desperté de mi profundo letargo hasta el dieciséis de noviembre.

Quienes me atendieron me dijeron que con anterioridad a aquel día ya había despertado en algunas ocasiones, e incluso que un par de veces había llegado a balbucear algunas palabras.

Desde luego, creo recordar que tuve algunos ligeros intervalos de cierta consciencia, o de duermevela.

Pero mi primer acto de conciencia plena, del cual yo pueda acordarme por mí mismo, ocurrió aquel miércoles dieciséis de noviembre. Ese día escuché con emoción el inconfundible tañido de unas campanas, las de la iglesia de Santa María del Campo, en La Coruña.

Debían de estar dando las doce del mediodía. Digo esto porque sonaron tantas veces, o al menos a mí así me lo pareció, y entraba tanta luz por las ventanas, que debía de ser mediodía, o una hora muy próxima.

Me hallaba completamente desorientado: por supuesto, no sabía —no podía saber— en dónde estaba. Tampoco tenía noción alguna del tiempo. Tan sólo recuerdo que me sentía como flotando en el aire tras un largo, agradable y apacible sueño. Estaba tan a gusto y sentía tanto gozo, que debí de decir muchas tonterías antes de formular las primeras preguntas con sentido:

—¿Dónde estoy? ¿Qué es lo que ha ocurrido?

No sé qué es lo que me respondieron. Tan sólo sé que

había un hombre que se preocupaba mucho por mí, al igual que algunas mujeres, probablemente las mismas religiosas que me han estado atendiendo después, y una joven muy bella a la que, a pesar de no ser capaz de identificar, me pareció que conocía de toda la vida.

Recuerdo entre brumas, como en los difusos recuerdos de la primera infancia, que había una ventana con un marco de madera blanca y una cortina. Y que ésta tamizaba los rayos de sol que entraban en la habitación, oblicuos sobre una mesa en la que descansaba una jarra de agua.

No sé cuánto tiempo pudo durar esta primera experiencia real, porque inmediatamente volví a quedar dormido.

Muchos otros momentos de conciencia y lucidez sucedieron al que acabo de describir, repitiéndose cada vez con mayor frecuencia y duración.

De este modo fui poco a poco recuperando mis facultades, hasta que, al cabo de algunas semanas, puede decirse que me encontré recuperado casi por completo.

Lo que ocurrió durante todo este tiempo, según me lo han referido después, es una historia realmente asombrosa y muy hermosa. Tan hermosa, que cada vez que la recuerdo no puedo evitar que me asalte la emoción hasta derramar lágrimas.

Esto es poco más o menos lo que sucedió: el día de nuestro naufragio conseguí ganar la costa a nado.

Exhausto y aterido de frío, llegué hasta los arrecifes, en donde pude hacer pie con gran esfuerzo por mantener el equilibrio en medio del intenso oleaje. De hecho, la impenetrable oscuridad me impidió advertir la llegada de una gigantesca ola que, alcanzándome por detrás, me arrojó contra las rocas con tal ímpetu, que el fortísimo impacto me hizo perder el sentido.

Uno de mis compañeros supervivientes, el siempre cordialmente recordado tío Limón, que por ser de Jerez sabía nadar, y que por su gran corpulencia fue capaz de resistir el frío y los embates de las olas mejor que yo, consiguió rescatar mi cuerpo de las aguas antes de que la resaca volviera a arrastrarme mar adentro.

Al parecer, yo sangraba abundantemente. Tanto, que mi vida corría peligro.

Pero mi buen samaritano se quitó la camisa y anudándola alrededor de mi cabeza, trató de contener la hemorragia.

A pesar de su propia fatiga y necesidad, fue todavía capaz de cargar conmigo y de transportarme sobre sus hombros hasta una aldea cercana.

Los lugareños, conociendo que éramos españoles y que luchábamos contra los ingleses, nos ayudaron gustosos, proporcionándonos cobijo y rodeándonos de cuantas atenciones fueron capaces de proporcionarnos.

Al amanecer nos condujeron sobre una carreta de paja hasta el cercano castillo de Dunluce, cuyo señor era un caballero llamado Somhairle Buidhe Mac Domhnaill, pariente cercano de Keara.

Allí informaron al tío Limón de que en total éramos nueve los hombres que habíamos logrado salir con vida de aquel terrible naufragio.

Por el contrario, en las playas se contabilizaban hasta doscientos sesenta cadáveres.

Al igual que Keara, nuestros anfitriones, los Mac

Domhnaill, eran *gallóglaigh*, radicalmente enemigos de los ingleses. Y, como digo, desde el primer momento se desvivieron por asistirnos.

En seguida acordaron que los nueve supervivientes, al menos los ocho que podían valerse por sí mismos, serían trasladados a Escocia, cuyas costas estaban realmente muy próximas. Allí podrían encontrar los medios con que enviarnos de regreso a España.

Pero la noticia de nuestra desgracia se difundió muy rápidamente por todo el norte de Irlanda. Y, en realidad, esto fue lo que de verdad me salvó. Pues en cuanto el suceso llegó a oídos de Keara, la muchacha, que había regresado ya junto a Mc Sweeney, importunó a éste para que le ayudara a regresar a Antrim —la región en la que nos encontrábamos— lo antes posible. Al parecer, y según me dijo el tío Limón, la noble Keara era incapaz de conciliar el sueño hasta asegurarse de que yo seguía con vida.

El indómito carácter de la muchacha no tardó en lograr su propósito y, en cuanto llegó al castillo de Dunluce y me vio con vida, se entregó en cuerpo y alma a cuidar de mi precaria salud.

Tan pronto como todo estuvo dispuesto para el paso de mis compatriotas a Escocia, se produjo una fuerte tensión entre ellos y los irlandeses.

Pues Mac Domhnaill, fuertemente influenciado por Keara, era partidario de que mis ocho camaradas partieran sin mí. Consideraba que yo no estaba en condiciones de emprender un viaje por mar hasta España.

Sin embargo, mis compañeros de armas —con el tío Limón a la cabeza—, se manifestaron contrarios a abandonarme a mi suerte en aquellas lejanas tierras: no, no estaban dispuestos a partir sin mí. Lo consideraban una cuestión de principios y de lealtad, algo innegociable. Aducían que mi estado de inconsciencia, tanto si era reversible como si no lo era, no se vería alterado por el hecho de permanecer inmóvil en el castillo de Dunluce, o por el hecho de que viajara en una cama, con las debidas atenciones, a bordo de una nave.

Además, —argumentaban— si transcurridos unos días despertaba, y lo hacía en Irlanda, yo siempre podría acusarles de haberme desamparado y dejado a mi suerte en tierra extranjera.

Por lo que deduzco de lo que me han transmitido unos y otros, la tirantez de las posiciones llegó a alcanzar cotas muy altas de intensidad. Hasta el punto de que, habiendo quedado muy claro que los españoles partiríamos todos juntos o no partiría ninguno, Keara cambió radicalmente de parecer.

La joven, que —como ha venido demostrando en todo momento— es todo corazón, accedió a nuestra partida a condición de que ella pudiera acompañarnos y cuidar de mí a lo largo de toda la travesía.

Todos, españoles e irlandeses, quedaron desconcertados ante semejante ofrecimiento, sobre todo los miembros de su clan. Pero nadie podía dudar de que la valiente heroína hablaba en serio. De hecho, fue ella misma quien se encargó de convencer a su pariente Mac Domhnaill para que nos dejara zarpar.

Y lo consiguió.

Así fue como Keara vino con nosotros hasta Escocia,

para después acompañarnos hasta el mismo puerto de La Coruña.

Y por este motivo, el señalado día en que desperté en la ilustre ciudad gallega, ella se encontraba junto a mí.

En realidad fue ella también la primera persona que, medio en gaélico, medio en español —pues para mi sorpresa comenzaba a ser capaz de expresarse de modo rudimentario en nuestra lengua— me fue dando noticia de cuanto acabo de relatar.

A pesar de mi evidente mejoría, el médico que me atendía, el Dr. Don Tomás Esteiro, determinó que me convenía guardar algunos días de cama. Después podría comenzar a levantarme poco a poco y, si todo iba bien, podría comenzar a dar pequeños paseos por las calles más próximas a mi alojamiento en la rúa de Herrerías. En una palabra, tendría que ir reincorporándome a la vida normal de un modo lento y progresivo.

Aquellos días de convalecencia fueron un período especialmente venturoso y feliz.

Me albergaba en la casa de los padres del mosquetero Láncara. Se trataba de un matrimonio de bondadosos ancianos que, conocedores de la muerte de su hijo único en aguas del norte de Irlanda, desde el primer momento, como tantos otros coruñeses, quisieron acoger a alguno de los heridos de la armada.

Cuando se enteraron de que su hijo Francisco había servido bajo mis órdenes, y que habíamos sido buenos amigos, me tomaron aún mayor afecto y me trataron —estoy seguro— con las mismas atenciones con que le hubieran cuidado de su querido y llorado «Paquiño».

Rodeado de tantas atenciones, me parecía mentira ser

tan dichoso, cuando tan sólo unos días antes me debatía entre la vida y la muerte, y me veía rodeado de constantes peligros a cada paso.

En verdad, tenía muchos motivos para dar gracias a Dios.

Keara venía a diario a visitarme, acompañada por alguna de las monjas del convento de Clarisas en donde vivía. Además de enseñarle nuestro idioma, las buenas hermanas estaban haciendo de ella toda una dama. Al menos en la medida en que un carácter impetuoso y fuerte como el de Keara pudiera ser modelado.

Lo que nunca consiguieron sus educadoras, ni yo mismo, fue que dejase de pronunciar mi nombre del modo como lo había pronunciado la primera vez que nos vimos aquel memorable día, en las cercanías del castillo de Doona. Ella seguía llamándome *Santchagu*, con un deje entre cariñoso y divertido, al que terminé por acostumbrarme, e incluso a echar de menos cuando faltaba.

—¡Buenos días, Santchagu! ¿Qué tal has descansado hoy? —era su saludo de cada mañana.

—Muy bien, Keara, ¿y tú?

—Muy *buen*, gracias —solía responder.

Yo todos los días le corregía, pero ella continuaba cometiendo invariablemente el mismo error. Creo que lo hacía únicamente por divertirme. Pues durante aquellas luminosas jornadas, bastaba la menor nimiedad para que ambos rompiéramos a reír como alegres chiquillos.

Como digo, eran días de una dicha tan grande, que creo que sólo se pueden vivir una vez en la vida.

Yo le estaba infinitamente agradecido a mi princesa celta, como solía llamarle muchas veces.

Creo que sería ya la primera semana de diciembre, cuando, en mi despertar tras una noche fría y borrascosa, al ver que las nubes se retiraban y que la luz del sol imperaría durante toda la jornada, me levanté de la cama y me vestí con mis mejores galas, decidido a que no pasara un día más sin declararle mi amor a Keara.

Así, tan pronto como la muchacha entró por la puerta, acompañada en esa ocasión por la hermana Sor María, y por el tío Limón, que también venía con frecuencia a visitarme, yo ya estaba resuelto. Me declararía en presencia de Sor María y del tío Limón y de quien hiciera falta. Poco me importaba ese detalle:

—¡Buenos días, Santchagu! ¡Qué elegante tú estás! ¿Qué tal has descansado hoy? —me saludó, con su dulce y sonoro acento irlandés.

—Muy bien Keara, ¿y tú?

—Muy *bien*, gracias —fue el primer día que respondió a mi pregunta en correcto castellano.

—¿Y usted, sor María? —continué.

—Muy bien también, Don Santiago. Y por lo que veo, cada día está usted mejor. Hacía tres días que yo no venía por aquí, y le aseguro que le encuentro mucho más fuerte, y con mejor color.

—Lo mismo digo. Don Santiago, con todos los respetos, le veo hecho un toro.

—Muchas gracias a los dos. Pero ¡cómo no voy a estar sanando de día en día, con las atenciones que me brinda D.ª Keara —en presencia de las monjas siempre la llamaba así: *D.ª Keara*— con sus visitas diarias!

—¡*Santchagu*, bromeas tú!

—No Keara, no bromeo. Tú me has salvado la vida. Si no fuera por ti, por tus cuidados, probablemente hubiera muerto en Irlanda, o en el barco.

Llegado a este punto, me armé de valor y continué:

—Y por eso creo que ha llegado el momento de que te diga que mi vida ya no me pertenece. Por lo menos, ya no me pertenece a mí sólo. Es de los dos: te has ganado una parte de ella. Keara, ¿quieres casarte conmigo? ¿Quieres ser mi esposa, mi mujer? *Mo bhean chéile* —añadí, como tenía ensayado, para que no pudiera quedar ningún margen de duda a mis palabras.

Por primera vez desde que la conocía, la indómita muchacha, la valerosa heroína celta, se conmovió desde lo más hondo de su ser y, profundamente turbada, me respondió afirmativamente en su propio idioma:

—*Sea, Santchagu. Tá Ba mhaith liom a bheith ar do bhean chéile go deo.*

La abracé y la besé.

No sé por qué —o tal vez deba decir que sí— en ese momento me vinieron a la mente las palabras que Maurice Fitzgerald me dirigió en una ocasión a bordo de la «Rata»: «creo que si usted llegara a conocer a alguna de mis compatriotas, se acabaría enamorando de ella.»

—¡Qué razón tenías, Maurice! —musité.

Ahora sí, iniciaba un noviazgo que, si nada se cruzaba en el camino, terminaría concluyendo en nuestra boda, que celebraríamos más pronto que tarde.

Me sentía como flotando.

Pero la voz de Sor María y la del tío Limón, la primera enternecida, y la del segundo entusiasmada, al felicitarnos, dándonos todo tipo de parabienes, hicieron que mis pies volviesen a pisar tierra.

También Don Domingo, el padre de Láncara, entraba por la puerta deseoso de saber cómo había pasado la noche. Le dimos la noticia y salió corriendo a decírselo a su mujer, cuyo gozo casi me atrevería a afirmar que igualaba al nuestro.

2

Pero mientras estas cosas ocurrían en torno a la persona de Don Santiago Guriezo, el resto del mundo, como era de esperar, seguía caminando por sus propios derroteros.

Al poco de la partida de la Gran Armada hacia el norte, el Almirante Howard, muy seriamente preocupado acerca de cuál podría ser su siguiente paso, había lanzado una seria advertencia a la reina:

—Sabe Dios si se dirigirán los españoles hacia Noruega, Dinamarca o las islas Orcadas, para rehacerse y volver a la carga.

Drake era de su misma opinión.

Ésta fue la causa de que la armada inglesa se mantuviera movilizada todavía durante un mes más, y de que se produjera una terrible mortandad entre su marinería. Pues la epidemia se extendió entre los embarcados de un modo tan brutal e inmisericorde, que al regreso de la Gran Armada a España, los isleños habían sufrido un número de bajas igual o incluso superior al de los españoles. Eso, sin contar con que los habitantes de las costas del sur de Inglaterra también se contagiaron, registrándose una gran mortandad entre ellos.

No es exagerado decir que la mitad de los hombres que participaron en la flota isabelina murió.

En este punto hubo una gran diferencia entre el comportamiento de su majestad Don Felipe II y el de la reina de Inglaterra. Pues si en España podemos enorgullecernos de que la Corona se desviviera por atender a los enfermos y heridos que iban llegando a las costas, entre los ingleses no ocurrió lo mismo.

Por lo que respecta a las embarcaciones, finalmente fueron algo más de las tres cuartas partes los barcos de la Gran Armada que consiguieron regresar a la Península: ciento dos de un total de ciento treinta.

Pero Isabel y su Consejo no quisieron dejar de explorar las posibilidades que la momentánea debilidad de la flota española les podía brindar: pues al inicio de aquel mismo otoño, cuando las hojas en los árboles apenas habían tenido tiempo de comenzar a amarillear, la reina se reunió con sus colaboradores en una suntuosa sala del Palacio de Whitehall, en Londres.

—Debemos aprovechar para destrozar sus barcos mientras estén siendo reparados en los puertos —la reina hablaba con un tono de especial autoridad. No estaba pidiendo consejo a nadie. Estaba simplemente ordenando. Nadie osó llevarle la contraria—. Después, y sólo después, nos encaminaremos a Lisboa. Para ello contamos con la preciosa ayuda de Don Antonio de Crato. —Don Antonio era un ilegítimo pretendiente al trono portugués, cuya ambición de poder le había llevado a firmar con la soberana inglesa un contrato ignominioso para los intereses de su propia patria. Pues a cambio de ser puesto en el trono, Crato estaba decidido a malvender su país: estaba dispuesto a convertirlo, junto con todas sus posesiones de ultramar, en un estado vasallo de Inglaterra.

—Con su asistencia y nuestra fuerza —continuó explicando la reina—, lograremos sublevar a los portugueses en contra de Felipe II, y colocar en el trono luso a nuestro aliado y amigo.

Los presentes escuchaban en silencio. Ninguno se aventuraba a dar su parecer y, mucho menos, a interrumpir. En vista de lo cual, la reina prosiguió un poco más:

—Conseguido lo anterior y con la armada española notablemente menguada, les arrebataremos las islas Azores. Con ellas, qué duda cabe, seremos los dueños de la ruta de América, estrangulando al imperio español en su arteria vital.

A partir de aquel momento Drake y Norris supieron cuál era su misión: una gran flota debía estar lista para dirigirse a España la próxima primavera...

Poco antes de cumplirse el plazo, es decir, a comienzos de 1589, Inglaterra tenía pleno conocimiento de que los barcos de la Gran Armada estaban siendo reparados en los puertos del Cantábrico: en Santander y en Pasajes, fundamentalmente; y no en Cádiz o en Sevilla, como se había barajado en un primer momento.

Así pues, los ingleses conocían muy bien hacia dónde deberían dirigir sus ataques.

... Pero desde el primer instante, Drake, el marino de Devon, se propuso burlar a su reina en beneficio de sus propios intereses. Pues si bien hacía tiempo que el osado bucanero ostentaba el pomposo título de Vicealmirante, en su fuero interno continuaba siendo un pirata. Y como tal, poco o nada le interesaban los puertos del Cantábrico, con sus barcos a medio reparar. Lo que de verdad le importaban eran los tesoros, las ganancias con que poder enriquecerse al máximo.

Y, en este caso concreto, sobre todo le interesaba

el suculento botín que Crato les había prometido a los ingleses como recompensa por su ataque a Lisboa.

Pues este singular individuo, en su afán por conseguir las fuerzas navales suficientes para hacerse con la corona de Portugal, no se detuvo ante nada: además de prometer cuantiosísimos beneficios a Inglaterra, siempre a costa de su propio país, llegó incluso a poner en contacto al rey de Marruecos con la reina de Inglaterra, para de este modo, urdir una coalición anglo-marroquí en contra de España.

A pesar de la impresión descabellada que semejante alianza pudiera dar a primera vista, tampoco esta maniobra de Crato cayó en saco roto: la propia Isabel de Inglaterra se apresuró a escribir al rey de Marruecos, exagerándole el desgaste sufrido por la Gran Armada en las costas de Irlanda, con el único objetivo de conseguir su apoyo frente a España.

De cualquier forma, la conquista de Lisboa constituía un poderoso reclamo no sólo para Drake, sino también para la propia reina. La posesión de Portugal, en caso de lograrse, terminaría de una vez para siempre con todos los problemas económicos de Albión. El vasto imperio oceánico luso, en medio del cual destacaba el Brasil, era una presa muy codiciable para Inglaterra.

Por eso, con el fin de asegurarse las tropas necesarias para tan ambiciosa expedición, la reina ordenó también, como primera medida, el regreso de los soldados ingleses que peleaban en Holanda contra España.

Pero además, mediante su gran poder e influencia, logró que fuesen muchos los hombres que se sumaran al proyecto. Tantos, que llegaron a faltar barcos para acogerles.

De repente todos querían sumarse a una victoria que, en medio del clima de propaganda y euforia patriótica creado, parecía segura.

En total fueron veintiocho mil los hombres que se alistaron. Viajarían a bordo de ciento noventa barcos. Ambas cifras eran superiores a las de la Gran Armada de Felipe II, que había estado compuesta por ciento treinta buques y veinticinco mil soldados.

* * *

Poco a poco iba transcurriendo el borrascoso invierno coruñés, durante el que yo me recuperaba de manera lenta pero constante.

Gracias a Dios, no me quedaron secuelas de ningún tipo, a excepción de una larga cicatriz que, desde la oreja derecha me llega hasta la coronilla. Pero esto no revestía la menor importancia para mí, ni siquiera desde el punto de vista estético, ya que la marca quedó completamente cubierta por el espeso cabello que siempre he tenido, y mucho más aún durante aquellos años de juventud.

Tuve mucha suerte. Otros pagaron sus esfuerzos con la vida. Ése fue el caso del glorioso Recalde, que el 23 de octubre de 1588, en una celda del monasterio de San Francisco, también en La Coruña, había entregado su alma a Dios. No llegó a saber que Don Alonso de Leyva había naufragado en Irlanda.

En honor a la verdad, he de decir que Don Juan Martínez de Recalde fue el mayor marino que vio nuestro siglo, junto con Don Álvaro de Bazán.

Con la llegada de la primavera pude comenzar a hacer «vida normal».

Aunque lluviosa, fue una estación risueña como pocas. Al menos para Keara y para mí.

Teníamos ya decidido que nos casaríamos en la preciosa iglesia de Santiago, mi patrón.

Y tan pronto como comunicamos al párroco nuestro propósito, la boda quedó fijada para el día 6 de mayo, sábado.

A partir de entonces yo contaba los días que faltaban para tan anhelado instante, que cambiaría mi vida por completo, uniéndola a la de Keara para siempre.

Por aquel entonces ya casi podía decirse que mi prometida dominaba nuestro idioma. Cometía algunos errores, y su acento irlandés era incorregible, pero la comunicación entre nosotros era perfecta. La barrera idiomática había desaparecido por completo.

Paseábamos por la ciudad siempre que mis obligaciones me lo permitían. Pues poco a poco fui reincorporándome al trabajo en la armada, donde por otro lado la labor era ingente. Había un buen número de enfermos y heridos que atender y, además, sabíamos por nuestros espías que, en cuanto el tiempo lo permitiera, los ingleses atacarían. Tratarían de aprovechar nuestra temporal indefensión, dirigiendo sus ataques hacia los puertos del Cantábrico.

Aunque —creíamos ingenuamente—, La Coruña, casi con toda seguridad, no sería atacada.

En cualquier caso estábamos bien pertrechados

de municiones. Y teníamos unos quinientos soldados acantonados, además de una compañía regular de ciento cincuenta hombres, a la que se sumaba una milicia local de doscientos veinte arcabuceros y trescientos cuarenta piqueros.

Mi reincorporación al trabajo, unida a los inevitables preparativos de bodas, contribuyó mucho a acelerar la llegada del esperado 6 de mayo.

Pero, como tantas veces ocurre en la vida, en vísperas del señalado día, las cosas no iban a discurrir exactamente como esperábamos...

Ocurrió que, el jueves 4, la antevíspera de la boda, fui bruscamente despertado y sacado de la cama por un soldado:

—¡Mi teniente! ¡Mi teniente! ¡Los ingleses... están aquí! ¡Son muchos barcos!

—¡¿Cómo?! ¡¿Qué demonios...?! ¡¿Ingleses?! ¿Qué ingleses?

—Invasores, señor. Hay un gran fuego encendido en la Torre de Hércules. Al parecer ayer por la tarde fueron avistados desde la atalaya de Estaca de Bares, y han continuado rumbo hacia aquí...

En cuanto me desperté un poco más, caí en la cuenta de la gravedad de la situación.

—¡Tráeme la casaca! Ahí, sobre la silla. ¿Lo sabe el marqués de Cerralbo?

—No lo sabe nadie, señor. Sólo los que hemos visto las luces en la Torre.

Habíamos establecido un sencillo sistema de alarma para el caso de que esto ocurriera: el número de luces encendidas sobre la Torre nos indicaría el número de barcos enemigos que se aproximaban. Sólo si su número era muy grande, se encendería un gran fuego. Y eso era exactamente lo que había ocurrido.

Me vestí tan rápido como pude y, sin perder un instante, me dirigí hacia el palacio del marqués, cuyas funciones de gobernador hacían que confluyesen en su persona el poder político, el jurídico y el militar.

Al salir a la calle, comprobé que, a pesar de lo temprano de la hora, la noticia se expandía rápida como la pólvora.

En cuanto tuve un poco más de lucidez, caí en la cuenta de que nuestra boda no podría celebrarse el día previsto…

Maldije a los ingleses y a su negra estampa mientras llegaba a la carrera hasta las puertas de la Real Audiencia, en donde el marqués de Cerralbo, siempre muy madrugador, juzgaba ya un espinoso litigio.

Espinoso debía de ser, pues a pesar de que le enviamos a un alguacil a explicarle lo que ocurría, no hubo manera de que interrumpiera el juicio hasta que no hubo cumplido con todas las formalidades que requería el caso.

Al parecer, el marqués, o no era del todo consciente del peligro que se avecinaba, o con su comportamiento trataba de darnos ejemplo de serenidad.

Sea como fuere, la flema de Cerralbo me exasperaba.

Hay que decir en su descargo que, tan pronto como estuvo con nosotros, dictó las disposiciones pertinentes con gran acierto y rapidez.

Apenas contábamos en La Coruña con tres naos y dos galeras: la «Princesa» y la «Diana», ninguna de las dos muy apta para el combate.

El problema con las naos era que una de ellas estaba en carena y desartillada, y las otras dos tampoco gozaban de muy buen estado.

El marqués dictó las primeras órdenes:

—¡Que los capitanes de las galeras se hagan a la mar cuanto antes y reconozcan a la flota enemiga!

»Teniente Guriezo, encárguese de tranquilizar a la población, y de organizar las defensas!

Dada la disposición de la ciudad, en el extremo de una prolongada península, el castillo de San Antón, ya operativo, iba a jugar un papel decisivo. Ese mismo año se había finalizado su construcción. Su diseño era uno de los más logrados de la época, fuertemente artillado y con una guarnición de setecientos soldados muy bien pertrechados mediante arcabuces, mosquetes, picas y abundantes municiones.

También era de vital importancia reforzar la lengua de tierra que une la península con tierra firme: sobre todo el conocido como «muro de la pescadería», así llamado por defender el extremo sur de este barrio, de pequeñas casas de pescadores, arracimadas y apoyadas las unas contra las otras, junto al fuerte de Malvecín.

Don Martín de Bertendona saldría al mando de uno de los galeones, con la misión de cerrar desde el mar la línea de fuego del fuerte de Malvecín, impidiendo el acceso de los enemigos al barrio de la pescadería, desde el sur.

Ordené que dos de las culebrinas fuesen trasladadas desde una de las naos hasta el castillo de San Antón. Y que desde allí dispararan contra los invasores tan pronto como se pusieran a tiro.

La pericia de nuestros artilleros era tanta, que consiguió que dos navíos ingleses de vanguardia quedaran varados en la playa de Santa María de Oza.

Como consecuencia, el resto de barcos enemigos hubo de rectificar su rumbo, buscando un fondeadero más lejano.

Pero en cualquier caso, muy pronto nos dimos cuenta de que nos era de todo punto imposible detener el empuje enemigo. La penetración de la armada británica hacia el interior de la bahía resultaba imparable.

Hacia la una del mediodía comenzaron a desembarcar en el arenal de Santa María de Oza. Lo hicieron con un par de docenas de gabarras: y desde ahí se diseminaron, corriendo a tomar posiciones por los alrededores de la ciudad.

El marqués de Cerralbo observaba todos y cada uno de los movimientos con la mayor atención. A su lado se hallaban el capitán Don Álvaro de Troncoso, junto con el sargento mayor Don Luis de León.

Viendo el mal cariz que iban tomando los acontecimientos, les ordenó:

—¡Tomen una compañía de ciento cincuenta arcabuceros, y diríjanse cuanto antes al alto de Santa Lucía! ¡Deben hacer lo posible por frenar el avance enemigo!

Los aludidos obedecieron de inmediato, apresurándose a ascender el cercano otero, pues el tiempo apremiaba.

Se apostaron y parapetaron tras la abundante vegetación, y se aprestaron a emboscar al enemigo a su llegada: de resultas, los ingleses sufrieron algunas bajas, siendo detenidos por primera vez en su peligroso avance.

Pero eran tantos, que tan pronto como acumularon el suficiente número de efectivos, decidieron rodear la colina.

Los nuestros corrían el riesgo de verse cercados por todas partes.

Troncoso ordenó el regreso a las murallas:

—¡Retirada! ¡Nos están rodeando!

Corrieron de regreso, colina abajo, tan rápido como pudieron, antes de que fuese demasiado tarde.

Sólo gracias a su experiencia y alto grado de disciplina, así como al apoyo de los cañones del pequeño fuerte del Malvecín, lograron escapar con vida.

El propio marqués —a caballo y cubierto con armadura— les esperaba a los pies de la muralla. No había nada que reprochar a aquellos arcabuceros. En sus circunstancias, no se podía haber obrado de manera distinta.

Así lo reconoció Cerralbo:

—¡Muy bien muchachos! ¡Buen trabajo!

A pesar de que éramos conscientes de lo apurado de nuestra situación, aún no éramos capaces ni siquiera de vislumbrar lo que se nos venía encima: aún no éramos capaces de calibrar que veintiocho mil soldados sedientos de botín se preparaban para lanzarse al asalto de nuestra pequeña ciudad de cuatro mil habitantes…

Es cierto que, por de pronto, para mí y para Keara, a la que no había podido ver en todo el día, el ataque no podía haber resultado más inoportuno. Nuestra boda quedaría en suspenso hasta una fecha indeterminada. Al menos hasta que fuésemos capaces de salir victoriosos de tan comprometido desafío, y siempre en el caso de que lo lográramos…

De un modo totalmente inesperado, regresábamos a los difíciles momentos vividos en Irlanda, donde nuestras pobres vidas se veían continuamente hostigadas y en peligro, pendientes de un hilo a cada rato…

Sólo bien avanzada la tarde pude encontrar a mi prometida. Me sobresaltó mucho verla armada, con la mirada desafiante, en las cercanías de la muralla.

Un sinfín de preguntas se agolparon en mi boca:

—Pero… ¡Keara, amor mío! ¿Qué haces con ese mosquete? ¿De dónde lo has sacado? ¿Por qué no estás a salvo en el convento? ¡Es peligroso andar por las calles!

—¡Santchagu! Estoy preparada para defenderme de los ingleses. Lo hice en mi tierra, y lo seguiré haciendo en España…

—Pero, cariño, esta es tarea de hombres. Debes ponerte a salvo.

—¡Quiero pelear con vosotros!

Su mirada era fiera y decidida. Como la que había conocido en Irlanda. Keara volvía a recuperar su nunca perdida bravura celta. Comprendí que no podría disuadirla. Pero al menos conseguí que abandonara el barrio de la Pescadería, y que se encaminara hacia la zona alta de la ciudad, en donde el peligro de un ataque enemigo aún no existía.

Mientras permanecimos en guardia durante aquella tensa noche, los invasores aprovecharon el amparo de la oscuridad para tomar posiciones en torno a la muralla, la muralla de una ciudad que al amanecer estaría ya completamente cercada…

3

Lo que había ocurrido era que, en su camino hacia Lisboa, Drake había decidido atacar La Coruña como medio de cubrirse las espaldas ante su reina.

La Coruña aparecería así como el puerto del Cantábrico al que había atacado en cumplimiento de las órdenes de su Soberana. Si ésta llegaba algún día a recriminarle por no haberse dirigido hacia Santander o San Sebastián, que era en donde estaban nuestros barcos, el incorregible pirata siempre podría aducir vientos contrarios que se lo habían impedido, y que le habían obligado a desviarse hacia Galicia.

Además, la capital gallega era pequeña y, al no estar prevenida, los ingleses creyeron que sería presa fácil para sus naves, ya que no podría oponer una gran resistencia al saqueo de la ciudad.

Pero los isleños no fueron los únicos que aprovecharon el amparo de las horas nocturnas en La Coruña. Resguardados en las sombras, dos compañías de soldados de Betanzos, capitaneadas por Don Juan Monsalve y Don Pedro Ponce, llegaron también a las proximidades de la ciudad.

Para su gran consternación, se encontraron con que la muralla se hallaba completamente rodeada de invasores.

Los españoles venían dispuestos a entregar sus vidas en defensa de la ciudad. Pero una cosa era morir peleando, y otra muy distinta entregarse indefensos al enemigo, ya que carecían de pólvora y de balas. Su intención al encaminarse hacia La Coruña había sido la de aprovisionarse de municiones allí.

Completamente contrariados y perplejos, ambos capitanes se reunieron en un pequeño consejo. ¿Qué hacer ante un imprevisto como aquél?

El primero en hablar fue Monsalve:

—Si tratamos de abrirnos paso nos arcabucearán como a animales.

—Nuestra única posibilidad está en encontrar algún punto por el que podamos introducirnos en la ciudad sin ser vistos por el enemigo.

En realidad, aquel consejo era una mera formalidad: en su fuero interno, los dos cabecillas eran de la opinión de que, sin municiones, no tenían más alternativa que la de regresar a Betanzos.

Pero aún no habían terminado de hablar, cuando, un tercer capitán, Don Juan Varela, acertó a pasar por allí. Contrariamente a Monsalve y Ponce, Varela era un *soldado viejo*, es decir, un veterano curtido en mil batallas.

Viendo cómo discurrían sus compañeros, y comprendiendo cuál era el motivo de su falta de decisión, no tardó en expresarse en un tono indignado, por lo que consideraba un intolerable acto de cobardía:

—¿De modo que La Coruña entera, con sus mujeres y niños se encuentra asediada por los peores enemigos del reino y hombres que se llaman a sí mismos soldados, y se hacen llamar capitanes, con dos compañías enteras a su cargo, se resisten a entrar a socorrerles? ¿Acaso se ha visto nunca algo semejante en los tercios de España?: ¡Todo el mundo sabe, caballeros, que la verdadera pólvora del español en tiempos de necesidad es la espada!

Bastaron estas sentidas palabras, para que Monsalve y Ponce, avergonzados por su momentánea falta de valor, se llenaran de arrojo, y fuesen capaces de transmitirlo a la tropa.

Así, las dos compañías se lanzaron como un solo hombre sobre los sorprendidos sitiadores, que se vieron inesperadamente atacados.

Muy pronto se entabló un violento combate a hierro a los pies de las murallas.

El veterano Varela demostró ser capaz de infundir tanta bravura a los españoles, como pavor a los enemigos. Él solo, abriendo brecha a diestro y siniestro con su ágil espada, hizo que hasta los más bisoños le acompañaran seguros de la victoria.

—¡Santiago y cierra España! ¡Que no se diga que un puñado de ingleses nos va a impedir avanzar por nuestra propia tierra!

La bravura de los novatos no decepcionó a Varela. Un gran número de invasores resultó muerto. Otros muchos fueron hechos prisioneros.

Los ingleses, demasiado confiados en su superioridad numérica, jamás hubieran podido imaginar algo así.

En medio del grandísimo alborozo de los sitiados, y una vez dentro de la ciudad, los hombres de ambas compañías fueron recibidos como auténticos héroes, en medio de grandes vítores y aplausos:

—¡Que vivan nuestros soldados! —vociferaban espontáneamente algunas pescadoras.

—¡Así se pelea, valientes! —gritaban los ancianos.

Pues aquella noche eran muy pocos los que dormían en el barrio de la Pescadería.

Sólo quien haya vivido en su propia carne una situación como ésta puede comprender la enorme importancia que estas acciones tienen para la moral de los combatientes.

* * *

Al amanecer, el muro del barrio de la Pescadería se había convertido en una auténtica frontera entre España e Inglaterra.

A ratos intercambiábamos disparos con los ingleses, pero, en realidad, todos sabíamos que eran meramente testimoniales: el verdadero ataque aún no había comenzado. Lo peor estaba por llegar.

También éramos muy conscientes —el marqués el primero— de que el muro que nos defendía era insuficiente para mantener a raya a los invasores.

Por este motivo, Cerralbo dictó nuevas disposiciones:

—Hay que comenzar los trabajos de refuerzo de las murallas. Ha de emplearse tierra y todo el material que pueda servir para darles mayor grosor y, sobre todo, mayor consistencia. No me cabe la menor duda de que los ingleses atacarán, en cuanto puedan, con bombas y dinamita.

Recuerdo bien que, casi al mismo tiempo que comenzábamos las labores de consolidación de la pared, escuchamos algunas descargas en la bahía.

El tío Limón nos informó de lo que significaban:

—¡Mi teniente! Los ingleses han botado algunas

barcas cargadas de baterías, y las transportan directamente hacia el extremo de la rada.

Estaba muy claro: se proponían colocar allí su artillería.

Si lo conseguían, sería un durísimo golpe para nuestras débiles defensas. Pues desde el nuevo emplazamiento conseguirían un amplio ángulo de tiro, con el que podrían alcanzar algunos puntos estratégicos de la ensenada y de la propia ciudad, puntos que nos resultarían muy difíciles de defender con nuestros escasos medios.

Para impedirles esta acción sólo cabía que las dos galeras se lanzaran en persecución de las chalupas enemigas.

Y así lo dispuso Cerralbo.

Pero en honor a la verdad he de decir que el valor que animaba a los británicos fue el mismo que les faltó a nuestros capitanes. Pues los nuestros, a pesar de contar con los medios suficientes para impedir la acción, visiblemente acobardados por el alto riesgo que conllevaba, flaquearon.

Se contentaron con lanzar al aire un par de disparos que, a falta de otro adjetivo, me atrevo a calificar de ridículos.

—¡Pero… ¿qué demonios están haciendo?! —Musitó entre dientes el marqués—.

—Eso no es más que puro miedo. He visto colgar a hombres por menos que eso. —Le respondió el capitán Varela que, indignado ante semejante muestra de cobardía, contemplaba a su lado la vergonzosa maniobra.

Lo malo no era lo que estaban haciendo los capitanes

de las galeras, sino más bien lo que estaban dejando de hacer. Parecía que sólo buscaran guardar las apariencias, simular que se enfrentaban al enemigo, cuando lo cierto es que carecían de voluntad para hacerlo.

Y con esa triste e inútil comedia se dieron por satisfechos, dando media vuelta en seguida, con evidentes deseosos de regresar veloces hacia aguas más seguras.

Así, los isleños consiguieron plantar sus tres cañones en el preciso lugar en que se habían propuesto hacerlo.

Y como los hechos valerosos siempre tienen su recompensa, muy pronto pudieron emprenderla a cañonazos con algunas de nuestras más valiosas posiciones de la bahía.

Comenzaron por el recién reparado galeón San Juan, el cual era todo un símbolo para nosotros, y me atrevo a decir que también para ellos, pues había sido el galeón de Recalde…

Tratamos por todos los medios de retirar la embarcación hacia el Castillo de San Antón, donde podría fondear a salvo, convenientemente defendido por los cañones de la fortaleza.

Pero no tardamos en comprender que la maniobra de alejamiento, por arriesgada y difícil, iba a resultar imposible. Si queríamos evitar que los invasores se deleitaran destrozando nuestro preciado navío o, lo que sería peor, se hicieran con él, no tendríamos otro remedio que prenderle fuego.

Sin embargo, eran ya demasiados meses de continuos combates con los británicos, para desconocer sus modos de proceder.

Por eso, además de incendiar el barco, «olvidamos»

voluntariamente algunos barriles de pólvora en su interior.

La carga fue estratégicamente colocada para que, en cuanto los enemigos, espoleados por Drake, se precipitaran a hacerse con los estandartes del buque, el buque explotara por los aires.

Y en efecto, eso fue exactamente lo que ocurrió.

La explosión resultó tan violenta, que al menos quince de los asaltantes murieron en el abordaje.

En cualquier caso, hubimos de abandonar el resto de los galeones que habían defendido la bahía.

Y no sólo eso: también las galeras se retiraron temporalmente hacia El Ferrol.

El barrio de la Pescadería quedaba completamente desguarnecido en el caso de ser atacado desde el mar. El Castillo de San Antón sólo podía defenderlo desde lejos, y desde uno de sus flancos.

En el otro extremo, el pequeño fuerte de Malvecín se hallaba claramente desfasado, casi ridículo, ante el tamaño del ejército invasor.

Por eso, el marqués, previendo que esa noche abría un ataque masivo hacia el muro, ordenó terraplenar la puerta de la Torre de Abajo.

Pero los ingleses se preparaban para asestar un doble ataque a la ciudad: mientras cavaban trincheras al pie del muro de la Pescadería, desde las cuales tratarían un asalto con escalas, cuatro de sus barcos se dirigían ya contra el Castillo de San Antón. Demasiado bien sabían que si éste caía, la ciudad tendría sus horas contadas.

Al final de aquella misma tarde, al anochecer, mientras

Cerralbo pasaba revista a los centinelas, alguien lanzó un grito desde el fuerte de Malvecín:

—¡La guardia a mí! ¡Tratan de desembarcar! ¡Vienen remando en barcas! —en efecto, al amparo de la oscuridad, los sitiadores avanzaban en botes en dirección hacia la Pescadería.

Conseguimos repelerles mediante los cañones y arcabuces, disparando casi a ciegas sobre las chalupas.

Casi inmediatamente lanzaron un ataque masivo de artillería contra el muro.

La intensidad de la refriega nos impidió darnos cuenta de un segundo intento de acercamiento de las barcas enemigas. Y así, muy pronto consiguieron desembarcar más de mil quinientos hombres junto a la parroquia de San Jorge.

Para cuando fuimos conscientes del desastre, ya era demasiado tarde.

Quienes defendíamos el muro sur de la Pescadería nos vimos envueltos entre dos fuegos.

Se dio la orden de replegarnos hacia la llamada «ciudad alta»:

—¡Retirada! ¡Han desembarcado…!

Por si fuera poco, mientras esto nos ocurría en el istmo de la Pescadería, en aguas de la bahía se libraba otra dura batalla por el Castillo de San Antón. Una batalla que, gracias a Dios, conseguimos repeler.

Ahora nuestra máxima preocupación se concentraba en la zona alta de la ciudad, hacia la que nos replegábamos, pues se hallaba completamente desprotegida.

Si los invasores trataban de tomarla aquella noche, con facilidad caería en sus manos. Pero desconocían hasta qué punto era delicada nuestra situación, y por suerte, no entró en sus planes atacarla todavía.

Muchos compatriotas, los que no habían sido capaces de replegarse a tiempo, se vieron atrapados entre dos flancos: entre los invasores que pugnaban por asaltar los muros de la Pescadería desde fuera, y los mil quinientos ingleses que habían logrado desembarcar dentro de la ciudad.

Nos queda el consuelo de que los nuestros, que tan mala suerte corrieron, defendieron con bravura sus posiciones: las defendieron hasta la muerte, con auténtico heroísmo.

De resultas de esta refriega perecieron cuatrocientos coruñeses, la mayoría habitantes del mismo barrio que trataban de defender.

Éste fue tal vez el momento más triste de aquellos terribles días, pues tras acabar con los últimos españoles, los ingleses entraron como salvajes al saqueo del barrio conquistado.

Ya no descansarían hasta arrasarlo por completo, entregándose sin descanso al pillaje más ávido y desenfrenado que pueda imaginarse.

No es en absoluto exagerado lo que digo. Pues de hecho, los isleños, una vez tomada la nueva posición, se dieron a comer y a beber con tal desenfreno, desvalijando todo cuanto encontraron a su paso en las casas abandonadas, que sin pretenderlo, nos regalaron un tiempo precioso. Tiempo que para nosotros resultó ser de vital importancia para organizar las defensas de la antigua muralla, las de la ciudad alta.

Recuerdo como si fuera ayer el espectáculo dantesco

que se ofrecía a nuestros ojos, pues la entrada de los enemigos en el barrio de la Pescadería dejó tras de sí una luctuosa estela de viudas y huérfanos.

Sobre todo me partía el corazón ver a tantas madres acompañadas de sus pobres criaturas indefensas, fuertemente asidas a sus faldas, y bañadas en lágrimas.

4

Aquélla fue una noche muy triste en La Coruña. Triste y agitada: las falsas alarmas se sucedían una detrás de otra, pues temíamos que los ingleses consiguieran sobrepasar también los muros de la ciudad alta.

Todo parecía presagiar una caída inminente.

Las gentes corrían asustadas de aquí para allá, en un intento desesperado por alcanzar un refugio seguro.

Yo también corrí por las calles, buscando a Keara. Temía por su suerte mucho más que por mi pobre y desdichada vida.

Pero cuando llegué al convento donde se alojaba, las Clarisas me anunciaron que mi novia no había regresado en todo el día, después de abandonarlo a primera hora, muy temprano por la mañana.

Esta noticia me afectó todavía más, y unida a la gran ansiedad que me atenazaba, me lanzó a continuar recorriendo la ciudad en su busca.

Sin embargo, por más que preguntaba a unos y a otros, nadie sabía darme razón de su paradero.

Al final caí rendido en plena calle, sin duda debido a un desvanecimiento provocado por mi exceso de cansancio.

Ahora bien, si despierto sufría, dormido lo hice mucho más. De inmediato me sumí en el sueño más increíble que haya tenido en mi vida. Se me representó una escena que, aún hoy, al cabo de tantos años, cada vez que me viene a la memoria, me hace estremecer.

En mi visión, pues por lo vivo de su contenido más parecía una visión que un sueño, la guerra con los ingleses se enconaba de día en día y de hora en hora: aunque durante un tiempo habíamos conseguido mantenernos firmes en la ciudad alta, las muchas bajas y, sobre todo, el siempre excesivo número de invasores, hacía que incluso las mujeres hubieran de aprestarse a combatir.

Y entre ellas destacaba Keara, como una indómita heroína, a lo alto de las murallas, atravesando a los ingleses con una pica que manejaba con brío y resolución varoniles.

Pero cuando más enardecida estaba, y mayor número de enemigos había conseguido abatir, un certero disparo le atravesaba el corazón, arrebatándole la vida en el acto.

Yo, que observaba la escena desde un puesto no lejano, al verla caer, creí también morir.

Y en ese mismo instante me desperté con un gran sobresalto.

Me encontré agazapado, hecho un ovillo a causa del frío matinal, junto a un muro de la calle de Herrerías.

Hacía tiempo que había amanecido.

La impresión que este horrible sueño me dejó fue tal, que tardé varios minutos en reponerme.

No era yo el único que tenía la moral por los suelos. A la luz del día fuimos capaces de comprobar con nuestros propios ojos el verdadero tamaño de la infantería del ejército inglés. Sólo en el barrio de la Pescadería podían contarse del orden de entre diez o doce mil hombres.

Los pocos ingleses que no se habían emborrachado

comenzaron a cavar trincheras junto al convento de Santo Domingo, fuera de la ciudad, junto a la Puerta de los Aires.

Los españoles, desde la muralla, procurábamos estorbarles su labor con artillería y mosquetería.

Sorbiéndome las lágrimas y olvidándome del dolor —tal era el efecto que el maldito sueño seguía ejerciendo sobre mi ánimo—, me uní a ellos.

Aquella mañana vi confirmada la profunda transformación que durante la noche había comenzado a obrarse en la población: usábamos todos de gran caridad los unos con los otros, el que más tenía más daba, y repartía entre los necesitados. Se adueñó de las gentes una gran paz: los lamentos fueron sustituidos por las oraciones: era cosa de ver y consolaba grandemente la quietud que había en las iglesias, y cómo en acabando cada uno de comulgar se iba derecho a la muralla y a su puesto.

El pánico y la consternación habían dado paso a la solidaridad mutua. Sí: sin duda en aquellas horas terminó de fraguar la resolución de resistir al invasor hasta sus últimas consecuencias.

A la hora del almuerzo, después de una mañana de dura refriega, me sentía algo más calmado. Al menos habíamos logrado mantener a los ingleses a raya, y mi constante esfuerzo y atención en la defensa de la muralla, habían conseguido aliviarme un tanto de los negros pensamientos que tan fuertemente me habían tenido atenazado.

Pero no por ello había desaparecido la fría espada clavada en mi corazón, a causa de la prolongada e inexplicable ausencia de Keara.

Por eso resulta imposible de describir la alegría que experimenté al escuchar una palabra que resonó en mis oídos como un canto angelical:

—¡Santchagu!

Evidentemente, era ella. Venía acompañada de varias mujeres cuyo aspecto terrible imponía, si no temor, cuando menos respeto. Algunas de ellas eran viudas de la Pescadería. Colaboraban de firme con los soldados en cuantas tareas fuesen necesarias: desde recargar armas hasta acarrear pólvora, bebidas o alimentos, hasta donde se necesitaran.

Mi alegría al volver a ver a Keara con vida no puede compararse a nada.

La abracé durante unos segundos:

—¡Keara! ¡Gracias a Dios! ¿Dónde te habías metido? ¡Te he estado buscando durante toda la noche!

Su rostro —cansado y ojeroso— se puso serio: había estado enterrando cadáveres, al igual que sus compañeras.

Entonces comprendí que me había comportado como un estúpido: yo sabía que ella no estaba en el muro de la Pescadería en el momento en que se produjo la entrada de los ingleses. Y no, no era momento para sentimentalismos. Cuantas menos muestras de debilidad manifestara —pensé— mucho mejor para todos. Además, aquellas pescadoras viudas tenían auténticos motivos de dolor y estaban trabajando como si nada hubiera ocurrido. Me avergoncé de mi falta de entereza. Mucho más, siendo yo, como era, un militar de profesión.

Así pues, volvimos a despedirnos. Cada uno debía continuar con su cometido. Pero, antes de separarnos, volví a rogarle que no se expusiera a ser alcanzada por las bombas enemigas.

Como si nada hubiera escuchado, Keara se despidió de mí con un tono de asombroso arrojo y bravura, que no dejó de impresionarme:

—¡Adiós Santchagu!

En verdad —pensé— las mujeres son capaces de darnos grandes lecciones de fortaleza a la hora del dolor y del sufrimiento.

* * *

Al día siguiente, una vez distribuidos los efectivos sobre la muralla, el marqués se guardó para sí a cincuenta hombres con los que surtir los puestos de pólvora y municiones, y para acudir a donde la necesidad más lo aconsejase.

Las mujeres, además de sus tareas habituales, se aplicaron a trabajar con extraordinario esfuerzo en la tarea del reforzamiento del recinto amurallado desde su interior: terraplenando los cubos huecos y las puertas, y dotando de este modo a las murallas de una solidez de la que hasta ese momento carecían. Además, su labor nos permitiría plantar a lo alto algunas piezas de artillería.

* * *

Al amanecer del domingo, día 7, los ingleses consiguieron subir un pequeño cañón al campanario del convento de Santo Domingo, desde el que amenazaban gravemente la Puerta de Aires.

Pero una vez más, Cerralbo supo estar a la altura que exigían las circunstancias:

—¡Rápido! ¡Hay que terraplenar el cubo! —se refería al que flanqueaba la puerta—. ¡Hay que subir aquí los cañones!

Así lo hicimos, trabajando a marchas forzadas, todos a una, hombres y mujeres.

Con las dos piezas recién traídas nos adelantamos a los enemigos y no tardamos en ver cómo volaba una buena parte del campanario que habían ocupado.

Mientras tanto, en la ciudad alta se continuaba trabajando a muy buen ritmo, preparando sacos cargados con tierra, y ramas, para proteger las murallas.

Y fue entonces, para nuestra gran sorpresa, cuando, de un modo totalmente imprevisto, los ingleses pidieron platicar.

Cerralbo se resistió. No estaba dispuesto a hablar de nada que no fuera el intercambio de prisioneros.

—¿Qué diantre quieren esos piratas? ¿No tienen bastante con la pelea, que también tienen ganas de cháchara?

Pero ante la insistencia de los sitiadores, el marqués terminó por ceder.

Un pomposo emisario se acercó solemne al pie de la muralla. Se aclaró la garganta y declamó en alta voz un texto que pedía nuestra ciudad para el reino de Inglaterra, añadiendo que si la entregábamos usarían de clemencia, no mirando a la afrenta que el año anterior había querido hacer nuestra armada, y que, en cambio, si no la entregábamos, usarían de todo el rigor de la guerra.

Terminó diciendo que aunque estuviese dentro todo el poder de España la habían de tomar dentro de dos días.

Me llamó poderosamente la atención lo bien que aquel hombre hablaba nuestro idioma. Lo hacía sin acento ni dicción alguna, como un español de nacimiento.

Tanta extrañeza me produjo el fenómeno, que me acerqué cuanto pude, esforzándome por distinguir su rostro. También su voz se me hacía conocida.

¡Claro! ¡Era él! El mismísimo Baltanás, el miserable que había intentado besar a Keara.

Estaba claro: el muy traidor se había pasado a los ingleses. Aunque quién sabe desde cuando estaría con ellos. Tal vez fuese un espía a su servicio ya desde antes de la partida de la Gran Armada.

Ajeno a mi descubrimiento, Don Luis de León, sargento mayor del Tercio de Sicilia, fue el encargado de responder en nombre del marqués diciendo que defenderíamos la ciudad de todo el mundo que osase atacarnos, y que se marchase.

Pero en ese momento, uno de nuestros arcabuceros, un hombre de temperamento nervioso que había perdido a un hermano en el asalto a la Pescadería, viendo al heraldo enemigo —a Baltanás— tan altivo y orgulloso parado a tan poca distancia delante de él, no fue capaz de contenerse, y le disparó a matar.

Sin embargo, erró el tiro.

Asustado y encogido, el traidor Baltanás corrió a ponerse a salvo junto a su gente.

Pero otro soldado inglés, al parecer también un hombre de gatillo fácil, respondió disparando sobre nosotros cuando aún no había terminado el parlamento.

Las balas pasaron silbando sobre nuestras cabezas sin que, gracias a Dios, tampoco hubiese víctimas que lamentar.

Entonces el marqués, hombre de honor, se vio obligado a tomar la palabra, y con ella se dirigió directamente hacia las autoridades enemigas:

—¡Señores! Quiero dejar muy claro que nos sentimos avergonzados por la cobarde acción de nuestro arcabucero, al que estamos dispuestos a entregar, a condición de que hagan ustedes lo mismo con el soldado que, de manera igualmente vil, ha disparado contra nosotros.

Los anglicanos tardaron un buen rato en responder. Sin duda estaban deliberando entre sí, y buscando a alguien que conociese el español, pues el anterior emisario, todavía bajo los efectos del fuerte sobresalto, se había perdido entre la multitud de sus tropas.

Cuando finalmente alguien respondió en nombre de los sitiadores, lo hizo en los siguientes términos:

—¡Perdonamos al español, a cambio de que el marqués perdone al inglés!

A lo que Cerralbo resolvió en el acto:

—¡Castigaremos al arcabucero!

»¡En cuanto a su hombre, hagan ustedes como mejor les parezca…!

En cualquier caso, la terminante amenaza inglesa pronunciada por boca del emisario, no dejó de causar una enorme impresión entre los coruñeses, hasta el punto de que aquella misma noche, no esperando remedio humano para la liberación de la ciudad, mediante un solemne y sencillo acto, los sitiados nos dirigimos al Cielo, comprometiéndonos en el llamado voto de los cofrades de Nuestra Señora del Rosario, o voto de La Coruña.

Pero, a partir de ahora, los ingleses se veían obligados a esforzarse por demostrar que estaban dispuestos a cumplir con sus amenazas y que —conscientes de su aplastante superioridad numérica— no estaban dispuestos a permitir que la ciudad continuara resistiéndoles por más tiempo.

Habiendo nosotros destrozado el campanario del que se servían para atacarnos, edificaron un pequeño baluarte en una callejuela adyacente al convento de Santo Domingo, también muy cerca de la Puerta de Aires. El baluarte contaba con una plataforma muy bien protegida desde la que podrían lanzar las piezas de artillería con las que pensaban abatir la muralla.

Al mismo tiempo, comenzaron a horadar un túnel de unos veinte metros de largo, desde el cual buscaban llegar hasta la base de otro de los cubos de la muralla, el de la esquina norte.

He de decir que estos cubos eran especialmente vulnerables, pues eran huecos.

Nosotros éramos plenamente conscientes de todos y cada uno de los quehaceres de los intrusos. Por eso trabajábamos a marchas forzadas en la tarea de terraplenar, apuntalar y reforzar el cubo, así como el resto de la muralla, que muy pronto iba a comenzar a ser batida desde la plataforma en construcción. Para ello nos tuvimos que valer incluso de piedras extraídas de las casas.

El trabajo de las mujeres resultó de una eficacia insuperable.

Los hombres, mientras tanto, estorbábamos cuanto podíamos los trabajos de los ingleses, barriendo con la artillería y la arcabucería todos los lugares que quedaban a nuestro alcance.

Al otro lado de la ciudad, el Castillo de San Antón continuaba bloqueando eficazmente el puerto, gracias, sobre todo, al enorme alcance y precisión de las culebrinas.

Tan poderosa era su acción, que los ingleses se vieron forzados a intentar un nuevo ataque contra la fortaleza.

En esta ocasión se sirvieron de grandes lanchas dotadas de artillería. Pero volvieron a ser recibidos con una rociada de balas de tal magnitud, que mucho antes de emprender el verdadero ataque, hubieron de dar media vuelta y retirarse veloces, no sin antes recibir un severo castigo.

* * *

Dos compañías de soldados asturianos, en su mayoría novatos, llevaban tiempo instaladas en el cercano monte de Arcas, desde el que con la vista se domina la ciudad.

El conde de Altamira era quien las dirigía.

Podían ser vistos desde La Coruña, trasmitiendo esperanza a los sitiados, a la vez que cierta inquietud a los sitiadores.

Pero, debido a su inexperiencia, eran completamente incapaces de romper el cerco inglés para penetrar en la ciudad. Sin embargo, sí eran capaces de realizar algunas salidas esporádicas, durante las que conseguían hostigar y matar a un buen puñado de soldados enemigos.

El comandante Norris, molesto ante esta limitada pero continua agresión, ordenó realizar una salida de castigo, que debía acabar de una vez por todas con los molestos emboscados.

Así, un importante destacamento británico se aprestó a partir monte arriba.

Desde la altura, un jovencísimo soldado fue el primero en advertir el peligro, y en calibrar la magnitud de sus fuerzas:

—¡Señor conde! —Anunció asustado y nervioso,— ¡los ingleses! ¡Un batallón sube hacia aquí! ¡Por lo menos nos triplican en número!

Pero Altamira conocía el terreno como la palma de su mano: si los ingleses les aventajaban en número, él sabía mejor que nadie cómo aprovechar la geografía a su favor.

El conde se dirigió a sus hombres con palabras que, muy lejos del nerviosismo manifestado por el vigía, sonaron seguras y tranquilizadoras:

—¡Nadie se deje impresionar por el poderío enemigo! ¡Estamos en nuestra propia tierra, de donde nadie podrá sacarnos si cada uno sabe mantenerse en el puesto que le corresponde!

»¡Escuchadme bien: nos dejaremos ver huyendo hacia el este, hacia el puente que une el Burgo con el Grajal!

Así pues, avanzaron a paso rápido hacia El Burgo, cuidando bien de que los ingleses, que les seguían por detrás como el sabueso a la liebre, se mantuviesen a una distancia tal que no pudiesen alcanzarles con la mosquetería.

Al llegar al puente, los españoles se hicieron fuertes

en el lado del Grajal —el lado este del puente— desde donde, parapetados tras los muros y los árboles, se aprestaban a recibir a los invasores.

—¡Esperad a que dé la orden antes de comenzar a disparar! —fue la consigna de Altamira durante los breves minutos de espera.

Poco a poco los efectivos británicos fueron llegando al otro lado del puente…

—¡Apunten…! ¡Fuego!

Varios ingleses cayeron muertos tras la primera andanada.

El resto, furiosos por la emboscada, y queriendo vengar a sus compañeros, se lanzaron a una frenética carrera sobre el estrecho paso. Pero a pesar de ser tantos, iban cayendo uno detrás de otro sin que su esforzado ímpetu les resultara suficiente para alcanzar el otro lado.

Pronto comprendieron que su situación era mucho más delicada de lo que en un primer momento habían podido prever, pues estaban muy lejos de su base, y desconocían la cantidad y calidad de sus oponentes.

Apenas pudieron hacer algo más que insistir durante un breve espacio de tiempo.

Al cabo, viendo la decidida tenacidad de las defensas españolas, y temiendo sufrir una más que probable asechanza en su retaguardia, hubieron de darse por vencidos, y regresar cabizbajos a La Coruña.

El batallón de Altamira había logrado defenderse con autoridad y mantener intactas sus posiciones.

5

El jueves, día 11, al cumplirse una semana desde su llegada a La Coruña, los ingleses quisieron probar suerte con una salida hacia la Puerta Real.

Se acercaron en perfecto orden de ataque, y con grandes muestras de arrojo.

Estaba claro que venían dispuestos a todo.

Nuestros artilleros, con Cerralbo al frente, se prepararon para tratar de detenerlos:

—¡Atentos a la señal!

…

—¡Ahora!

Les recibimos con una tal rociada de cañonazos y mosquetería, que los asaltantes hubieron de retirarse con la misma decisión —si no más— con la que habían venido.

De resultas de la rápida refriega, un alférez enemigo quedó tendido en el suelo, muerto, con la bandera, y la escala para el asalto entre sus manos.

Sin embargo, en todo el día los ingleses fueron incapaces de acercarse a retirar el cadáver.

Quizás no osaron hacerlo, o quizás prefirieron concentrarse en la instalación de la batería de cañones con la que pretendían abrir una brecha en la muralla, junto a la Puerta de Aires.

Pero, para nuestra sorpresa, una vez lista la artillería,

antes de comenzar a batir los muros, los invasores solicitaron una nueva plática.

Otro emisario, con bandera blanca, acompañado de un tambor, volvió a caminar solemne y marcial hasta los pies de la muralla.

No sé qué era exactamente lo que querían, pero esta vez Cerralbo se negó en redondo a parlamentar:

—No sé si los isleños han venido a luchar, o a hablar. Pero no seré yo quien les dé conversación. —Le escuché mascullar entre dientes.

Sin embargo, para nuestra desgracia, y sobre todo para la desgracia del emisario inglés, al igual que había ocurrido anteriormente, otro de nuestros arcabuceros volvió a tirar contra el comisionado, al que en esta ocasión mató de un certero disparo.

El marqués, al que volví a escuchar con toda claridad, no se anduvo por las ramas:

—¡Por las barbas de Neptuno! ¿Quién es el estúpido que ha disparado!

El aludido hubo de darse a conocer.

Sin dudarlo un segundo, Cerralbo ordenó ahorcarlo en lo más alto de las murallas, a la vista de todos.

Fue una escena tremenda, que al cabo de los años todavía me hace estremecer cada vez que la recuerdo. Pero fue una medida ejemplar.

Apenas hubo muerto el desdichado, cuando desde los mandos ingleses, creyendo que habíamos ahorcado a uno de los suyos, nos hicieron llegar un nuevo mensaje en el que nos amenazaban, diciendo que si así había sido, iban a ahorcar a todos los prisioneros españoles que tenían.

El marqués hubo de explicarles quién era el ajusticiado, y el motivo por el que el que había sido ahorcado:

—¡Emisario! ¡Informe a sus mandos de que el ahorcado es el mismo que ha disparado contra su compañero! ¡Los españoles no tenemos por norma asesinar a gente indefensa!

Así fue como consiguieron apaciguarse los ánimos por el momento, al menos hasta que, nada más terminado el diálogo, los sitiadores comenzaron a disparar sus baterías.

Pero si ellos pugnaban por abatir nuestras murallas, nosotros continuábamos haciendo lo indecible por robustecerlas, a la vez que retirábamos la gran cantidad de escombros que se producían de resultas del bombardeo.

La tarea realizada por las mujeres, nunca me cansaré de repetirlo, estaba resultando decisiva. Sólo con una labor semejante era posible mantener las defensas en pie.

Pero el fuego se mantuvo sin cesar, una hora tras otra, hasta que, al día siguiente, hacia el mediodía, los enemigos lograron abrir una pequeña brecha a lo alto de la muralla.

El marqués dio las órdenes pertinentes para prepararnos a recibir un nuevo intento de asalto con escalas.

Sin embargo, en ese mismo momento, cuando menos lo esperábamos, los ingleses volaron la mina que habían colocado bajo las murallas.

Gracias a Dios y al incansable trabajo de las mujeres, los muros resistieron bien, y a pesar de que la explosión nos tomó totalmente por sorpresa, no llegó a causarnos especiales daños, si descontamos a dos soldados heridos.

Pero lo cierto es que, con la violencia y persistencia

de los cañonazos, la muralla iba reduciendo poco a poco su tamaño. Y que, por si esto fuera poco, los anglicanos, siguiendo paso a paso con su plan, continuaban horadando el tramo que le faltaba a su mina para llegar bajo el cubo.

Poco podíamos hacer nosotros para impedirles su mortífero trabajo. Sólo estorbarles cada vez que entraban o salían del túnel, acribillándoles con la arcabucería.

Pero los cañonazos enemigos, disparados desde tan corta distancia, conseguían una gran precisión y efectividad.

Asistíamos impotentes al terrible espectáculo de ver cómo la brecha iba creciendo progresivamente, de arriba abajo.

Y con la brecha, la tensión iba también creciendo en intensidad, hasta alcanzar cotas máximas, pues todos sabíamos, en los dos bandos, que se acercaba el momento crucial, aquel en el que las murallas saltarían por los aires, dando lugar a la definitiva entrada de los ingleses en la ciudad, y en consecuencia, a la lucha cuerpo a cuerpo entre ambos bandos.

Pero llegado ese momento, su superioridad numérica sería tanta, que estaba muy claro que sólo un milagro podría salvarnos.

A pesar de todo, inasequibles a la desesperanza, el capitán Pedro Ponce y el alférez Antonio Herrera, habían desplegado una bien perfilada y valiente táctica de defensa para cuando llegara el momento temido.

Por su parte, un enorme batallón de mujeres, portadoras de las más diversas armas, se aprestaban también al combate. Llevaban piedras, cuchillos, espadas…

cualquier cosa punzante o cortante que hubiera caído en sus manos. Muchas se habían puesto los petos de sus maridos muertos o heridos. Este hecho, además de emocionar a los soldados, nos infundió a todos una gran dosis de valor.

Pero, ¡ay de mí!, fue entonces cuando contemplé a Keara sobre la muralla, armada y equipada, tal y como la había visto en mi sueño. Tal vez pueda parecer pueril, pero comencé a temblar de pies a cabeza. En mi agitada mente creí asistir a sus últimos minutos de vida, a los instantes previos a su anunciada muerte...

Corrí hacia ella y traté de disuadirle de que peleara.

—¡Keara! ¡Por favor, retírate al convento! ¡Espera allí hasta que todo esto haya pasado!

Me miró asombrada, y no sé si desilusionada, ante mi evidente cobardía. De sus ojos brotaron tales señales de indignación, que comprendí que de ningún modo sería capaz de detenerla.

—¡Santchagu! Conoces bien mi historia y la historia de mi familia. No busco venganza, pero los ingleses han hecho que lo pierda todo..., salvo a ti. No estoy dispuesta a permitir que vuelvan a arruinar nuestra vida otra vez.

Al escuchar tan sencillo y claro razonamiento, advertí que estaba cometiendo un grave error, que lo último que podía hacer ante mi brava prometida era comportarme tal y como estaba haciendo: como un auténtico gallina.

Así pues, con gran pesar de mi corazón, hube de desistir en mi intento. Hube de bajar los ojos y, avergonzado, regresar a mi puesto, junto a mis camaradas.

A pesar de todo, me quedé hundido. Estaba seguro de que ella moriría...

Pero el espectáculo que se ofrecía frente a nosotros volvió a requerir toda mi atención.

Los invasores continuaban disparando con toda su artillería y arcabucería desde el convento de Santo Domingo.

Y fue también en este preciso momento cuando resonó bajo nuestros pies la más formidable detonación que se pueda imaginar.

¡El cubo voló literalmente por los aires!

Pero lo que ocurrió a partir de ese momento, si no fue un auténtico milagro, sí resultó, cuando menos, prodigioso. Pues, contra todo pronóstico, la enorme masa de piedra se elevó verticalmente sobre el lugar que ocupaba en la muralla y, al caer, volvió a hacerlo exactamente en el mismo lugar que había ocupado antes de la explosión.

La detonación había sido brutal, el subsuelo había vibrado de tal modo que, los que estábamos encaramados a las murallas, temimos por nuestras vidas, corriendo el riesgo de quedar sepultados bajo los escombros, que caían como una lluvia de piedras sobre nuestras cabezas.

Pero nadie se movió. Las órdenes habían sido precisas para cuando el momento llegara, y todos aguantamos inmóviles en nuestros puestos.

El griterío de los ingleses, iniciado nada más producirse la deflagración, acompañó a su desenfrenada carrera, lanzada al asalto de nuestras posiciones. La escena en su conjunto era de por sí capaz de helar la sangre del más curtido soldado.

Fue entonces cuando también nuestros mandos dieron la señal, y los hispanos lanzamos nuestro grito de guerra:

—¡Santiago y Cierra España!

Salimos a la carrera como un solo hombre cuando, contra todo pronóstico, nos encontramos con que multitud de enemigos yacían muertos en el suelo, algunos de ellos enterrados bajo los escombros, otros agonizando por aplastamiento.

Por todas partes se hallaban esparcidos cascos, armas y cadáveres. Y por todas partes se escuchaban lastimeros quejidos de los invasores.

Pues el terrible fogonazo, seguido de la lluvia de piedras y cascotes, había tenido un imprevisto efecto de rebote, de tal manera que la explosión había arrollado, llevándose por delante, a los propios asaltantes.

La causa de este resultado había sido precisamente el terraplén que las mujeres habían construido bajo el cubo. La masa de tierra acumulada en el interior de la muralla había provocado que la fuerza de la detonación, al no poder penetrar en la ciudad, saliera proyectada en dirección hacia los atacantes, matando en una primera oleada a más de trescientos de ellos.

Además, a modo de mortífera metralla, las piedras de la muralla salieron también lanzadas a bocajarro en la misma dirección por la que venían los ingleses.

A pesar de todo, pasado el primer instante de desconcierto, en seguida se estableció un feroz combate sobre los cascotes y los cadáveres de los enemigos.

Pero, al cabo, nuestros arcabuceros hicieron huir despavoridos a los invasores.

Apenas comenzábamos a celebrar la victoria con eufóricas exclamaciones, cuando escuché la imponente voz del tío Limón anunciando:

—¡A la punta norte de la muralla! ¡Se dirigen hacia allí!

En efecto, esa zona estaba recibiendo un vivísimo fuego.

Como respuesta a la llamada, hombres y mujeres corrimos hacia el nuevo punto débil, donde, gracias a Dios, volvíamos a llegar a tiempo.

Pero la defensa de la Coruña cada vez se parecía más a un barco que hacía agua por diversos puntos: apenas se cerraba una vía, cuando se abría otra en un lugar distinto.

Fueron dos los centinelas que dieron la voz de alarma, tan pronto como vieron venir, como caballos desbocados, a una ingente columna de infantería enemiga, armada hasta los dientes, que corría imparable hacia un nuevo boquete abierto en las paredes.

Dos de nuestros mandos, el capitán Don Pedro Ponce y el alférez Don Antonio Herrera, con tan sólo veinte soldados, se atravesaron en la hendidura en un heroico intento por detener a los asaltantes.

Mientras tanto, el resto de la compañía, encaramada al cubo que flanqueaba el hueco, disparaba a discreción sobre los ingleses.

Pero éstos afluían desde las callejuelas adyacentes como un río fuera de madre, precipitándose en oleadas sucesivas sobre el boquete, que representaba una puerta expedita para penetrar en la ciudad. Además, desde la retaguardia batían la brecha sin cesar, al igual que a los hombres que desde la muralla la defendíamos.

El desgaste enemigo era enorme, pero eran tantos que, por así decirlo, podían permitírselo. Además, si conseguían entrar, a la larga se ahorrarían muchas muertes.

Sus bajas eran constantemente evacuadas y reemplazadas por nuevas compañías de refresco.

No podía decirse lo mismo de nosotros: el agotamiento y la escasez de efectivos comenzaban a debilitar nuestra desesperada resistencia.

Numerosas mujeres buscaban cualquier objeto que pudiese ser utilizado como bala de mosquete o de cañón. Tan pronto acompañaban a los arcabuceros a lo alto de la muralla, como evacuaban a los heridos, o traían pólvora, o piedras que ellas mismas arrojaban sobre los asaltantes.

Era evidente que los ingleses estaban más cerca que nunca de tomar la ciudad. Y, lo que era mucho peor, percibí que ahora estaban más empeñados que nunca en hacerlo. El progresivo enconamiento de la lucha les hacía pensar que en la ciudad alta debíamos esconder ingentes riquezas.

Además, habían invertido ya tantas energías y vidas en la toma de La Coruña, que cada nuevo muerto era un nuevo acicate que les espoleaba a vencer.

Por todo esto, el ataque a La Coruña, visto desde el lado enemigo, no podía fracasar.

6

Al echar una mirada alrededor, el panorama que se dibujaba sobre las murallas era pavoroso. Multitud de cadáveres y de heridos se amontonaban por doquier.

Las mujeres, encolerizadas y sangrientas, tenían un aspecto terrible, casi salvaje.

También en el lado inglés el amontonamiento de banderas, armas y cadáveres en el más completo desorden, producía un espectáculo desolador.

Recuerdo muy bien que durante todo el combate permanecieron tendidas en el suelo cuatro banderas del enemigo, sin que ninguno de ellos fuese capaz de acudir a recuperarlas.

Todas las energías de los ingleses se concentraban en abrirse paso a través de la muralla.

…Y poco a poco lo iban consiguiendo.

Pues nuevas compañías continuaban llegando sin cesar: y una tras otra se lanzaban al ataque, intentando forzar la entrada en la ciudad, aprovechando la fisura abierta en la pared.

—¡Cuidado con el abanderado! ¡Está subiendo! ¡Que alguien lo detenga…!

En efecto, el primero en conseguir encaramarse hasta lo más alto de la pared fue un alférez.

Y no había ningún hombre cercano que pudiera detenerlo.

Detrás de él se aproximaba imparable el grueso de los enemigos…

Pero ante la falta de otro recurso, de manera completamente inesperada, una de aquellas bravas coruñesas, una mujer llamada María Fernández de la Cámara y Pita, tomó la iniciativa.

Movida de un repentino arrebato de arrojo y de furia, alzó la pica que había pertenecido a su marido, y con una determinación y un coraje dignos de toda admiración, atravesó de parte a parte al desdichado inglés, que cayó muerto sobre la muralla, donde quedó tendido, a la vista de todos.

La acción sobrecogió a españoles e ingleses, hasta el punto de causar una formidable sacudida en ambos ejércitos

A veces me asombro del grandioso efecto que una sola acción puede causar en una batalla. Pues fue a partir de este momento, cuando muy poco o nada nos faltaba para venirnos abajo, cuando puede decirse que resurgimos de nuestras cenizas.

Además de los hombres, otras muchas coruñesas, encabezadas por Inés de Ben, siguieron el ejemplo de María Pita. Armadas con picas y espadas, se lanzaron con asombrosa furia contra los invasores, mientras otras mujeres, carentes de armas, arrojaban enormes adoquines desde lo alto de las murallas. Fueron muchos los ingleses que, alcanzados por los cascotes, quedaron tendidos en el suelo, descalabrados.

¡Ésa era exactamente la escena que yo había visto en mis sueños! ¡Y Keara era una de las mujeres que más ferozmente luchaba!

Pero, gracias sean dadas al Cielo, no le ocurrió nada. Pude respirar tranquilo y observar, con enorme alegría, cómo, muy a su pesar, los atacantes se vieron obligados a abandonar y replegarse.

Al retirarse quedaron sobre el terreno unos mil quinientos enemigos muertos, además de infinidad de heridos.

Por primera vez alimentamos la esperanza de que el combate pudiera quedar definitivamente circunscrito a La Coruña.

Pues no debemos olvidar que otro de nuestros grandes temores era que los anglicanos, una vez tomada la ciudad, se lanzaran hacia Santiago de Compostela.

Santiago suponía un importante reclamo, tanto por su codiciado botín, como por el significado histórico y religioso que la ciudad tiene para los españoles, y para la entera Cristiandad.

Además, la ciudad santa, al encontrarse tierra adentro y por ello teóricamente a salvo, carecía de murallas defensivas.

Pero mientras les rechazábamos por tierra, los ingleses volvían a intentar la toma del castillo de San Antón.

Regresaron a bordo de cuarenta barcazas, algunas de ella, como la vez anterior, provistas de artillería.

Remaban con tanta furia como si cada segundo que se demoraran en tomar La Coruña fuese en demérito de sus capacidades militares.

Sin embargo, a medida que se acercaron al castillo, fueron recibidos por una serie de cañonazos tan certeros, lanzados no sólo desde la fortaleza, sino también desde las propias murallas de la ciudad, que también en esta tercera ocasión hubieron de desistir.

Ni tan siquiera lograron aproximarse a la fortaleza.

Se vieron obligados a regresar a su base de la Pescadería con un altísimo número de bajas.

Al atardecer de aquel duro y memorable domingo, al hacer recuento de efectivos y del estado de las defensas, el marqués hubo de reconocer que, a pesar del favorable balance del día, y de la heroica defensa protagonizada por las mujeres, nuestra situación distaba mucho de ser halagüeña:

—Nos hemos batido bien, qué duda cabe. Pero no sabemos lo que nos deparará el mañana. Desde luego, estas paredes no podrán resistir mucho más. En ningún caso serán capaces de soportar una nueva jornada como la de hoy…

Pero al día siguiente los enemigos no atacaron.

Era para ellos día de luto, pues, al parecer, en la refriega del día anterior habíamos matado a uno de sus hombres más destacados, un tal Spencer, lugarteniente de artillería.

Por este motivo dedicaron todo aquel día a las honras fúnebres, y a enterrar a sus muchos muertos, cosa que nosotros también hicimos, sin por ello descuidar la reparación de las maltrechas murallas.

El martes continuamos reforzando lo mejor que pudimos las defensas del tramo de la Puerta de Aires.

Aquel día los anglicanos, protagonizaron una nueva salida en toda regla. Se dirigieron contra el puente de El Burgo, cuya importancia estratégica era de vital importancia para sus intereses, ya que les era absolutamente necesario para poder embarcar.

Era la primera señal de abandono por su parte...

La recibimos con enorme alegría y esperanza, pero también con enorme cautela, pues no podíamos olvidar que, si conseguían tomar el puente, tendrían también expedito el camino hacia Santiago de Compostela.

Por este motivo, varios de los nuestros cabalgaron en medio de la oscuridad hasta la ciudad santa. Querían dar la voz de alarma y aprestarse a defenderla en caso de que fuese necesario.

* * *

Los defensores del puente de El Burgo eran gente bisoña, a la que acompañaban tan sólo unos pocos soldados viejos.

Éstos encabezaban la defensa con enorme experiencia y bravura, que sabían contagiar a los más jóvenes.

Hasta el punto de que llegó un momento en que los ingleses, viendo imposible abrirse paso a través del puente, hubieron de valerse de la artillería pesada.

Hubieron de invertir grandes energías para transportar los cañones hasta el punto en conflicto, pero una vez conseguido, lograron hacerse con la codiciada posición. Era ya una cuestión de orgullo y prestigio. No podían de ningún modo permitir que una milicia tan inferior en número y experiencia les impidiera el paso.

Pero, estaba muy claro, su moral comenzaba a flaquear. Sus prisas por partir comenzaban a ser demasiado evidentes.

Además, como los españoles no tardarían en comprobar, no pretendían atacar Santiago. Sólo buscaban embarcar y alejarse cuanto antes de La Coruña...

* * *

La noche siguiente, los invasores, reticentes a arriesgar nuevamente su ejército en otro asalto a la muralla, se contentaron con poner en práctica sus habilidades incendiarias, tratando de quemar la ciudad desde fuera, antes de marcharse.

Un antiguo vecino de la Pescadería, un hombre maduro cuya vida había quedado arruinada por la destrucción de su barrio, observó unos movimientos sospechosos del enemigo al amparo de la oscuridad. Prestando un poco más de atención a las actuaciones, comprendió las intenciones que les movían.

Inmediatamente corrió a avisarme:

—¡Don Santiago! ¡Don Santiago! ¡Esos hijos de la Gran Bretaña quieren prender fuego a lo que queda de la ciudad...! ¡Les he visto maniobrar con teas incendiarias!

—¿Cómo? ¿Está seguro?

—Como de que me llamo Tomás —me respondió.

—¡Pues vamos a frenar esas ansias pirómanas ahora mismo! —le dije.

Y tomando un pequeño escuadrón de arcabuceros, corrimos por detrás de Tomás, que nos condujo directamente hasta el lugar de los hechos.

En efecto, ahí estaban los muy granujas tratando de hacer arder los tejados de las casas cuyos voladizos sobresalían sobre la muralla.

Gracias a Dios llegamos a tiempo de evitar la que hubiera sido una nueva desgracia para La Coruña.

Al día siguiente comenzaron por fin los ingleses a desmontar su artillería, a la vez que, sin que nadie se lo estorbara, iniciaban una sistemática labor de destrucción de los alrededores de la ciudad. Puesto que no habían podido quemar La Coruña, ahora se entregaban a la nada honrosa acción de incendiar los molinos de viento circundantes.

Por si fuera poco, iniciaron una nueva intentona incendiaria en la ciudad al anochecer, a la misma hora y en el mismo lugar que el día anterior.

Y a pesar de que, gracias a Tomás, volvimos a defendernos bien, con mosquetes y arcabucería y piedras, los muy bellacos lo intentaron hasta cuatro veces.

No se dieron por vencidos hasta que desde la muralla les matamos a bastantes hombres, incluso a algunos mandos principales.

Entonces sí, entonces por fin desistieron.

* * *

El jueves 18, a las dos semanas exactas de su infausta llegada a La Coruña, los invasores, desesperados por su fracaso, dieron fuego al convento de Santo Domingo, no sin antes profanar la Iglesia y arcabucear las imágenes de los santos, lo cual nos causó mucho dolor y enojo. Después pegaron fuego a todo el arrabal de la pescadería que, una vez más debemos dar gracias a Dios, no ardió en su mayor parte.

Sólo al dar por finalizadas tan execrables acciones,

se decidieron a embarcar «*sin que nadie les ladrase*» en palabras de Bertendona.

El veterano marino vasco tenía toda la razón. Pues ése, el momento de embarcar, es precisamente el momento en el que un ejército es más vulnerable.

Pero tal vez nos hallábamos ya demasiado cansados para actuar.

O tal vez nos conformábamos con ver cómo un enemigo tan superior, contra todo pronóstico, debía finalmente retirarse humillado y derrotado ante nuestros ojos.

Pues, a pesar de habernos causado tan enormes daños, los ingleses se iban sin haber sido capaces de entrar en la ciudad y, en definitiva, sin haber logrado su objetivo de saquear la muy noble y heroica ciudad de La Coruña.

Así, tal y como esperábamos, el viernes 19, por la mañana, la armada inglesa se hizo a la vela, abandonando definitivamente nuestra costa.

Ante tan esperanzador espectáculo, mi mente voló de inmediato hacia Keara: ¡por fin podríamos casarnos! Podríamos retomar nuestras vidas en el punto en el que habían sido interrumpidas por los invasores.

Qué lejos estaba yo de intuir que no todo había acabado para mí, que muchos combates me esperaban todavía por delante.

Antes de que pudiese reunirme con mi novia, Cerralbo me hizo llamar, y me comunicó sus intenciones de dirigirse de inmediato hacia Bayona. No se fiaba de los anglicanos y, por si acaso, quería encaminarse a la costa sur de Galicia para impedir un eventual desembarco enemigo.

Y, como no podía ser de otra manera, me pidió que le acompañara:

—Don Santiago, se ha comportado usted como un auténtico soldado español. Nada me dará mayor satisfacción que contar con su presencia en las Rías Bajas. Si no tiene usted inconveniente, haga el favor de disponerse para partir hacia allá en una hora.

En efecto, a pesar de que el fracaso enemigo en La Coruña había supuesto una importante merma de efectivos para los ingleses, todo parecía indicar que su intención era continuar con las agresiones, y que planeaban dirigirse hacia el sur.

Como militar y como patriota, no dudé en responder afirmativamente a las órdenes del marqués.

Pero antes debía despedirme de Keara.

Tenía los minutos contados para encontrarla antes de partir.

Corrí sobre los húmedos empedrados de las estrechas callejuelas de la ciudad alta, preguntando a todo aquel que pudiera darme razón de su paradero.

No tardé en encontrarla en donde supuse que estaría: en el convento de las Clarisas.

Habían bastado las escasas horas de ausencia de los enemigos para que mi prometida recobrara su aspecto habitual, muy lejos del imponente porte guerrillero que le había acompañado en los momentos álgidos del combate.

Me complació mucho encontrarla así, y además, especialmente risueña a causa de la partida de los ingleses.

Pensé —no sin cierto temor ante su imprevisible

reacción— que su buen humor contribuiría a aminorar el disgusto por mi inminente partida:

—¡Keara! ¡Amor mío! ¡Qué hermosa estás! ¡Y qué alegría de verte sana y salva, ahora que el peligro ha pasado!

Ella corrió a abrazarme con lágrimas de alegría en los ojos:

—¿Por qué has tardado tanto en venir? —fueron sus primeras palabras—. ¡Ahora que ya no hay obstáculos, debemos cumplir con lo que dejamos pendiente a la llegada de los *sasanach*!

Evidentemente, se refería a nuestro enlace.

Entonces me armé de valor y traté de explicarle, con dificultad, pues me costaba encontrar las palabras adecuadas, que tampoco ahora podríamos casarnos:

—Debo marchar con Cerralbo a Bayona. Los ingleses se dirigen hacia el sur y queremos vigilar aquellas costas, por lo que pudiera pasar. Me ha citado para partir antes de una hora.

—¡Ay Santchagu! Mira que mañana se cumplirán dos semanas desde que tuvimos que aplazar la boda. —Aquí se quedó pensativa durante unos segundos, al cabo de los cuales resolvió: está bien…, pero prométeme que, en cuanto acabe vuestra misión en Bayona, regresarás lo antes posible y ya no retrasaremos la boda ni un solo día más…

—¿Acaso crees que me quiero escapar de ti? —bromeé, tratando de quitar dramatismo a la despedida.

—No, no es eso. Pero temo que te pase algo. Incluso me gustaría que nos casáramos ahora mismo. ¿No podríamos buscar a un padre que nos case aquí, en la capilla del convento?

—Pero Keara: ¿te has vuelto loca? Anda, tranquilízate.

Ni siquiera creo que los ingleses intenten desembarcar en las rías bajas. Van muy maltratados. Ya lo has visto. Es muy posible que regresen directamente a Inglaterra. Y, en caso de que aún les quedasen ganas de volver a ser derrotados y humillados, seguramente se dirigirán a las Azores.

—No sé, Santchagu, me quedaría más tranquila si te fueses siendo mi esposo.

—¡Hay que ver qué cosas se os meten a veces en la cabeza a las mujeres! Te advierto que si en Bayona me alcanzara una bala, me moriría tanto si soy tu marido como si no. —Exclamé con poco acierto, al tratar nuevamente de aligerar la creciente emoción del momento.

—¡No digas eso! ¡Sólo prométeme volver a La Coruña en cuanto terminéis de vigilar Bayona!

—Si eso te tranquiliza, ten por seguro que así lo haré: ¡prometido queda!

Entonces no podía yo ni siquiera sospechar las graves consecuencias que estas simples palabras me iban a acarrear en un futuro no lejano. ¡Pero, Dios mío, que difícil es a veces contentar a las mujeres!

Pero por ahora mi promesa sirvió para que nos despidiésemos como tiernos enamorados y prometidos que éramos.

—¡Adiós, Keara! ¡Volveré pronto! Te lo prometo…

—¡Adiós, Santchagu! ¡Sabes que te estaré esperando! Y que no debes tardar…

—No tardaré, amor mío: estaré contando las horas que faltan para volver.

»Antes de que te des cuenta, ya lo verás, estaré de regreso.

Tercera parte
LISBOA

1

Al salir de La Coruña con dirección a Bayona era ya casi mediodía. Durante la hora que me había concedido el marqués, y que yo había aprovechado para despedirme de Keara, Cerralbo se había proveído de los caballos necesarios para nuestro desplazamiento. Y en ellos partimos ligeros: ni siquiera nos detendríamos a almorzar. Lo haríamos a lomos de la caballería, sirviéndonos de lo que llevábamos aprovisionado en las alforjas.

Componíamos un pelotón de cincuenta hombres. Es cierto que no constituíamos un gran ejército, cuya presencia fuese capaz de intimidar a los ingleses en el caso de que efectivamente se propusieran desembarcar, pero íbamos decididos y bien armados. Al menos podríamos entorpecer sus maniobras, al tiempo que enviábamos emisarios en busca de mayores refuerzos.

Durante nuestro recorrido a lo largo de la costa pudimos todavía observar a los barcos enemigos en la distancia.

El viento soplaba fresco del sur, impidiéndoles el avance, pues era evidente que pugnaban por dirigirse en esa dirección.

En nuestro afán por adelantarnos y ganarles terreno, la tarde se nos pasó muy rápidamente y, para cuando quisimos darnos cuenta, se echaba la noche encima.

Cerralbo dio la orden de detenernos. Pasaríamos la noche al raso.

Nos encontrábamos en algún lugar de la campiña gallega, entre Carballo y Vimianzo.

El furriel se encargó de encender el fuego y de preparar la cena, que no estuvo nada mal. Era la primera vez en dos semanas que gozábamos de cierta tranquilidad para comer, sin la constante preocupación de defendernos ante el incesante acoso enemigo.

Tal vez por eso, por hallarse más relajado, Cerralbo, hombre habitualmente poco hablador, se mostró más locuaz que de costumbre:

—Apuesto a que los ingleses se dirigen derechos hacia Lisboa. Por muchos títulos que le haya otorgado su reina, Drake no pasa de ser un pirata. No lo puede remediar. Nació pirata y morirá pirata. No sé lo que esperaba encontrar en La Coruña, pero sé muy bien lo que espera encontrar en la capital lusa: ¡un gran botín! Eso es lo único que de verdad le importa.

Todos asentimos a las palabras del marqués. Conociendo al personaje del que hablaba, no podíamos sino coincidir en sus apreciaciones.

Yo, que desde que conocía a Keara ya podía pensar en Lisboa con tranquilidad, y sin padecer un fuerte desasosiego interior, me alarmé pensando en sus habitantes: ¿estarían preparados para defenderse? ¿Necesitarían refuerzos? Yo estaba convencido de que sin duda los necesitarían.

Sin pretenderlo, acabé manifestando en voz alta mis inquietudes.

En realidad nada podíamos saber al respecto, pues durante aquellos días habíamos permanecido completamente aislados del resto del mundo. Pero, con su particular palabrería de aquella noche, Cerralbo me respondió lo siguiente:

—Mire, teniente, apercibidos estarán, como lo está la guardia a lo largo de toda la costa, pero en cuanto a los refuerzos…, estoy absolutamente seguro de que, como usted muy bien apunta, toda ayuda que podamos prestarles será bien recibida. No olvide cuál ha sido siempre la estrategia de los ingleses en general, y de Drake en particular: caer de improviso sobre plazas mal defendidas, y saquearlas aprovechando su momentánea inferioridad numérica.

—Pero ese plan no les ha funcionado en Galicia —repuso un sargento que cenaba con nosotros a la luz de la lumbre—. Al menos, no en la medida en que podían haberlo esperado.

—Nos hemos sabido defender, eso es muy cierto. Y sus fuerzas han recibido un varapalo nada desdeñable, pero la codicia ciega a los hombres, y por lo que yo sé, Lisboa no es una ciudad bien protegida.

—No, no lo está. —Convine con él, pues como persona que conocía bien la ciudad, me permití dar algunas explicaciones—. Una prolongada prosperidad, unida a la ausencia de hostilidades, ha propiciado que gran parte de la población se haya desbordado por fuera del recinto amurallado, ocupando los terrenos extramuros. Además, la extensión de su perímetro es tan grande, que hace que sea muy difícil su defensa ante un enemigo grande y numeroso, que sea capaz de rodearla, como es el caso.

—Entonces, imagino que un ataque combinado por tierra y por mar podría resultar letal… —concluyó el citado sargento.

—Así es. Esa sería una peligrosísima baza que podrían jugar los ingleses. Y —añadí—, no olvidemos que, por si todo esto fuese poco, podrían además tratar de buscar la ayuda de aquellos portugueses que estén dispuestos a luchar en contra de Don Felipe II...

A medida que íbamos hablando, nos íbamos reafirmando en la convicción de que, si se confirmaba que los invasores pasaban Bayona de largo, nuestra obligación sería la de seguir sus pasos hasta Lisboa, y colaborar en la defensa de la bella capital lusa.

Y eso —discurrí en mi interior— eso es exactamente lo contrario de lo que le he prometido a Keara.

Pero estaba convencido de que éste, y no otro, era mi deber como soldado.

* * *

Mientras tanto en Lisboa Don Alonso de Bazán, hermano del fallecido don Álvaro, general de las galeras que defendían la entrada a la ciudad, era también consciente de que los ingleses podrían atacar, así como de cuáles eran los puntos débiles de la ciudad.

Se afanaba en un imposible intento de ponerles remedio, antes de que fuera demasiado tarde.

Sabía que, en el caso de que los enemigos encontraran viento y marea favorables, si se decidían a acometer aguas adentro de la desembocadura del Tajo, pasarían tan rápidamente por delante de la artillería de la torre de Belén y de la Torre Vieja, que éstas no tendrían tiempo de hacerles daño, y mucho menos de detenerles.

Y una vez que los atacantes hubieran superado esas defensas, Lisboa estaría prácticamente perdida.

En consecuencia, Bazán ideó un ingenioso plan defensivo, consistente en cerrar el río mediante una sólida cadena de hierro y troncos unidos.

Pero el plan estuvo acabado sobre el papel para el día 20 de mayo, cuando Drake había ya zarpado hacia el sur, y cuando por tanto no quedaba tiempo material para ser puesto por obra…

* * *

Tan pronto como el viento le fue favorable, la flota enemiga pasó de largo los límites de Galicia hacia el sur, y se nos adelantó, navegando con ligereza en esa misma dirección.

Decidimos por unanimidad continuar nuestro viaje hasta Lisboa, persuadidos de que no podía ser otro el objetivo hacia el que se dirigía la Contra armada.

A la vista de la formidable flota que desfilaba ante nuestros ojos, fuimos realmente conscientes de la magnitud del ataque que se había cernido sobre La Coruña, y del que habíamos salido victoriosos.

* * *

Por si fuera poco, la Contra armada pronto contaría con la suma de nuevos e importantes efectivos recién llegados de Inglaterra. Se trataba de una flotilla comandada por el conde de Essex, un destacado cortesano que acababa de escaparse a pelear contra nosotros sin el conocimiento ni, mucho menos, el consentimiento real.

Para la Contra armada este encuentro constituyó un gran motivo de celebración, pues las tropas de refresco que traía Essex podrían resultar determinantes para el éxito de la operación. Además, a consecuencia de la dureza de los enfrentamientos de La Coruña, diez de los barcos de la Contra armada, con un millar aproximado de hombres a bordo, habían desertado de la expedición. Y en algunas de las naves comenzaron a declararse los primeros brotes de epidemia.

* * *

Con el transcurso de los días, nuestro camino hacia Lisboa se prolongaba más de lo que nos hubiera gustado. A cada legua aumentaba nuestra preocupación por la suerte de la ciudad.

Al final de una de aquellas agotadoras jornadas, cansado y robándole algunos minutos al sueño, aproveché las últimas horas de luz para escribir a Keara.

Ya que no había cumplido mi palabra de regresar desde Bayona, al menos le daría cumplida cuenta de mis andanzas por tierras portuguesas, prometiéndole celebrar nuestra anhelada boda tan pronto como pudiese regresar a La Coruña:

Portugal, 22 de mayo de 1589

Amor mío:
A estas alturas ya debes suponer que me encuentro

en Portugal, camino de Lisboa, con Cerralbo. Pero, por favor, debes perdonarme.

Los ingleses pasaron Bayona de largo, y todos coincidimos en considerar imprescindible nuestra presencia en la capital de Portugal, a donde sin duda se dirigen los enemigos.

Lisboa es una ciudad inmensa y muy difícil de defender. Por eso, todos los refuerzos que se reciban allí serán muy bien recibidos.

Sé que comprenderás que si no he vuelto como te prometí, no ha sido por un capricho o por una imperdonable falta de fidelidad a mi palabra, sino porque, como soldado que soy, mi conciencia me dice que debo hacer este último sacrificio antes de que podamos reencontrarnos definitivamente.

Como sé que lo entenderás, no insisto más en este punto.

Ahora es casi de noche y te escribo a la luz del crepúsculo y de una débil hoguera. Te seguiré escribiendo puntualmente desde donde esté.

Por favor, contéstame en cuanto recibas esta carta.

Te quiere y te besa,

SANTIAGO

* * *

Muy pocos días después, el 25 de mayo, el grueso de la armada enemiga fondeaba a algunas millas frente a Peniche, a unos ochenta kilómetros al norte de Lisboa.

Se trata de una bellísima costa, en donde las playas se alternan con altos acantilados rocosos, en donde el mar ha esculpido caprichosas formas, destacando entre todas el cabo Carvoeiro, el más occidental, al frente del cual, en el horizonte, se alzan majestuosas las moles graníticas de las islas Berlengas y Farilhoes.

Y allí cerca, a bordo del barco de Drake, sería donde los ingleses celebrarían un crucial y tormentoso Consejo de guerra, pues muy pronto se demostraría que existían dos posturas diametralmente opuestas.

Por un lado estaba la del «almirante» Drake, deseoso de hacer valer su poderío naval; y por otro la de John Norris, el comandante del ejército de tierra, al que apoyaba en sus pretensiones el pretendiente al trono de Portugal, Don Antonio de Crato, que viajaba con la expedición.

—Si atacamos directamente Lisboa desde el estuario del Tajo, la ciudad será nuestra antes de que los españoles sean capaces de reaccionar. —Ésta era la inamovible posición de Francis Drake, que por acertada, era la más temida por Bazán.

—Me alegra mucho que esté usted tan seguro de la eficacia de nuestra armada —le respondió Norris—, pero esta vez contamos con una baza aún más fuerte que la de sus barcos, y es la de la persona de Don Antonio. ¿No es así, alteza?

—Sí, bueno, no es tanto mi persona en cuanto tal —respondió el aludido con afectada humildad—, sino, en realidad, el patriotismo de mi pueblo. Estoy convencido de que, una vez desembarcados, en cuanto los portugueses me reconozcan, la población en masa se unirá a nosotros con entusiasmo y bravura, y entonces es seguro que nada podrán hacer los españoles por evitar nuestra entrada triunfal en Lisboa. Pues lo mismo harán los propios lisboetas tan pronto como sepan que he vuelto junto a ellos. Todos se pondrán de mi lado, del lado de su rey, de un rey portugués. Y entonces nada podrá detener a nuestras dos fuerzas unidas: las fuerzas de Portugal e Inglaterra unidas contra España.

—¿Lo ve usted, *sir* Francis?

—¡Bah! ¿Acaso no puede lograrse el mismo efecto desembarcando en las proximidades de Lisboa?

—No es lo mismo —se defendió Crato—. Si tomamos tierra aquí, en Peniche, ¿se figura usted cuántos hombres se irán uniendo a nuestra causa por el camino? Mucho antes de llegar a la capital seremos ya una muchedumbre que sólo por su imponente presencia causará pavor entre los españoles, y entre los escasos portugueses que se atrevan a apoyarlos.

—Eso es exactamente lo que yo pienso —apostilló Norris.

—Pues yo sigo opinando de modo diferente. Y… dígame, *sir* John, ¿es que va a ser usted capaz de atacar Lisboa sólo con sus hombres, sin el apoyo de mis barcos?

—Y dígame usted, *sir* Francis: ¿cómo piensa usted tomar la ciudad sin mis hombres?

Era cierto que, si Francis Drake mandaba sobre los doscientos barcos de la Contra armada, *sir* John Norris lo hacía sobre el entero ejército que los barcos transportaban.

Ambos cabecillas continuaron discutiendo larga y acaloradamente durante horas, sin ser capaces de llegar a un entendimiento. Más bien al contrario, sus posturas no hicieron sino enrocarse y distanciarse a medida que pasaba el tiempo.

Pero fue finalmente Norris quien tomó la iniciativa.

Realizaría, con el total desacuerdo del almirante Drake, el proyectado desembarco en Peniche y, desde allí, marcharía sobre Lisboa con sus tropas.

En principio, llegado el momento, también Drake atacaría Lisboa desde el mar.

Pero a partir de ese Consejo había entrado en escena un nuevo y determinante actor: la profunda brecha de antipatía y recelo abierta entre ambos mandos.

* * *

Fue al día siguiente, 26 de mayo, cuando Don Juan González de Ataide, señor de la casa de Atouguia, población situada junto a Peniche, avistó a la Contra armada por primera vez.

La noticia voló como la pólvora, y no tardó en llegar hasta la propia Lisboa.

Por de pronto, la tropa con la que contaba Ataide era gente bisoña y de tierra, por lo que fue grande su alegría cuando el archiduque Alberto, virrey de Portugal, le hizo llegar el refuerzo de un par de compañías de Castilla.

Eran 400 arcabuceros en total: pronto se comprobaría que eran muy pocos para lo que se necesitaba.

En realidad, las fuerzas de Peniche estaban ahí por cautela más que por necesidad, nadie esperaba que los enemigos desembarcaran en un lugar tan alejado de la capital.

Pero lo cierto es que, hacia las dos de la tarde, los

ingleses comenzaron a desembarcar en gran número en la playa de la Consolación, y en otros puntos de la costa.

Lo hicieron siempre en los lugares menos a propósito y, en consecuencia, menos esperados por los españoles.

Se precipitaron con treinta y dos barcazas allá donde no les esperaba la arcabucería de costa, ni tampoco las dos piezas de artillería que habían sido llevadas desde Lisboa.

Aún así, los ingleses pagaron un alto precio por su osadía de desembarcar en lugares tan peligrosos, pues catorce de sus barcazas se hundieron a causa del fuerte oleaje, y otras cuantas se estrellaron contra los arrecifes, ahogándose en total más de ochenta de sus hombres.

Pero, al cabo, lograron su propósito de establecer una primera cabeza de puente.

Ataide y sus hombres se lanzaron con arrojo contra los recién desembarcados.

—¡A por el invasor! ¡Hay que acabar con ellos o devolverlos al mar!

Pero, una vez más, la superioridad numérica de los atacantes se demostró apabullante.

A unas barcas constantemente se les iban agregando otras, siempre cargadas de nuevos refuerzos.

La escaramuza emprendida por los hombres de Ataide resultó muy violenta pero, al cabo, poco efectiva, pues estuvo lejos de detener el asalto.

De resultas del encuentro murieron un alférez y quince soldados españoles, mientras que por la parte inglesa perdieron la vida dos capitanes y un buen número de hombres.

Pero el desembarco continuó imparable, de modo

que el enemigo muy pronto se hizo fuerte en diversos enclaves.

Fue tal la rapidez de la incursión, que Ataide apenas tuvo tiempo de retirarse con los supervivientes que le acompañaban. Y por si esto fuera poco, cuando llegó a la fortaleza de Peniche, observó con el máximo asombro que era tarde para tratar de entrar en ella, pues se hallaba ya cercada por un importante cuerpo de británicos.

La única salida que les quedaba a los españoles era la de retroceder tierra adentro, hacia Atouguia.

Estaba hecho: el desembarco inglés se había consumado. Doce mil de sus hombres habían tomado tierra.

Ante la inesperada e inquietante noticia, durante toda la noche acudieron refuerzos provenientes de los pueblos de alrededor.

Pero muchos de estos sencillos hombres de la región, al descubrir la magnitud del ejército inglés, se volvían por donde habían venido, espantados ante el espectáculo sobrecogedor de la máquina de guerra enemiga.

A partir de aquella misma noche los españoles comenzaron a padecer las primeras dudas acerca de la verdadera lealtad de los lugareños.

Al fin y a la postre, era cierto que los invasores llevaban consigo a un pretendiente portugués. Ilegítimo o no, pero al fin y a la postre, portugués...

2

Las fuerzas británicas tenían completamente sitiado el rocoso castillo de Peniche, emplazado junto al mar, al borde de uno de los acantilados.

Un emisario se presentó ante las murallas, ofreciendo clemencia a cambio de la rendición.

—¡Jamás nos rendiremos ante una fuerza enemiga! —fue la contundente respuesta del gobernador del baluarte, el capitán Araujo.

—¿Entonces estaríais dispuesto a entregar la fortaleza a un portugués?

—¡Sólo la entregaría ante un noble portugués de superior graduación!

—¿La rendiríais ante Don Antonio de Crato? ¡Él es el legítimo heredero de la Corona!

—Ante Don Antonio sí la rendiría…

Nada podía halagar más a los oídos de Crato que una respuesta semejante.

Al aludido le faltó tiempo para abrirse paso por medio de la tropa hasta colocarse a algunos pasos por delante y mostrarse ante Araujo, al que reclamó que, en nombre de la corona de Portugal, le fueran entregadas las llaves del castillo.

Y Araujo no dudó en hacerlo, tal y como había prometido.

Don Antonio pudo hacerse así con el mando de la fortaleza, y de la entera población de Peniche.

A continuación se hizo escoltar a lo largo de las calles en una especie de marcha triunfal. Le acompañaba un centenar de hombres de su guardia personal, a los que se sumaron un buen número de soldados ingleses:

—¡Viva Don Antonio! ¡Viva el rey de Portugal!

—¡¡Viva...!!

Al final del breve paseo, aprovechando la aglomeración de gentes que, ya fuera por auténtica devoción, o ya fuera por mera curiosidad, se habían reunido en torno a su persona y a su pequeño cortejo, los ingleses, auténticos maestros de la ceremonia y del protocolo, improvisaron una breve pero digna ceremonia de proclamación del nuevo rey.

Los gritos y las aclamaciones volvieron a sucederse:

—¡¡Viva el rey!!

—¡Viva Don Antonio de Crato...!

—¡Viva Portugal!

Era de todo punto imposible saber si los gritos eran espontáneos y salidos del corazón, o si por el contrario se trataba tan sólo de una mera representación, de un recurso al que aquellas buenas gentes acudían como único modo de salvaguardar sus vidas y sus haciendas.

Las gentes sencillas tenían miedo, pues muy pronto circularon fábulas fantásticas en torno a la formidable máquina de guerra que traían los ingleses, como por ejemplo los novecientos perros armados de Irlanda, *tan grandes y feroces como leones, y capaces de comerse a un mundo todo.*

En contraste con esta actitud confusa de la población, los nobles parecían mantenerse incondicionalmente fieles a los acuerdos de las Cortes de Tomar, es decir, fieles a Don Felipe II.

Las noticias de lo que estaba ocurriendo en Peniche eran puntualmente seguidas desde Lisboa.

El archiduque ordenó a Don Alonso de Bazán que, como medida preventiva, se hiciera a la mar al frente de sus doce galeras. Las naves contribuirían a reforzar la línea de fuego de los castillos de San Julián y el de Cascáis, para el caso de que, como era de prever, Drake se decidiera a atacar.

También en la ciudad se aceleraron los preparativos de defensa. Allá el revuelo y el nerviosismo eran crecientes, pero era aún pronto para saber si obedecían al pánico o, tal vez, muy al contrario, a una secreta esperanza de independencia.

* * *

Durante varios días Drake se mantuvo inmóvil y ocioso, fondeado con sus barcos frente a la costa de Peniche, prácticamente en el mismo lugar en el que había tenido lugar el turbulento Consejo de guerra en el que se había enfrentado a Norris.

Hasta su nave llegaron los ecos de las aclamaciones hacia la persona de Don Antonio de Crato, que recibió con una mezcla de alegría y de rabia. Alegría, porque con el apoyo portugués la victoria sería mucho más fácil; pero también con rabia, puesto que las ovaciones concedían la razón a su oponente Norris.

En cualquier caso, ese mismo día, el pirata decidió

que era ya llegada la hora de partir: por la mañana levaría anclas y pondría rumbo hacia el sur.

También sería al día siguiente, 28 de mayo, cuando daría comienzo la larga marcha del ejército inglés hacia Lisboa.

* * *

Después de extenuantes jornadas a lomos de nuestras infelices monturas, nuestro pelotón avistó, por fin, con indecible alegría, las murallas de Lisboa.

Sobre ellas se recortaba la bella silueta de la ciudad, en cuyo punto más alto descansaba el imponente castillo de san Jorge, con la mayor fuerza artillera de la metrópoli.

Culminábamos nuestro largo viaje, y lo hacíamos cumpliendo con nuestro principal objetivo: llegar a tiempo, antes de que lo hicieran los enemigos.

A pesar del cansancio, acudimos en primer lugar a ponernos a las órdenes del archiduque, que nos recibió en el bellísimo Palacio de Ribeira, en donde residía. ¡Cuántos recuerdos se agolparon en mi memoria a la vista de la preciosa torre manierista del edificio, que se alzaba junto al río! ¡Cuántas veces había paseado con Elena bajo su elegante arquitectura! Si no fuera porque mi gran amor a Keara ahogaba todos los sufrimientos pasados, estoy seguro de que la melancolía se hubiera vuelto a apoderar de mí.

El archiduque Alberto ocupaba el cargo de virrey de Portugal desde 1583. Cuando, después de un rato de espera no excesivamente largo nos hicieron pasar, me llamó mucho la atención su juventud, pues aún no había cumplido los treinta años. Además, su tez pálida y sonrosada, y su recortada barba rubicunda, contribuían a darle un aspecto aún más juvenil.

Nos recibió con gran cordialidad en un precioso salón cubierto de tapices.

Tras interesarse cortésmente por las incidencias de nuestro viaje, en seguida nos hizo un rápido esbozo del estado de las cosas. Puso especial énfasis en el inesperado desembarco inglés en Peniche.

Al hablar, mostraba una especial deferencia y consideración hacia el marqués de Cerralbo, pues había recibido noticias del admirable acierto con que había sabido dirigir la heroica resistencia de la Coruña.

A juzgar por lo que nos explicó, nuestra posición era más complicada de lo que podía parecer: Enrique III de Navarra, (que muy poco después sería Enrique IV de Francia) buscaba ya, en connivencia con Isabel I de Inglaterra, atravesar los Pirineos para atacar a España aquella misma primavera. Por su parte, los Tercios de Flandes continuaban luchando duramente por mantener sus posiciones en los Países Bajos. Y, por otro lado, eran conocidos los contactos de Inglaterra con los bereberes, y con Marruecos, así como con Murad III de Turquía.

En resumen, que nos las estábamos viendo con una gran coalición que aglutinaba a Inglaterra, Francia, Holanda y al Islam, unidos en el propósito común de atacar a España en diversos frentes a la vez. Por eso, y no por otro motivo, la Contra armada podría gozar, al menos temporalmente, de una aplastante superioridad numérica en Portugal. Pues nuestro ejército, muy al contrario que los de los enemigos, debía multiplicarse y dilatarse para luchar a un mismo tiempo en varios y dilatados frentes.

—Por eso —apuntó el archiduque—, a la postre nuestra táctica en Portugal va a resultar muy parecida a la que utilizaron los ingleses el año pasado contra nosotros: en lugar de presentarles batalla directa, les hostigaremos al máximo, para conseguir debilitarlos poco a poco.

Además, el archiduque nos transmitió que lo que más temía era la más que posible tenaza que desde Cascáis pudiera hacer Drake, junto con las tropas terrestres de Norris, que bajaban ya desde Peniche.

* * *

A la salida, al dirigirnos hacia el lugar en donde se nos concedió alojamiento, al norte de la ciudad, el marqués de Cerralbo se mostró muy satisfecho de la calurosa acogida con que habíamos sido dispensados.

Durante el breve recorrido volvíamos a ser testigos de la gran cantidad de gentes que desde las aldeas cercanas afluían hacia Lisboa sin cesar.

Algunos llegaban a pie, otros en mulas o en carro. Cada uno como buenamente podía, con sus familias y sus enseres a cuestas.

Procedían fundamentalmente de los pueblos situados a lo largo del camino que debía atravesar el ejército inglés.

De entre los refugiados, algunos se quedaban en la capital, pero otros preferían cruzar la desembocadura del Tajo hacia el sur, poniendo agua de por medio, entre ellos y los invasores.

Al llegar a nuestras dependencias, situadas en un viejo edificio militar, recibimos la noticia de que el ejército inglés acababa de llegar a Torres Vedras, a poco más o menos la mitad de camino entre Peniche y Lisboa.

Se nos dijo que en esta ciudad don Antonio de Crato había representado su verdadero papel como rey de Portugal, en un acto cuya pompa había superado con mucho a la de Peniche, pues esta vez había recorrido la ciudad bajo palio, flanqueado por Norris y algunos de los más notables caballeros ingleses.

Pero, al parecer, a pesar de todo, según añadían algunos testigos, a la apariencia de esplendor que había acompañado al acto le había faltado algo. Tal vez el entusiasmo de las masas, pues contrariamente a lo esperado, más allá de la primera línea de calles, la ciudad había estado vacía: la mayor parte de la población se había ausentado y, entre las ausencias, habían destacado muy especialmente las de los nobles.

Todo esto no debía haber pasado inadvertido a los ingleses, que comenzarían a temerse que su esperado paseo triunfal sobre Lisboa pudiese finalmente no ser tal.

Lo que sí es seguro es que los británicos comenzaban a padecer de manera acuciante el problema del avitua-llamiento. Por un lado, el archiduque había vaciado de recursos los campos por donde debían pasar. Y por otro, la fama de pillaje y saqueo que les precedía a los invaso-res estaba también surtiendo su efecto.

Cuando don Antonio había reclamado provisiones entre sus paisanos, se había encontrado con una gran resistencia por parte de éstos.

* * *

Al amanecer del martes 30 los infantes ingleses volvieron a cargar con su pesada impedimenta para reiniciar la marcha. Aquélla sería la jornada más larga y agotadora que deberían acometer, pues habrían de completar las más de seis leguas que separan Torres Vedras de Loures.

Desde Lisboa, un destacamento de caballería salió a hostigarles y a entorpecerles la marcha, mientras el gigantesco ejército avanzaba lentamente sobre la ondulante y verde campiña.

A pesar de todo, al atardecer llegaban a Loures, a apenas dos leguas de las murallas de la capital.

Además de la exigua distancia, el único obstáculo que les quedaba para tomar la ciudad eran los cinco mil veteranos de la infantería española que aguardaban en ella…

A su regreso, el destacamento se encontró con que en las calles se respiraba un ambiente manifiestamente enrarecido: al parecer, algunos prisioneros ingleses capturados el día anterior, mientras eran trasladados a prisión, habían lanzado grandes voces por las calles, anunciando que la entrada de sus tropas era ya inminente:

—¡Ya llega la liberación de Portugal! ¡Ya está aquí *Sir* John Norris con Don Antonio de Crato! ¡Les acompaña el ejército de la reina Isabel de Inglaterra! ¡Si Lisboa no abre las puertas a su verdadero rey, será arrasada, y ya no habrá piedad para quienes hayan colaborado con los españoles!

En el ambiente tenso de la ciudad, donde los nervios estaban a flor de piel, el mensaje se difundió por las calles como un reguero de pólvora, causando un terrible alboroto.

Y por si fuera poco, ese mismo día 30, Drake llegaba a Cascáis, a muy poca distancia de la capital. Sin duda, éste era otro motivo —no pequeño— para que la alarma cundiera aún más en las calles, a la vista del imponente tamaño de la flota enemiga.

A muchos ánimos apocados les parecía ya imposible salvar Lisboa. Algunos recordarían que, ese mismo día 30, hacía un año exacto, era precisamente cuando la Gran Armada española había partido rumbo a Inglaterra...

Drake se había colocado en posición defensiva, al abrigo del puerto, que le protegía de los vientos del norte y del oeste, colocando sus potentes navíos en forma de arco de media luna.

A la vista de la cercanía de los enemigos y de la gravedad que iban tomando los acontecimientos, el archiduque ordenó que todos los conventos de extramuros de la ciudad se recogiesen en el interior de las murallas, donde se les daría habitación el tiempo que fuese necesario.

También ordenó continuar hostigando a los ingleses durante la noche.

Eran muchas las incertidumbres que asaltaban a los sitiados: ¿atacarían los enemigos simultáneamente desde el mar y desde tierra? ¿Lanzarían un ataque sobre las murallas? ¿Habría efectivamente conspiradores en el interior de Lisboa?

Los españoles vigilaban a los ingleses, pero no dejaban de mirar de reojo a los posibles conspiradores portugueses.

* * *

Al amanecer acompañé a Don Juan de Torres con doscientos arcabuceros y mosqueteros a relevar a quienes habían atacado al enemigo por la noche. Al cruzarnos con ellos, su capitán se detuvo a darnos novedades:

—Hemos causado un gran número de bajas a los invasores, a pesar de que no ha habido manera de hacerles salir de las trincheras. Hemos tenido que ser nosotros los que entráramos en ellas…

—¿Y estos prisioneros? —pregunté, al comprobar que habían hecho un buen número de ellos.

—Han tenido mejor suerte que sus camaradas.

—Buen trabajo, capitán.

—Gracias. Lo mismo les deseo…

Continuamos avanzando hasta colocarnos a tan sólo un cuarto de legua del campamento enemigo: se parapetaban en trincheras excavadas en la ladera de una loma que descendía en suave pendiente hasta donde nosotros estábamos.

Tocamos al arma, tratando de hacerles salir a pelear pero, al igual que había ocurrido durante las horas nocturnas, tampoco ahora conseguimos hacerles reaccionar.

Daba la impresión de que estuviesen recuperándose de las duras marchas de los días anteriores o, tal vez, preparando alguna secreta estrategia que, a decir verdad, nos mantenía el ánimo en vilo.

Nos consolaba pensar que, si hubiesen salido, habrían posiblemente conseguido obtener un gran acopio de víveres, almacenados en los arrabales de la ciudad: pues fuera de las murallas se habían acumulado grandes cantidades de trigo, bizcocho, harina, centeno y cebada.

Sin saberlo, los hambrientos ingleses se habían detenido cuando a su alcance tenían un gran festín.

El archiduque ordenó meter dentro de la ciudad toda aquella provisión de alimentos pero, al no haber tiempo material para transportar tanta cantidad, después de hacer acopio de todo lo que se pudo, no sin gran dolor, prendimos fuego a cuanto quedaba.

Desde su base en Cascáis, Drake contemplaría el fuego desde la distancia.

El bucanero de Devon, a pesar de disponer nada menos que de doscientos barcos con que poder atacar con gran ventaja nuestra exigua flota local, permanecía inmóvil, amarrado en Cascáis.

¿A qué obedecía su actitud? No podíamos saberlo, pero tan extraño comportamiento era un motivo más que añadir a nuestras inquietudes...

3

Los refuerzos iban llegando muy lentamente: aquel día llegaron dos nuevas compañías, con quinientos hombres en total. Pero seguía siendo poco para la magnitud del desafío que teníamos por delante.

La incertidumbre no hacía sino aumentar a medida que pasaban las horas. No sé si fue éste el motivo por el que el archiduque nos mandó llamar a Cerralbo y a mí.

Nos recibió en otro de los magníficos salones del Palacio de Ribeira, donde el espléndido mobiliario confería un impresionante halo de solemnidad y confidencia a la conversación.

Por contraste, el archiduque mostraba un aspecto cansado. O, más bien, abrumado. Necesitaba desahogarse con alguien, y se franqueó con nosotros:

—¿Por qué creen ustedes que el ejército inglés se ha atrincherado en Loures, sin realizar ni una sola salida para enfrentarse a los arcabuceros de Don Juan de Torres?

—No lo sé. —Respondió Cerralbo—. Tal vez estén haciendo acopio de fuerzas para atacarnos, o tal vez quieran evitar que seamos nosotros quienes marquemos la pauta de cuándo deben salir a pelear.

—Es posible. Pero eso se contradice con el hecho de que carecen del suficiente aprovisionamiento. Desde este punto de vista, su situación no hace sino empeorar cada día. Es de todo punto incomprensible que no traigan carros de vituallas consigo. ¿O es que significa eso que están seguros de poder penetrar en la ciudad?

—Quizás esperaban ser alimentados por el pueblo —aventuré.

—Pero aún y todo hay más piezas que no encajan… —continuó cavilando el archiduque en voz alta—: tampoco traen artillería para batir los muros. Por más vueltas que le doy, no encuentro más que una respuesta a este intrincado rompecabezas, y es que lo estén fiando todo a un ejército agazapado en Lisboa, a un ejército que esté esperando una señal para levantarse…

Desde luego, a juzgar por los hechos, daba toda la sensación de que era así. Pero ni Cerralbo ni yo queríamos aceptar esa posibilidad, que en caso de ser cierta nos condenaba a una derrota casi segura.

El marqués quiso apuntar una explicación algo más favorable a nuestros intereses:

—Tampoco sería de extrañar que lo hubieran fiado todo a la capacidad de Crato de hacerse seguir por el pueblo. Eso es lo que gritaron los prisioneros ingleses por las calles, y creo que ésa era su principal esperanza. Sin duda debemos estar atentos a la posible aparición de grupos de conspiradores en la ciudad, pero me resisto a creer que su actuación vaya a ser determinante para el desenlace de la contienda. No, al menos, si sabemos mantener los ojos bien abiertos.

El archiduque miró a Cerralbo y esbozó una media sonrisa. Parecía querer agradecerle su optimismo, a la vez que le hacía ver que deseaba que estuviera en lo cierto.

Pero, cuando parecía que se quedaba de nuevo ensimismado en sus pensamientos, y que iba a guardar otro de sus largos ratos de silencio, lanzó una nueva pregunta, tan difícil de responder como las anteriores:

—¿Pueden decirme a qué espera Drake en Cascáis? ¿Por qué diablos no ataca? ¿Acaso su tardanza no les induce a pensar que también guarda un as en la manga?

Ante esta última cuestión callamos. ¿Qué le íbamos a responder? Eran demasiados los misterios que nos rodeaban, y ninguno de ellos apuntaba hacia nada favorable…

Al cabo, el archiduque nos dejó marchar:

—Vayan. Vayan ustedes a sus puestos. No quiero entretenerles más con unos problemas que sólo a mí me corresponde afrontar…

Salimos cabizbajos y, a qué negarlo, más preocupados de lo que habíamos entrado. Mi pensamiento se fue a Keara: ¿Habría recibido mis cartas? No había dejado de escribirle ni un solo día desde que abandonamos Galicia. ¿Estaría molesta con mi partida? Era de temerse… pero todavía era demasiado pronto para haber recibido respuesta a la primera de mis misivas.

De repente, un negro y descabellado pensamiento me asaltó con fuerza: ¿y si Baltanás se hubiera quedado en La Coruña y tramara algo contra ella?

Desde luego, era algo muy improbable. Pero esta mera posibilidad, por remota que fuera, logró introducir en mí un cierto desasosiego y un malestar no pequeños.

Caminábamos en silencio a lo largo de la enorme plaza que, desde el Palacio, se extendía junto a la ribera del Tajo. Hacía una tarde espléndida. ¡Qué lástima que la invasión lo llenara todo de peligros, enigmas y amenazas!

Por si mis propias preocupaciones no bastaran, cada

vez éramos más los que pensábamos que en el interior de Lisboa debía necesariamente existir una tercera fuerza favorable a Don Antonio de Crato. Pero ¿cómo enfrentarnos a ella sin conocerla? ¿Cómo hacerle salir de su madriguera?

Nos encontrábamos ya en la víspera de la festividad del Corpus Christi, y sabíamos que ése era el día en el que Crato había prometido entrar en Lisboa: con ello trataba de dar una clara señal al pueblo luso, una señal de que, con su llegada, a pesar del apoyo prestado por los ingleses, de ninguna manera se atacaría el catolicismo de Portugal: los ingleses no impondrían su protestantismo anglicano.

Por este motivo, al día siguiente, que como digo era el día del Corpus, recibimos órdenes tajantes: debíamos salir a hostigar severamente al enemigo, aunque fuera con pérdida de gente.

Nos lanzamos decididos contra el flanco situado entre Loures y Lamariñán. Realizamos lo que en la jerga militar conocíamos como una encamisada (o dar Santiago) porque, para no matarnos entre nosotros, antes de penetrar a la sorda en el campamento enemigo, nos poníamos sobre los petos una camisa blanca que nos identificase.

De aquel primero de junio dice así nuestro diario de guerra:

«Jueves día del Corpus antes del amanecer dimos Santiago con doscientos arcabuceros y gente de a caballo en una ladera donde estarían alojados como mil de los enemigos. Se les degollaron a más de doscientos hombres, y por ser la tierra muy áspera y estar bien atrincherada, no se hizo mayor estrago. Salieron heridos doce soldados nuestros y don Juan de Torres con un arcabuzazo en un brazo. Aunque al principio se tuvo por cosa liviana por no romperle huesos ni tocarle en coyuntura, murió de la herida al cabo de veinte días. Se sintió mucho porque peleó como un muy buen caballero.»

Poco después regresábamos en formación.

A lomos de mi caballo divisé, en lontananza, al oeste de la ciudad, en la zona que mira hacia la mar, las seis piezas de artillería que habíamos instalado junto al Palacio del archiduque.

Más hacia el este habíamos colocado otra plataforma artillera, además de otros cuatro cañones apuntando hacia el mar, y otro más hacia tierra.

Y desde allí hacia el interior plantamos cada cierto trecho algunas piezas más.

Pero sin duda alguna, el corazón de la defensa de Lisboa eran los cañones del imponente Castillo de San Jorge, encaramado en la parte más alta de la ciudad.

Hicimos nuestra entrada triunfal por la puerta de Santa Catalina.

Nuestras banderas al viento se recortaban sobre el limpio cielo.

Dentro de las murallas, a fin de impedir los movimientos del temido enemigo interior, el archiduque había ordenado a la gente portuguesa de a caballo que anduviese por las calles noche y día en orden de batalla, de modo que se previniera cualquier tipo de tumulto.

Habíamos optado por armar a la infantería portuguesa que había mostrado lealtad hacia Felipe II. Nos era muy necesario sumar esfuerzos de españoles y portugueses, pues no sobraban efectivos frente a un enemigo tan numeroso.

Con todas estas medidas, conseguimos que la jornada fuese transcurriendo con normalidad, a pesar de que tanta prevención nos obligaba a mantener los nervios tensos como el acero.

Pero, al cabo, nuestras medidas dieron sus frutos y llegada la media tarde comenzamos a estimar imposible que en ese día los ingleses trataran de tomar la ciudad.

Tampoco parecía probable que Drake intentara entrar por el estuario, pues había contado con un par de ocasiones favorables que había desaprovechado por completo.

Pero su comportamiento era cada vez más sospechoso, demasiado extraño como para conformarnos con la mera intuición de que no atacaría…

Llegada la noche, el ejército inglés se acercó a Alvalade, a las mismas puertas de la ciudad: desde ahí, en cualquier momento podrían intentar un asalto sobre las murallas.

Encendimos las antorchas y reforzamos la vigilancia.

Ante la palmaria ausencia de cañones de asedio por parte de los atacantes, volvimos a temer que Norris esperara algún tipo de ayuda secreta desde el interior de la ciudad.

* * *

Pero por fin amaneció el 2 de junio, un día, por cierto, especialmente caluroso.

Norris empleó la mañana en reconocer los contornos de la muralla.

Aprovechando su superioridad numérica, se ubicó donde más le satisfizo: en la zona alta entre los molinos de viento de San Roque, y la puerta de Santa Catalina, hasta la Esperanza. También le era favorable el lugar por encontrarse hacia el oeste, en el lugar más cercano a su armada.

Nosotros, además de vigilar de cerca a los ingleses, nos dedicamos, como en La Coruña, a apuntalar por dentro las murallas, en especial mediante el bloqueo de puertas y lugares de comunicación con las casas y barrios del exterior.

Creo que fue aquella precisa mañana cuando apreciamos por primera vez, que el estado del ejército invasor comenzaba a ser realmente crítico, mucho peor de lo que habíamos juzgado hasta entonces.

El hambre que padecían sus hombres era extrema, y las posibilidades que tenían de conseguir alimentos, muy pequeñas. También les oprimía la sed, hasta el punto de que algunos soldados se precipitaron a beber en los charcos, produciéndose entre ellos un envenenamiento masivo.

Sin embargo, no por ello podíamos bajar la guardia.

La parte suroeste de Lisboa era la que presentaba una mayor debilidad estructural. Además, esa zona era fácilmente accesible desde el mar. Por eso el archiduque ordenó a las doce galeras de Bazán que regresasen para reforzar su defensa.

* * *

Por fin, aquella misma tarde, los infantes ingleses iniciaron su marcha hacia la ciudad.

Como respuesta, y como si obedeciera a un automatismo activado por el propio movimiento enemigo, un sobrecogedor bramido sacudió el aire de la ciudad: acababa de ser lanzada la primera andanada desde el Castillo de San Jorge. La distancia al blanco era de unos dos mil metros. Pero las banderas inglesas al viento eran fácilmente visibles desde la altura, y servían de útil punto de referencia para los artilleros.

Los certeros proyectiles obligaron a los invasores a desviarse hacia el oeste, donde se detuvieron sobre una colina en clara actitud intimidatoria, con sus noventa y siete banderas al viento.

Anochecía.

La expectación y la alarma eran muy grandes, pues en cualquier instante podía iniciarse el esperado asalto.

Y como tanto nos temíamos, Crato, en efecto, tenía sus caballos de Troya en Lisboa: algunos nobles portugueses le apoyaban y conspiraban en su favor. Habían cedido a sus promesas o, tal vez, confiaban en él.

* * *

El principal conspirador era un noble llamado Don Ruy Díaz Lobo, hombre intrigante y activo, que aquella noche se dispuso a llevar en secreto un despacho para el abad del convento de la Trinidad, que se hallaba pegado las murallas.

Amparado en las sombras y embozado bajo una oscura capa, el siniestro personaje se acercó sigiloso hasta la puerta a la que llamó mediante tres aldabonazos.

El abad, un hombre corpulento de mediana edad, se sorprendió en extremo. No era común recibir visitas a esas horas, y menos aún en esas circunstancias:

—Hermano Afonso, haga el favor de abrir. Vaya con cuidado, puede ser una trampa.

El hermano lego abrió y, al ver que se trataba de un noble, condujo a Lobo hasta el abad.

El conjurado entregó su mensaje, en el que intimaba a los frailes bajo amenazas a permitir a los ingleses penetrar en el convento, para a través de él poder introducirse en Lisboa sin hacer ruido ni llamar la atención.

El abad le respondió dando muestras de aquiescencia y de muy buena voluntad, y, siendo hombre experimentado y prudente, incluso agasajó a Lobo con una suculenta cena.

Pero, mientras tanto, envió a dos frailes a informar al archiduque de lo que estaba ocurriendo.

—¿Quiere usted un poco más de vino Don Ruy?

—Bueno, pero sólo un poco. No quisiera abusar de su hospitalidad…

—No abusa usted. Estará cansado, después de venir hasta aquí, a pie y de noche, por esos caminos tan peligrosos.

Volvió a sonar la aldaba.

—¡Qué extraño…! ¿Espera usted a algunos de sus hombres, Don Ruy?

—¡No! Nadie excepto Don Antonio sabe que estoy aquí…

—Vaya usted a abrir, hermano. Tal vez se trate de algún menesteroso en apuros. Se ven tantas calamidades en estos días y son tantos los que vienen pidiendo auxilio…

Pero para desgracia de Lobo eran dos capitanes españoles. Los mismos que había enviado el archiduque en respuesta al aviso del abad:

—¡Daos preso, Don Ruy!

—¡Malditos frailes traidores! ¡Me las pagarán! Cuando entre Don Antonio, comprenderán el error que acaban de cometer…! —fueron las últimas palabras articuladas por Lobo en el convento. Las siguientes las tendría que pronunciar ante la justicia.

Pero el de Ruy Lobo no fue el único intento de acometernos con ayuda del interior de la ciudad.

Durante aquella misma noche los ingleses emprendieron un ataque de distracción por uno de los extremos de las murallas, mientras en realidad se preparaban para lanzar su verdadera ofensiva por el punto más débil de las murallas, junto al mar, en el lugar en el que contaban con la complicidad de la guardia de una de las puertas.

Habían dirigido la maniobra de distracción contra las puertas de Santa Catalina y de San Antón, con unos mil hombres. Sólo una vez que nuestras fuerzas se distrajeron en la defensa de aquel punto, enviaron a otros tres mil soldados, con el máximo sigilo, hacia la puerta en la que sabían que tenían a la guardia de su parte.

Para llegar hasta ella se vieron obligados a caminar por el agua, que en la bajamar les llegaba hasta la rodilla.

Pero, gracias a Dios, uno de los vigías descubrió la

maniobra a tiempo, lanzando una desesperada voz de alarma:

—¡Traición! ¡A mí la guardia! ¡El enemigo...! ¡Penetra desde el río!

Cerralbo, que se hallaba muy cerca, envió a uno de los batallones de arcabuceros.

Los disparos desgarraron el silencio de la noche, que hasta entonces había amparado la operación enemiga.

Sus certeras descargas llegaron justo a tiempo de detener una operación que, de haber salido como los ingleses esperaban, hubiese supuesto la caída de Lisboa, y el completo éxito de Don Antonio de Crato.

4

Una vez rechazados, los invasores retrasaron sus posiciones para reagruparse y volver a hacerse fuertes, colocándose frente a nuestro débil flanco oeste.

Pero dada la flaqueza estructural de este lado, lo teníamos especialmente protegido. Incluso habíamos colocado tiradores sobre los techos de las iglesias de extramuros.

Al igual que en La Coruña, hubo un momento en el que las tornas comenzaron a cambiar, y creo que en Lisboa fue precisamente éste. Hasta ahora el ejército inglés había llevado la iniciativa, pero a partir de este día, ante la enormidad del perímetro de la ciudad y la eficaz defensa que estábamos realizando, Norris dio las primeras muestras de debilidad y, en definitiva, de verse superado por los hechos.

Hubo de influir mucho en su ánimo la terrible escasez de alimentos y de agua que padecían los suyos.

Por si fuera poco, el archiduque nos ordenó realizar un ataque en toda regla.

Nos lanzamos derechos hacia el lugar en donde se encontraba el cuartel general enemigo. Salimos por la puerta de San Antón (la principal de la ciudad) con banderas al viento, picas y arcabuces, seguidos de la caballería, en perfecto orden de asalto. El contingente lo componíamos quinientos soldados viejos de a pie y ciento cincuenta de a caballo.

Aunque inferiores en número, no olvidábamos que éramos los descendientes de aquellos héroes que sesenta años antes habían roto el sitio de Viena, y aún más, éramos quienes hacía sólo diecisiete años habíamos librado la mayor batalla naval de todos los tiempos, en Lepanto, derrotando y desbaratando definitivamente al imperio turco.

A sólo cuatrocientos metros de la puerta se hallaban las primeras calles atrincheradas del campamento de los invasores: ahí dentro era en donde se refugiaban once mil soldados.

Penetramos en perfecto orden cerrado, y nos lanzamos al ataque con una arremetida tan furiosa de las picas, apoyada por el fuego a discreción de mosquetes y arcabuces, que esta vez los ingleses no tuvieron otro remedio que defenderse.

La artillería del Castillo disparaba también sus enormes proyectiles con notable puntería.

Los ingleses trataban de emboscarnos por las estrechas callejuelas, pero nosotros íbamos tan animosos, que no temíamos sus asechanzas.

—¡Adelante! ¡A por ellos...! —nos infundíamos coraje unos a otros y nada parecía capaz de detenernos.

Les rompimos seis trincheras y saltamos sobre ellas haciendo una brava escaramuza que, aunque fue recibida con gran valor por su parte, pues debía de tratarse también de soldados viejos, les vencimos con gran furia.

Los ingleses ya no peleaban por don Antonio, por su reina o por el botín, sino simplemente por salvar la vida.

El regimiento del coronel Brett, compuesto por unos

mil hombres, no pudo resistir nuestro embate y resultó severamente mermado.

Habíamos penetrado como una flecha hasta el mismo corazón del enemigo. El propio Brett, sus capitanes Kearsey y Carre, junto con más de doscientos soldados, perdieron la vida en nuestro asalto.

El capitán Chichester resultó herido y moriría poco después.

En la refriega de San Roque, en la esquina noroeste de la muralla, dada la estrechez del campo de batalla, llegamos a pelear cuerpo a cuerpo, e incluso a puñetazos.

Desde la fortaleza de San Jorge los artilleros volaron cuatro banderas enemigas con sus alféreces.

La enorme pérdida de efectivos británicos cambiaba aún más el escenario.

Los españoles perdimos a veinticinco soldados viejos, lo cual nos causó un profundo dolor.

Pero en el bando inglés la noche resultó ser de luto riguroso. A sus centenares de muertos hubieron de sumarse gran cantidad de heridos, a los que se veían obligados a atender en condiciones extremas, sin los más elementales medios de socorro.

La crónica portuguesa relata:

> En las calles quedaron gran número de ingleses muertos y de los nuestros muy pocos, porque al menos en aquella parte de San Roque tuvimos gran favor de los tiros del Castillo, que nunca cesaron de tirar con buen efecto, así como de nuestros mosque-

teros, por lo que de una y otra parte pareció que caía el mundo sobre los enemigos.

* * *

Amaneció el día 4 con el ejército invasor acantonado en el barrio alto: apenas un conjunto de casas medio destruidas por la furia del combate.

Su pasividad y descalabro eran totales. Ya casi sólo se dedicaban a enterrar a sus muertos. Hubo grandes exequias por la tropa muerta durante el día anterior, y sobre todo por el coronel Brett.

Al finalizar las ceremonias, y temiendo nuevas embestidas de nuestra parte, el comandante Norris preparó una huida secreta, una huida vergonzante, que debía consumarse al amparo de la noche.

* * *

Después de días de dura marcha desde Peniche hasta Lisboa, apenas habían llegado cuando ya huían, espantados por las audaces salidas de los españoles.

En su conjunto había resultado tan desastrosa y humillante la actuación británica, que a su regreso a Inglaterra, el capitán Wingfield se veía en la necesidad de escribir un falso alegato exculpatorio cuya única finalidad era la de ocultar tan humillante realidad.

El resultado final fue de una gran calidad literaria, al menos en su género. En honor a la verdad hay que decir que logró componer un alegato muy bien elaborado, tanto por su extensión, como por su prolijidad, dimensión literaria y, sobre todo, por su prodigiosa inventiva, ya que incluso confeccionó un detallado diario de operaciones militares completamente ficticio, que cumplió a la perfección su misión de ocultar, e incluso suplantar a los ojos de la historia durante años, lo realmente ocurrido.

* * *

Desde la medianoche los enemigos encendieron multitud de hogueras para hacernos creer a españoles y portugueses que permanecían alojados en su campamento.

Pero lo cierto era que, lo más calladamente posible, se ponían en marcha para emprender la huida. Y en la vanguardia hacia Cascáis, el «heroico» don Antonio.

Sin embargo, esa misma noche, el archiduque, ignorando por completo lo que ocurría, decidió que debíamos emprender una nueva operación de castigo contra los intrusos, a fin de acelerar sus planes de abandonar Lisboa.

Este nuevo ataque se produjo de noche y desde el mar.

Pero la mecha encendida en los arcabuces era visible por los ingleses. Y esto les hizo creer que desde las galeras iniciábamos un gran desembarco, lo cual les atemorizó aun más, hasta tal punto que, rompiendo la formación, emprendieron la huida de manera descontrolada.

Con las primeras luces del temprano amanecer de junio, los hombres de Bazán fueron los primeros en descubrir *in fraganti* la evasión británica.

Desde los barcos comenzaron a bombardearles con furia.

El cañoneo de las galeras despertó a Lisboa entera, y nos hizo conocer la noticia de la huida de los ingleses.

Una contagiosa y desbordante alegría se difundió por toda la ciudad.

El archiduque nos ordenó a Cerralbo y a mí que saliéramos a reconocer el burgo inglés.

Lo hicimos acompañados de un pelotón de arcabuceros.

Comprobamos que el abandono era real y definitivo. Creo que jamás podré olvidar la estremecedora visión del campo enemigo desierto. Un hedor nauseabundo lo llenaba todo. Un olor de enfermedad y de muerte.

Había cadáveres por todas partes, pues no habían sido capaces de enterrarlos a todos. Y miseria e inmundicia por doquier.

—¡Teniente! ¡Cúbrase la boca y la nariz! —me dijo Cerralbo—. Esta pestilencia es insoportable… Puede traernos todo tipo de enfermedades.

—Creo que podemos retirarnos, Don José —le respondí—. Es evidente que aquí no queda un alma con vida.

A la vuelta de tantos años, sólo recordarlo me hace estremecer.

* * *

Organizamos una expedición que saldría en persecución de los ingleses.

Nuestros jinetes, al legendario grito de ¡Santiago y cierra España!, se precipitaron sobre ellos, diezmándoles en su retirada.

Don Sancho Bravo ganó en aquella acción dos de las banderas enemigas, que llevó como trofeos a la catedral de Sigüenza[3].

El número de bajas inglesas en Portugal hasta el momento no bajaba de cuatro o cinco mil hombres.

A partir de ahora sólo se quedaría en la capital la tropa suficiente para salvaguardar Lisboa. El resto, portugueses y castellanos, marchamos hacia Cascáis.

Durante el breve recorrido hasta la bella población costera, mi mente se fue una vez más hasta Keara: ¿qué haría?, ¿en qué emplearía su tiempo?

Durante todos esos días había sido raro el momento en el que no había pensado en ella.

Pero ahora me encontraba especialmente inquieto, pues a pesar de que ya había habido tiempo suficiente para que mis cartas llegaran a su destino y fuesen respondidas, hasta la fecha no había recibido ninguna contestación.

Tan prolongado silencio me tenía muy preocupado. Volvió a inquietarme la aparición de Baltanás en La Coruña, aunque procuraba restar importancia a su presencia.

De cualquier modo, no dejaba de interrogarme: ¿qué había podido ocurrir? Conociendo su fuerte temperamento, lo más probable es que ella estuviera enojada por mi inesperada marcha a Lisboa. En cierto modo, había faltado a mi palabra de regresar desde Bayona…

En los momentos de mayor pesimismo llegué incluso a especular que tal vez se hubiese vuelto a Irlanda.

---

3   En donde se conservan hasta hoy.

También este tristísimo pensamiento me rondaba la cabeza cada vez con mayor fuerza. Al igual que me ocurría con la posible asechanza de Baltanás, sólo conseguía librarme de él durante el tráfago de la batalla. Pero en los instantes de calma me asaltaba como una obsesión. No veía el momento de derrotar o expulsar definitivamente a los ingleses, para regresar a La Coruña junto a ella. A veces trataba de consolarme diciéndome que regresaría a Irlanda en su busca, si ello fuera necesario.

* * *

Al llegar a Cascáis debimos abandonar la idea de atacar: la orografía del terreno y el buen atrincheramiento de los ingleses lo desaconsejaban.

Descubrimos que ahora los enemigos tenían una gran cantidad de trigo, tomado de los barcos franceses y alemanes a los que Drake se había ocupado de capturar durante estos días. También supimos que de modo subrepticio lo trituraban en los pueblos cercanos. Por eso nos vimos obligados a destrozar todos los molinos de la comarca.

De cualquier modo, la situación continuaba adquiriendo tintes cada vez más negros para los ingleses: ni los berberiscos, ni el rey de Fez, ni los turcos, se habían sumado a la ofensiva planeada por su reina.

En cambio, la lealtad portuguesa al rey Don Felipe II a estas alturas estaba ya lo suficientemente probada y, por si fuera poco, continuábamos recibiendo refuerzos.

Hasta el punto de que, pasados unos pocos días más, planeamos la marcha definitiva sobre Cascáis.

Pero no sería necesaria, pues, finalmente, el miércoles 14 de junio, los ingleses se dieron a embarcar con tanta prisa, que muchos de ellos cayeron al mar y se ahogaron, y otros muchos, no pudiendo embarcar, huyeron a nado a la orilla, contentándose con vagar errantes a lo largo de la costa, sin saber qué dirección tomar.

* * *

El jueves 15 el adelantado de Castilla llegó al castillo de San Julián con quince galeras muy bien armadas, seis brulotes y mil soldados de refresco.

Esto obligó a la Contra armada a acelerar aún más su embarque, no sin antes destrozar las iglesias de Cascáis y saquear cuanto pudieron.

Pero al anochecer de aquel día, a excepción de los prisioneros, ya no quedaba ni un soldado inglés en Portugal. Tan sólo los que habían quedado en la guarnición de Peniche.

* * *

Al amanecer del viernes 16 el viento soplaba del norte fuerte. Esto impedía a los fugitivos navegar hacia su tierra, y a nosotros enviarles los brulotes incendiarios que les teníamos preparados, de la misma manera que ellos habían hecho con nosotros en Gravelinas.

* * *

Mientras isleños y peninsulares aguardaban expectantes un cambio en la dirección del viento, un barco de aviso inglés consiguió abrirse camino hasta unirse a la flota de Drake. Traía consigo una carta de la reina Isabel en la que ésta mostraba su enorme furia por haber sido desobedecida en sus órdenes de destruir a la armada española en Santander. Además, daba cuenta de que no sólo la armada no había sido destruida, sino que estaba ya reparada y lista para partir de nuevo hacia Inglaterra.

Asimismo, la reina criticaba duramente la absurda y costosísima escala en La Coruña, un lugar en donde apenas había barcos que destruir y en donde, sin embargo, se habían gastado abundantes recursos de hombres, tiempo y alimentos. Por si fuera poco, la soberana manifestaba su conocimiento de que, tras zarpar Drake de La Coruña, el viento había soplado generoso y persistente hacia Santander.

Esta carta, junto al estrepitoso fracaso de la expedición, marcaría el comienzo del fin del famoso pirata.

Además, una vez en Lisboa, Drake no había querido entrar en batalla. Y su pasividad fue tachada de cobardía por Norris y Crato. El pirata trataría de escudarse en la solidez de las defensas portuguesas. Pero entre la marinería se comentaba que había permanecido a la espera, para intervenir sólo cuando la victoria fuera segura.

5

A bordo de los barcos ingleses la carencia de alimentos era aun más angustiosa que en tierra. Seguían teniendo trigo, pero al no poder molerlo, se veían obligados a comerlo cocido.

La peste se cebaba entre la marinería.

En estas durísimas condiciones, los doscientos navíos de la armada inglesa continuaban aguardando el viento favorable del sur, el único que les permitiría zarpar rumbo a su casa.

La situación llegó a ser tan dramática, que el día 18, sin esperar por más tiempo a que el viento les fuera propicio, Drake dio la orden de zarpar.

Desde la recepción de los graves reproches y amenazas de su reina, el pirata se sentía urgido a presentar un triunfo que aplacara tanta cólera. Y un triunfo serían las Azores. Pero el gravísimo debilitamiento de sus hombres hacía que semejante expedición se le presentara como algo demasiado arriesgado, casi imposible. Además quinientos ingleses aguardaban todavía en Peniche, esperando a ser rescatados.

En cualquier caso, como con el viento del norte no era posible remontar desde Cascáis el cabo de la Roca, el bucanero optó por poner rumbo hacia el suroeste. Hacia el mar abierto.

* * *

A nuestros ojos era muy difícil aventurar si se dirigían hacia Inglaterra o hacia las islas Azores.

El archiduque Alberto ordenó el envío de las galeras en su persecución.

Yo embarqué en una de ellas y, al aproximarnos a la flota enemiga, desde el tendal de popa pude observar cómo llegaban diecisiete barcos ingleses de refresco, con abastecimientos, que sin duda aliviarían grandemente la difícil situación de los fugitivos.

Durante todo el día y la noche les perseguimos sin separarnos un ápice de su estela, éramos como una manada de lobos hambrientos tras un rebaño de ovejas. La mar estaba relativamente en calma, y las galeras navegaban sin dificultad, adecuándose a la velocidad de nuestra presa.

El poco viento impedía a los veleros ingleses alejarse mucho de la costa. En seguida les dimos alcance, cerca del cabo Espichel, donde les cañoneamos, hundiéndoles siete barcos y dañando a otros tantos.

Éramos conscientes de que Drake podía intentar también un ataque a Cádiz, y por ello, algunas de nuestras galeras abandonaron la lucha y se dirigieron hacia allá.

Don Álvaro de Bazán, al relevar a las galeras ausentes, apresó a otros tres buques ingleses.

* * *

El 20 de junio amanecimos con nuestras galeras navegando en medio de la desperdigada Contra armada. Amainamos el ritmo para cortar el paso a los barcos rezagados, a los que capturamos.

Al final de la última maniobra de apresamiento, el tío Limón me sobresaltó con uno de sus gritos:

—¡Mire, teniente, a estribor!

En efecto, ahí estaba Don Alonso de Bazán, lanzándose sobre una de las mejores naves enemigas, que recuerdo bien que era de Plymouth.

Tan pronto como la tuvo a tiro, el bravo marino ordenó el abordaje.

Era digno de verse el brío con que los nuestros saltaban a bordo de la embarcación inglesa, y el arrojo con el que se hacían con ella en cuestión de pocos minutos.

Al final de aquella jornada habíamos hundido otro doce navíos ingleses, y hecho prisioneros a todos sus supervivientes.

—¡Es inaudito! —exclamó indignado el tío Limón—. Mientras atacamos a la retaguardia de su flota, las naves de vanguardia, en lugar de acudir en su auxilio, aprovechan para huir…

En efecto, era una acción cobarde por parte de los mandos de la Contra armada.

Los prisioneros nos confirmaron su grandísima falta de alimentos, que les provocaba nuevas enfermedades cada día.

También nos dieron cuenta del desesperado intento de su almirante por conseguir la prometida ayuda islámica: el pirata había enviado nada menos que ocho naos a berbería solicitando ayuda.

Pero, gracias a Dios, nadie vino en su auxilio. Y así pudimos celebrar que las pérdidas en nuestras galeras fueran sorprendentemente pequeñas. Durante aquella belicosa jornada no hubimos de lamentar más que dos muertos y alrededor de setenta heridos.

A partir del día 20 comenzó a hacerse difícil el seguimiento del rastro de aquella flota ya completamente rota y diseminada. Drake dejó claro haber sido un excelente pirata, pero un pésimo almirante. Pues el bucanero se desentendió en gran medida de la suerte de su armada.

* * *

En Peniche la aislada guarnición inglesa aguardaba su rescate con creciente zozobra.

El archiduque había enviado cuatrocientos arcabuceros desde Lisboa.

Cuando los vieron llegar, los británicos se apresuraron a escapar a bordo de cualquier cosa que pudiera flotar.

Alrededor de cuarenta hombres lograron su objetivo, pero la arcabucería abatió o prendió al resto.

Fueron tantas las prisas en huir de los ingleses, que dejaron abandonado un baúl con los papeles pertenecientes a don Antonio de Crato. No eran papeles cualesquiera: contenía documentos confidenciales de gran importancia, que ayudaron a desbaratar y a desenmascarar por completo la compleja trama ideada por este personaje.

Drake llegaría a Peniche tres días después de estos hechos. Demasiado tarde: no quedaba nadie por salvar y sus diez barcos fueron rechazados por los cañones de costa.

El pirata continuó su viaje hacia el norte y, al cabo de algunos días llegó a la altura de Vigo, en donde fondeó junto con otros navíos que se le fueron agregando.

El viento le era ahora favorable para dirigirse a las Azores y contrario para volver a Inglaterra, pero la peste y el hambre causaban tales estragos, que no tuvo la menor duda de que debían regresar a casa.

Pero Vigo continuaba siendo uno de los puntos débiles de la costa gallega, y Drake lo sabía bien.

Las autoridades de la aldea, pues Vigo no excedía de mil almas atemorizadas, enviaron despachos a toda Galicia pidiendo ayuda. También aprovecharon las horas nocturnas para abandonar las casas.

Por la mañana, todas las tropas disponibles en la comarca se preparaban para emboscar a los ingleses que, al desembarcar y no encontrar a nadie en la población, se sintieron plenamente dueños de ella. Pero su voracidad predadora les movió a dispersarse por la comarca.

Y esta dispersión, buscada y provocada por los nativos, resultó ser la perdición de los invasores.

No lo fue menos la presencia del señor de Salvatierra: respondiendo a la acuciante llamada de los vigueses, acababa de llegar acompañado de quinientos soldados viejos.

No podían esperarse nada igual los ingleses, que a centenares fueron sorprendidos y muertos, o hechos prisioneros, la mayoría con graves síntomas de enfermedad.

El mismo Drake se vio obligado a reembarcar a la carrera, faltándole muy poco para ser alcanzado por las tropas españolas. Pero el muy pirata todavía tuvo la osadía de enviar a un mensajero mediante el que se permitía fanfarronear diciendo que, sólo si le devolvían a los prisioneros, se iría sin causar más daño.

La autoridad local, horrorizada ante la vista de la destrucción provocada por el enemigo en tan poco tiempo, como respuesta ordenó ahorcar a los pobres ingleses a lo alto del Castro, desde donde pudieran ser vistos por Drake.

A la vez, enviaron una misiva de réplica intimando al pirata a que, si no estaba de acuerdo, volviese a tierra a impedir la ejecución.

Poco más tarde los españoles encontraron a otros ingleses en tierra, a los que por supuesto no ahorcaron, sino que remitieron a la Real Audiencia, en donde serían juzgados.

Así, el 2 de julio a las ocho de la mañana la Contra armada volvía a abandonar las costas gallegas con el rabo entre las piernas. Por si fuera poco, un fuerte temporal se les echó encima, obligando a dos de sus barcos a regresar a tierra.

Los hombres de Salvatierra, atentos a cuanto ocurría en la mar, los apresaron y los enviaron a Santander.

Algunos otros barcos de los que acompañaban a Drake, resistiéndose a regresar a tierra, terminaron naufragando en la tempestad.

El resto de los buques navegaban como auténticos barcos fantasma: algunos de ellos carecían incluso de la tripulación suficiente para ser gobernados.

Tras este temporal, los españoles tuvieron noticias de que los restos de la Contra armada navegaban dispersos por el mar Cantábrico, por lo que enviaron a algunos navíos en su caza, logrando apresar a otros dos barcos.

A partir de este momento podía decirse que ya no existía flota inglesa de ningún tipo: era ya una carrera individual de sus supervivientes por llegar a puerto seguro.

El regreso a Inglaterra estuvo colmado de calamidades, perdiendo varios barcos más durante la travesía. Sólo ciento dos de los doscientos buques que partieron de la Gran Bretaña regresaron a la isla (casualmente el mismo número que volvieron a España de los de la Gran Armada, con la diferencia de que ésta se había compuesto de ciento treinta barcos, un número notablemente inferior), y la epidemia que traían pronto se extendió por la desgraciada población costera.

Como consecuencia, la reina Isabel prohibió a los expedicionarios trasladarse a Londres, y siete marinos que desafiaron su orden fueron ajusticiados.

Tan solo 3.700 de los más de 27.000 hombres que partieron inicialmente, en abril de 1589, se presentarían a cobrar sus pagas.

Así, no resulta extraño que esta poco conocida expedición de la Contra armada, resultara a la postre la mayor catástrofe naval de la historia de Inglaterra hasta aquella fecha*, duplicando en pérdidas a las de nuestra Gran Armada.

Aunque lo he señalado antes, interesa recordar que la actuación británica resultó tan desastrosa que, a su regreso a Inglaterra, el capitán Wingfield se vio en la necesidad de escribir un falso alegato exculpatorio con la única finalidad de ocultar tan humillante realidad.

El resultado final alcanzó —justo es reconocerlo— una buena calidad literaria. Tanta, que logró su objetivo de ocultar, e incluso suplantar, durante años y a los ojos de la historia, lo realmente ocurrido.

* * *

Tan pronto como todo hubo acabado y pude volver a gozar de libertad de movimientos en Lisboa, obtuve permiso para regresar a La Coruña. Lo hice lo más rápidamente que pude, pues cada día que transcurría sin noticias de Keara no hacía sino aumentar mi alarma y mi ansiedad. Me repetía a mí mismo que esta vez nos casaríamos cuanto antes, sin que nada ni nadie pudiera impedirlo. Pero casi inmediatamente, como negra respuesta, me asaltaban los terribles pensamientos de los que ya he hablado: había perdido a Elena y perdería a Keara. ¿Porqué si no, habían llegado los ingleses precisamente en vísperas de nuestra boda…?[4]

Estábamos a mediados de julio y nada había vuelto a saber de mi prometida desde mi ya lejana partida de La Coruña en mayo. Ella no había respondido a ninguna de mis cartas, enviadas puntualmente cada día, desde hacía meses.

Desembarqué en Vigo, desde donde todavía tardé tres días en llegar a La Coruña.

Cuando por fin avisté la ciudad, el corazón me dio un vuelco en el pecho. Pero hube de moderar mis ansias. Anochecía y si, como yo pensaba, Keara seguía aloján-

---

4   Otra gran derrota, la de Cartagena de Indias, en 1741, la relato en *El Héroe del Caribe. La Última Batalla de Blas de Lezo.*

dose en el convento de las Clarisas, nada podría hacer por verla antes del día siguiente.

Así pues, acudí a hospedarme en una vieja posada de las afueras de la ciudad.

Me acosté sin cenar, pues mi inquietud me lo impedía, y dormí poco y mal, constantemente sobresaltado e intranquilo por el deseo de que amaneciera, para poder correr al reencuentro de mi amada.

Sin poder contener mi impaciencia, pasadas algunas horas, me levanté a oscuras y comencé a prepararme.

Pero, a pesar de ser verano y las noches muy cortas, como dice el refrán, «no por mucho madrugar amanece más temprano»: todavía hube de esperar un tiempo difícil de medir, pero que se me hizo eterno, hasta que el astro rey comenzó a elevarse por el este.

Entonces desperté al posadero, un tipo malencarado que me respondió de muy mal humor.

—¿Qué tripa se le ha roto? ¡La Coruña está en su sitio desde hace muchos años y no creo que se mueva de ahí aunque usted llegue un poco más tarde…!

Sin hacer el menor caso a sus gruñidos y protestas —no estaba yo para esas menudencias—, le pagué lo que le debía por aquella mala noche, y sin tan siquiera desayunar, me lancé a la carrera en dirección al convento.

Las Clarisas madrugaban mucho, eso lo sabía yo, y con la primera luz del día podría llamar a su puerta sin temor a molestarlas, o a no ser bien recibido.

Tuve algo de suerte, pues fue la propia Sor María, a quien tan bien conocía yo, quien vino a abrir.

En cuanto me vio, dejó escapar una exclamación de sorpresa y contento.

—¡Qué alegría, Don Santiago, volver a verle sano y salvo!

Sin embargo, atento y sensible como estaba yo al menor indicio que pudiera revelarme alguna información acerca de la suerte de Keara, no dejé de advertir un ligero mohín de aprensión en el rostro de la buena religiosa.

—¿Qué ocurre, Sor María? ¿Es que Keara ya no está aquí?

En efecto, la buena religiosa temía disgustarme con sus noticias:

—D.ª Keara no está con nosotras. Abandonó el convento al poco de recibir la primera carta de usted. De hecho tenemos aquí guardadas las sucesivas cartas que han ido llegando.

—Pero, ¡¿cómo?! ¿Qué no está? ¿Qué se ha ido?

—Así es, Don Santiago. Hace ya varias semanas —más de un mes— que nos dejó.

—Pero bueno, Sor María, sabrá usted al menos por qué se fue y sabrá decirme a dónde se fue, o si sigue en La Coruña, ¿no es cierto…?

—No quisiera ser para usted motivo de mayor contrariedad, Don Santiago, pero me es imposible saber a ciencia cierta el motivo de su partida. Sin embargo, por lo que he llegado a conocerla durante el tiempo que ha permanecido con nosotras, que no es poco, no se enfade si le digo que creo que pudo ser su carta, es decir, el terrible enojo que se apoderó de ella al leerla, la causa de su salida de esta casa.

Aunque también hubo un caballero…

—¿Un caballero? ¿Qué caballero…? —sin pretenderlo utilicé un tono duro con la hermana.

—Un caballero que venía a diario a ver a D.ª Keara, que jamás le recibió. Pero yo creo que él la espiaba, vigilaba sus movimientos desde la calle.

Me angustié de tal modo, que creí perder la cabeza. Sin embargo, debía obtener toda la información posible de la buena monja:

—Pero… ¿supongo que tendrá usted alguna idea de dónde está, de a dónde puedo ir a buscarla…?

—Lo siento, Don Santiago. No tengo la menor idea de a dónde ha podido ir, ni siquiera sé si sigue viviendo en La Coruña…

—¿Quiere usted decir que no la ha vuelto a ver en todo este tiempo? La Coruña es una población pequeña… Algo habrá sabido, algo habrá oído decir…

—Siento mucho tener que insistir en que el día de su partida fue también la última vez que la vi.

Me quedé como anonadado.

Primero la ingratitud de Elena, seguida de su prematura muerte en el Brasil; después tres duras batallas llenas de privaciones en Inglaterra, en España y en Portugal, con todo el desgaste que ello conllevó; y ahora…, cuando ya me las prometía felices, cuando por fin podía disfrutar de un tiempo de paz para reunirme con mi prometida y casarme con ella, volvía a verme solo y abandonado…

No sé ni si fui capaz de despedirme de Sor María ni, en caso de hacerlo, qué palabras empleé.

Tampoco recuerdo muy bien qué es lo que ocurrió después, sólo que comencé a deambular por la ciudad, y que me desperté, por segunda vez en mi vida, en casa de los padres de Láncara. Al parecer, en ayunas y con tan profundo sobresalto, me había desmayado en mitad de la calle. Nuevamente fui recogido por alguien que me reconoció y me llevó hasta la casa de Láncara, en donde sabía que sería atendido con los mayores cuidados.

Pero mi despertar en tan buena compañía fue aun más duro que si hubiese tenido lugar en plena calle. Pues inmediatamente se agolparon en mi memoria los recuerdos de apenas unos meses antes, cuando recobré la conciencia en este mismo escenario. Entonces había habido una notabilísima diferencia, una diferencia abismal que lo cambiaba todo radicalmente: entonces Keara estaba conmigo.

Me sumí en una profunda depresión.

La pobre familia Láncara y el tío Limón —que llegó a La Coruña algunos días después— no sabían qué hacer por aliviarme, y yo padecía aun más siendo una carga para ellos. No veía el momento de abandonar su casa para evitarles tener que ocuparse de mí, pero carecía por completo de fuerzas para hacerlo.

Así transcurrieron varias semanas en las que las cosas no hicieron más que empeorar. Dejé de comer y mi pérdida de peso comenzó a ser preocupante.

Me pasaba la mayor parte del día dormitando en la cama. Me avergonzaba de mí mismo: un marino de guerra, un hombre que había visto de cerca la muerte en tantas ocasiones, era incapaz de reponerse de un revés del corazón, por fuerte que éste fuera. Pero no: no era un revés del corazón. Así es como lo hubiese calificado un observador extraño a los hechos.

Se trataba de la pérdida de mi amor, de un amor noble y generoso que había llegado a ser la razón de mi vida. En definitiva, había perdido una parte esencial de mi ser, algo mucho más difícil de superar que las lesiones meramente físicas.

Estábamos ya a mediados de agosto —después supe que era exactamente el día 12—, cuando se produjo un gran portazo y alboroto a la puerta de la casa.

Desde mi habitación, entre sueños, percibía insensible la agitación. Tan sólo deseaba que no me molestaran.

Pero entonces se abrió bruscamente la puerta y alguien penetró en la estancia a toda velocidad, dirigiéndose directamente hacia la ventana, que abrió de par en par, al igual que hizo con las contraventanas, que hasta entonces mantenían el cuarto en una total oscuridad.

Interiormente me rebelé ante lo que consideré una intromisión imperdonable en la vida de un enfermo. Además, la repentina claridad de un día de agosto me cegaba, y me impedía saber qué era exactamente lo que estaba ocurriendo.

Pero a veces el oído puede ser mucho más penetrante que la vista. Tan pronto como escuché proferir mi nombre con el inconfundible e irrepetible acento que sólo *ella* era capaz de pronunciar, todo mi ser recibió una repentina sacudida que, como por ensalmo, lo libró de todos sus males en un abrir y cerrar de ojos.

Me levanté de la cama y, aunque seguía casi sin poder ver a causa de la fuerte luminosidad, la abracé con lágrimas de alegría.

—¿Por qué me has hecho padecer tanto? ¿Dónde

has estado todo este tiempo? —le pregunté, con la voz entrecortada por la emoción.

Sólo un buen rato después, cuando ya me hube serenado, Keara nos contó su historia.

Mientras la escuchaba comprendí que, una vez más, me había comportado como un estúpido. No por haber viajado a Lisboa a pelear contra los invasores como había sido mi obligación, sino por no haber sido capaz de comprender cuál sería la reacción de mi brava e indómita amada y, aún peor, por haber desconfiado de ella: pues Keara, al conocer la noticia, había seguido mis pasos.

Tampoco ella había estado dispuesta a separarse de mí.

Ahora, mientras nos contaba sus peripecias en tierras portuguesas, yo daba cuenta por primera vez en días de un suculento caldo gallego preparado por la buena de D.ª Inés —la Señora de Láncara—, ya que, con la salud, había recuperado igualmente el apetito atrasado, que era mucho.

¡Cuánta alegría la del reencuentro! ¡Cómo recobré en un santiamén mi vitalidad juvenil y mis ganas de vivir! Baste como botón de muestra decir que esa misma mañana nos dirigimos a la iglesia de Santiago, en donde convinimos con el párroco la fecha de la boda, que quedó definitivamente fijada para sólo tres días después: para el día 15, festividad de la Asunción de la Virgen.

A la salida, sin embargo, me acordé repentinamente de Baltanás y de sus visitas al convento, tratando de entrevistarse con Keara. Inmediatamente le pregunté al respecto:

—¿Baltanás? ¿Quién es Baltanás?

—El hombre que quiso besarte en Irlanda y que ha estado asediándote en el convento. Además, es un traidor a España.

Keara dejó escapar una sincera carcajada:

—Te equivocas, Santchagu. No he vuelto a ver a Baltanás desde Irlanda. El hombre que me venía a ver a las Clarisas era un hombre de Oleiros que se enamoró de mí, y que quiso verme un par de veces. Pero no debes inquietarte por él.

Me quedé muy tranquilo y me uní a la alegría y a la carcajada de Keara. Volvíamos a ser tan felices que nos reíamos por todo.

Llegado el día 15 nos casamos: esta vez no vinieron los ingleses, ni los franceses, ni los turcos, ni nadie que pudiera estorbar nuestro feliz y definitivo enlace, para siempre, ante Dios y ante los hombres.

Felizmente casados, con una entusiasmada señora de Láncara, y mi salvador el tío Limón, como padrinos de boda, ese mismo día partimos hacia Cantabria en viaje de novios.

Ardía en deseos de presentar a Keara a mi familia.

* * *

Hoy, cuando escribo esto, cuarenta años después, puedo decir que la vida nos ha tratado bien: que juntos hemos sido felices, muy felices, y que tenemos un buen puñado de nietos que alegran nuestra vejez.

En todo este tiempo jamás hemos regresado a Lisboa ni a Irlanda, ni tenemos ninguna intención de hacerlo, pues como me dijo en una ocasión el bueno del sargento Ibarra: «Llegados a cierta edad, uno se entusiasma con la idea de permanecer en casa, llevando una vida tranquila y retirada».

FIN

NOTA DEL AUTOR

Antes de nada, he de decir que los hechos y personajes que aparecen en este libro son reales, con la única excepción del protagonista —Don Santiago Guriezo— y de los personajes que conforman la pequeña subtrama romántica —D.ª Elena y su familia, Keara, Baltanás—, así como sus acompañantes más próximos: Láncara, el tío Limón e Iñigo Zorrozúa, que son fruto de mi invención. Pero todos los demás, incluidos los irlandeses Maurice Fitzgerald, el clan de los McSweeney, incluso el padre ne Dowrough y, por supuesto, Don Alonso de Leyva, así como los acontecimientos que de ellos se narran, son históricos.

Keara, ciertamente, es fruto de mi imaginación, pero pudo perfectamente existir, pues es un hecho comprobado que en Mullet los españoles se encontraron con un guía local que les auxilió, del mismo modo que lo hace Keara en la novela.

Lo que me ha movido a escribir esta obra es que, como ha sucedido con algunos otros episodios de la historia de España, lo realmente acaecido ha sido olvidado o deformado, hasta el punto de que los hechos que popularmente se dan por ciertos no lo son tanto… o no lo son en absoluto.

En este caso el falseamiento corrió a cargo de un caballero inglés, de nombre Anthony Wingfield, el cual se propuso trastocar la historia ya en el mismo año de

1589, cuando publicó en Londres, en la imprenta de Thomas Woodcok: «A true coppie of a discourse written by a gentleman, employed in the late voyage of Spaine and Portingale».

A día de hoy, cuatro siglos y medio después, hemos de admitir que el libelo de Wingfield sigue pesando mucho sobre el sentir de la opinión pública en general.

Pero para encuadrar las cosas en su justa dimensión, es importante señalar que la expedición de 1588 se encuadra en los primeros años de una larga guerra entre España e Inglaterra, una larga guerra que de hecho había comenzado ya en 1585, y que continuaría librándose todavía durante dieciséis años más (hasta 1604). A lo largo de la contienda España cosechó la mayor parte de los triunfos, hasta alcanzar la victoria, con la que consiguió reforzar su control sobre los mares: un hecho crucial, que muchos textos omiten.

De hecho, en ese periodo España conseguiría reestructurar su marina de guerra de tal manera que, en la inmediata década posterior a 1590, fue capaz de transportar tres veces más mercancías entre América y Europa que en la mejor década de cualquier otra época anterior.

También como consecuencia de la victoria, España consiguió un tratado favorable con la firma de la paz en 1604.

De todos los mitos en descrédito de la Gran Armada, éste de no reconocer el hecho básico de que la guerra que se libraba entre Inglaterra y España continuó mucho tiempo después de este primer encuentro, es quizás el más desconcertante. Sería semejante a hablar de la Segunda

Guerra Mundial y detenerse en la caída de Francia en 1940, sin mencionar importantes batallas como Midway, Stalingrado, o el desembarco de Normandía. O como tratar de describir un partido de tenis o de fútbol a partir de una única jugada favorable al equipo perdedor.

Así, en gran medida la clave está en reconocer que la Jornada de 1588 no fue más que una batalla primeriza, un choque temprano en medio de una larga guerra; pues esta simple omisión con frecuencia basta para forjar la mayor parte del resto de los mitos más comunes, que desfiguran los hechos.

Además existe otro error, que presenta a una débil Inglaterra que, como David contra los filisteos, derrota al Goliath español, perdiendo de vista que Inglaterra luchaba exclusivamente contra España, mientras que España mantenía abiertos varios frentes a la vez, luchando con varios enemigos a un tiempo, algunos de ellos notablemente más poderosos que Inglaterra: Francia, las Provincias Unidas de los Países Bajos o el Islam.

Por su concisión y claridad, recomiendo el esclarecedor trabajo de J. Wes Ulm, de la Universidad de Harvard*, donde se resumen algunas de las confusiones más habituales que circulan acerca del mal llamado «desastre de la Invencible», y que me ha servido en gran medida para estructurar estas últimas líneas.

Detengámonos por un momento en el nombre: suele decirse que nuestra armada española fue llamada «la Armada Invencible» precisamente por un exceso de confianza y por una actitud arrogante del rey Don Felipe II y de sus consejeros. Nada más lejos de la realidad: a pesar de que esta idea se repita con machacona frecuencia, es absolutamente falsa.

La armada española nunca fue llamada así por el rey Felipe o por sus ministros. Este término fue una invención inglesa, concretamente de un caballero llamado William Cecil (primer barón de Burghley, nacido en Lincolnshire en 1520 y fallecido en Londres en 1598). Cecil buscaba magnificar la resistencia inglesa frente a una flota teóricamente mayor, lo cual, como hemos visto, no fue el caso. Pero su término hizo fortuna, y desde entonces ha sido a menudo utilizado por algunos historiadores.

Que los españoles no nos creíamos invencibles es evidente. Prueba de ello fue la rapidísima movilización de recursos en los puertos españoles al regreso de nuestros barcos: ayudas a los heridos; suministro de alimentos, camas de hospital y equipos, mediante los que lograron salvarse miles de vidas. Todo esto sugiere que existía la conciencia de que un fracaso era posible.

Otro de los mitos habituales consiste en afirmar que España fue eclipsada como gran potencia después de 1588, hundiéndose en la insolvencia y en un rápido declive, mientras que Inglaterra se hizo rica, próspera y poderosa. Tampoco esto es cierto.[5]

España, de hecho, derrotó a Inglaterra en numerosas batallas de la década posterior a 1588 y mantuvo una importante influencia en los asuntos de Europa y América.

---

5   «Top 10 myths and muddles about the Spanish armada, history's most confused and misunderstood battle», by Wes Ulm, Harvard University. URL: http://wesulm.bravehost.com/history/sp_armada.htm, © 2004.

La armada española pronto se rehizo y hasta mejoró: como ya hemos dicho, los bucaneros ingleses encontrarían en adelante muchas más dificultades para asaltar a los galeones españoles de América. El inmediato fracaso de la expedición corsaria de *Sir* John Hawkins y *Sir* Martin Frobisher en 1589-1590, contra el transporte marítimo español, es una buena muestra de ello.

Por otra parte, tanto Hawkins como Francis Drake fueron muertos en un ataque desastroso contra la América española en 1595: allí fueron totalmente aplastados por las defensas españolas, una de las peores derrotas que la armada inglesa volvería a sufrir.

Lo cierto es que España dominó los mares durante los años siguientes, y que Inglaterra, después del desastre de la Contra armada, se mantuvo relativamente débil como potencia marítima.

Muchos creen que el Imperio Británico, en el sentido de la colonización de los territorios de ultramar distantes, se inició a raíz de la derrota de la armada española.

Pero el fracaso de la Contra armada en 1589 impidió las expediciones inglesas a América del Norte, hasta el punto de contribuir a la ruina de su colonia de Roanoke, en lo que hoy es Virginia, en los Estados Unidos, que había sido poblada en la década de 1580 pero de la que más tarde no quedarían supervivientes.

Otra falsedad frecuente entre los ingleses es creer que el rey Felipe II ansiaba nada menos que la anexión de Inglaterra como una colonia más de España: Inglaterra se habría convertido así en una nación católica en la que se hablaría español en la actualidad.

Pero, como creo que ha quedado claro a lo largo de la

novela, Felipe II nunca albergó la intención de «conquistar Inglaterra», y mucho menos la de convertir a la población en masa al catolicismo u obligarla a hablar español.

El centro de atención de Felipe estaba en el continente europeo: sus principales enemigos eran los rebeldes protestantes de los Países Bajos, los protestantes hugonotes franceses y los nacionalistas portugueses que se oponían a su reinado en Portugal.

El objetivo principal de nuestra armada se orientaba a detener el apoyo de Inglaterra a los insurrectos holandeses, así como sus ataques a los galeones españoles.

Don Felipe, ciertamente, trató también de conseguir una mayor tolerancia para con los católicos ingleses e irlandeses, devolviéndoles un mejor estatus en su propia tierra, pero de ahí a pretender anexionarse el reino media una importante distancia.

Fue durante las inusualmente feroces tormentas de septiembre de aquel año cuando los barcos españoles, tras doblar el extremo norte de Escocia, se dañaron o se hundieron en su mayor parte.

De hecho, la mayor parte de las bajas de los marinos españoles resultaron de las enfermedades, y no por las heridas de batalla.

En cualquier caso, ciento dos de un total de ciento treinta barcos de la armada española lograron regresar a puerto. Y de entre las embarcaciones atlánticas, las más marineras y de mayor importancia para Felipe II, pues eran las diseñadas para la travesía oceánica, la inmensa mayoría regresaron intactas.

Ambos contendientes, ingleses y españoles, exhibimos una excelente pericia marinera, y es muy notable que nosotros no sufriéramos mayores pérdidas, teniendo en cuenta las continuas y poderosas tormentas que debimos afrontar.

Frente a lo que acabamos de decir, muchos piensan que, por el contrario, los ingleses apenas sufrieron bajas, y que celebraron su victoria con una gran fiesta tras la partida de la flota española hacia Escocia.

La realidad es que los ingleses padecieron miles de bajas entre sus marineros, debido a su larga exposición a los brotes de enfermedades infecciosas. Por eso los días tras la batalla no se caracterizaron precisamente por las celebraciones, sino por la muerte por epidemias, luchas internas y protestas amargas de gran número de marineros, que no fueron debidamente compensados con sus pagas.

Además, si Felipe II se desvivió por atender a los enfermos y heridos de la Gran Armada que iban llegando a España, no ocurrió otro tanto en Inglaterra, donde el primer ministro Burghley llegó a decir que «*por muerte o enfermedad* [...] *podremos ahorrarnos parte de la paga*» debida a los marineros.

Howard, con mucha mayor humanidad, escribía:

> «*Las enfermedades y la muerte hacen estragos* [...]. *Es penoso ver cómo padecen después de haber prestado tal servicio* [...]. *Valdría más que su majestad la reina hiciera algo por ellos, aún a costa de gastar un dinero, y no los dejara llegar a tales extremos* [...]. *Si estos hombres no son mejor tratados y se les deja morir de hambre y miseria, difícilmente volverán a ayudarnos*».

Así, el desastre de la Contra armada fue ocultado voluntariamente.

Los panfletos de propaganda isabelina (ya hemos hablado del de Anthony Wingfield) invadieron la Europa protestante.

Isabel I los transformó ante el público como un «triunfo sobre España y Portugal» mientras castigaba en privado a su responsable: Drake fue relegado a comandar las defensas de Plymouth, y hasta 1596 no se le permitiría volver a navegar. Cuando lo hizo, moriría a manos de los españoles, junto al pirata John Hawkins, en un fallido ataque contra Panamá.

Fuentes españolas e inglesas hacen hincapié en que esta expedición de la Contra armada inglesa fue la mayor catástrofe naval de la historia de Inglaterra hasta aquella fecha, duplicando las pérdidas de la Invencible.

Para terminar, quiero señalar que la desinformación a que he hecho referencia es desde luego asombrosa sobre todo desde el punto de vista español: ¿dónde están los historiadores hispanos para rebatir toda esta propaganda? ¿Dónde los ministros de educación, para hacer que los colegiales españoles conozcan su verdadera historia?

Es necesario dar a conocer la historia de España, tan rica como desconocida y, a veces, deformada. Pues un pueblo sin historia, al igual que una persona sin pasado, pierde su identidad.

Para quienes deseen profundizar más, les recomiendo vivamente que lo hagan de la mano de *La Contra armada* de Luis Gorrochategui Santos, libro que leí y que me entusiasmó de tal manera que inmediatamente me puse en contacto con su autor, entre cuyos amigos ahora puedo decir que me cuento.

Me he servido de otras publicaciones además de la de Luis, que cito a continuación:

—*La Contra armada*, Luis Gorrochategui Santos. Ministerio de Defensa. ISBN 978-84-9781-652-6.

—*The armada in Ireland*, Niall Fallon. Wesleyan. First American edition (February 1979) ISBN: 978-0819550286.

—*La armada Española*, de Cesáreo Fernández Duro. (http://www.armada.mde.es/armadaPortal/page/Portal/armadaEspannola/ciencia_ihcn/prefLang_en/01_a-cesareo-fernandez-duro)

—http://atenasdiariodeabordo.blogspot.com.es/2013/02/la-gran-armada-2-en-que-paro-el-encanto.html

—www.todoababor.es/articulos/16-consid1588.htm: Por Carlos Martínez-Valverde. Revista General de Marina. Enero 1979.

—http://blog.todoavante.es/?p=2799

—http://www.mundohistoria.org/blog/articulos_web/la-armada-invencible-inglesa-1589

AGRADECIMIENTOS

Quiero expresar mi más sincero agradecimiento a todas aquellas personas que me han ayudado en la composición de esta obra.

En primer lugar, a mi hermana Belén, que me ha leído pacientemente y aconsejado en la redacción del texto, al igual que a Carlos Bastero, catedrático de la Escuela de Ingenieros de San Sebastián (TECNUN) y al periodista navarro José Ángel Gutiérrez.

Mención aparte merece mi gran amigo, el editor y traductor Carlos Pujol Lagarriga, cuyos acertadas ideas han resultado determinantes a la hora de perfilar la novela, así como Jorge Miras, profesor de Derecho Canónico en la Universidad de Navarra y que, como Carlos, me ha asesorado desinteresadamente ya en varias obras, sin que yo acertara a incluir ni una letra de reconocimiento.

También debo citar a la historiadora Rosemarie Geraghty, de Blacksod, así como a los pescadores de la península de Mullet, todos ellos en Mayo, Irlanda, donde fui acogido y tratado como en mi propia casa.

Sin poder de ninguna manera olvidarme de mis asesores coruñeses: Fernando Álvarez y el propio Luis Gorrochategui, cuyo libro sobre la Contra armada he citado varias veces y que, como he dicho, aconsejo sobre cualquier otro a todos aquellos que deseen profundizar en la materia.

Y en último lugar de aparición, pero no de importancia, tengo que agradecer también las recomendaciones de Ignacio Echeverría, gran lector y gran amante de Irlanda, en donde se encuentra precisamente ahora, cuando escribo estas líneas.

JUAN PÉREZ-FONCEA

MAPAS

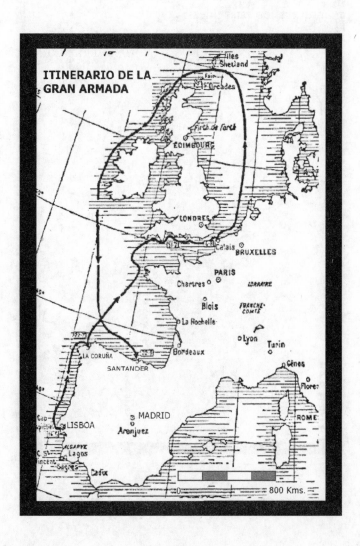

ITINERARIO DE LA GRAN ARMADA

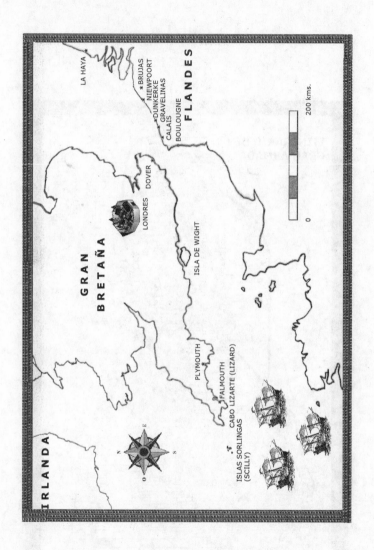

IRLANDA

GRAN BRETAÑA

IRLANDA

LA HAYA

BRUJAS
NIEWPOORT
DUNKERKE
GRAVELINAS
CALAIS
BOULOUGNE

FLANDES

DOVER

LONDRES

ISLA DE WIGHT

PLYMOUTH

FALMOUTH

CABO LIZARTE (LIZARD)

ISLAS SORLINGAS (SCILLY)

200 Kms.

0

N
E
O
S

PORT NA SPANJAGH

DUNLUCE

MAC DOMHNAILL

ANTRIM

ISLA DE TORY

MC SWEENEY NE DOE

LOUGHROS MORE

CABO ROSSAN

KILLYBEGS

MC SWEENEY BANNAGH

ACANTILADOS DE
SLIEVE LEAGUE

CASTILLO DE TIRAUN

PENÍNSULA
DE MULLET

BAHÍA DE ELLY

CASTILLO DE DOONA

NORTE DE
IRLANDA

0   100 Kms.

TORRE DE HÉRCULES

ENSENADA
DE ORZÁN

MURALLA

CIUDAD ALTA

BARRIO DE LA
PESCADERÍA

MURALLA DE LA
PESCADERÍA

CASTILLO DE SAN ANTÓN

FUERTE DE
MALVECÍN

BAHÍA DE LA CORUÑA

LA CORUÑA
AÑO 1589

HACIA
EL BURGO

PLAYA DE OZA

0   1000 mts.

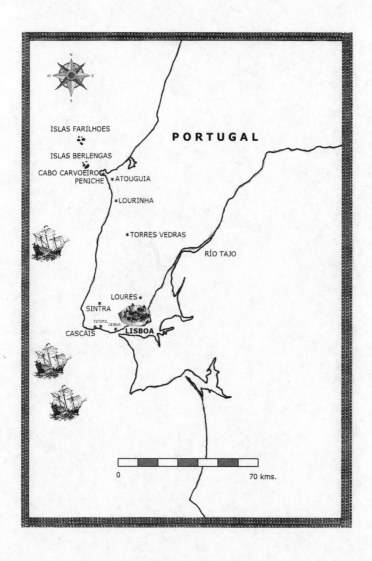

Otros títulos en
Libros en el **Bolsillo**